Carmen Jenner

Il Mio North

Traduzione: Elisa Rigatelli

Titolo: Il mio North
Autrice: Carmen Jenner

www.hopeedizioni.it
info@hopeedizioni.it

Copyright © 2020 Hope Edizioni
Copyright © Carmen Jenner January 7, 2016

ISBN: 9798561128783

Titolo originale: Finding North

Progetto grafico di copertina a cura di Angelice Graphics
Immagini su licenza Bigstockphoto.com
Fotografi: George Rudy

Traduttrice: Elisa Rigatelli
Editing: Laura Caroniti
Impaginazione: Cristina Ciani

Prima edizione cartacea novembre 2020

"La gente ti guarderà. Fa' che ne valga la pena."

Harry Winston

A Steve, Michael e i Sydney Boys,
perché tutti meritiamo il diritto di dire "sì, lo voglio".

A Troye Sivan, senza la tua bellissima musica
questo libro non sarebbe mai diventato realtà.

Prologo

Diciotto anni prima

«Vieni?» dice North, guardandomi dal bordo della scogliera. Il sudore gli imperla il torso nudo e il sole gli illumina i capelli biondi come un'aureola. Stringo forte gli occhi, imprimendo l'immagine dietro le palpebre. Mi allontano dal bordo quel tanto che mi è concesso dalla ringhiera alle mie spalle. Lo spruzzo freddo dell'oceano mi colpisce il viso perfino da quest'altezza e anche con gli occhi chiusi mi sento stordito, mentre il sole mi picchia sulla schiena e sulle spalle.

Sento i piedi di North frusciare sull'erba bruciata dal sole mentre avanzano verso di me. La sua mano culla la mia. Spalancando gli occhi, guardo in giù e lo vedo sciogliermi le dita strette a pugno lungo il mio fianco. Il mio migliore amico unisce le nostre mani mentre il suo sguardo incontra il mio e, con la follia di un centinaio di diavoli scritta sul volto sotto forma di un sorriso sbilenco, denti bianchi e maliziosi occhi azzurri, il suo messaggio è chiaro, anche senza mai dire una parola: *Non azzardarti a mollare.*

Non voglio farlo. Non voglio essere un cagasotto. Gli altri ragazzini ci guardano dall'acqua sottostante e, anche se tutto ciò che vorrei fare è scappare nella direzione opposta, quando North salta, io lo seguo.

L'ho sempre fatto.

«Pronto?» chiede.

«No.» Il mio cuore si stringe e perde un battito.

North corre, trascinandomi con lui. I miei piedi si piantano sul bordo roccioso della scogliera e poi non c'è nient'altro che aria sotto di essi. Sono in caduta libera, con la sua mano allacciata alla mia. Sul suo viso vi è un misto di panico e gioia, e so che sul mio è lo stesso, perché entrambe le emozioni si danno battaglia dentro di me. Spero di sentirmi sempre così. Voglio essere sempre dove siamo ora, la mia mano nella sua, in caduta libera. Non nell'acqua, ma l'uno nell'altro.

Eppure, anche il me stesso dodicenne sa che una volta che North avrà scoperto il mio segreto, questa sensazione, queste farfalle che mi turbinano nello stomaco, verranno strappate via e rimpiazzate da spine, paura, odio e brutte parole.

Quindi mi impegno a memorizzare il suo viso, la pelle abbronzata e i capelli dorati, i brillanti occhi azzurri che appaiono tormentati dalla tristezza quasi quanto brulicanti di eccitazione, e il modo in cui mi sento con la sua mano nella mia.

Chiudo a chiave quelle cose dentro di me, e non le lascerò mai andare.

Neanche se sarà lui a farlo.

Capitolo 1

«Dammene un altro» chiede North, sbattendo il bicchiere vuoto sul bancone. Puzza di Jack. La sua mascella serrata e lo sguardo blu d'acciaio mi dicono che è in cerca di uno scontro. Non ne troverà uno qui, perché a parte Phil, un vecchio e innocuo ubriacone, appollaiato sul bordo del suo sgabello in fondo al bar, io e North siamo gli unici poveri bastardi rimasti. E io ho smesso di litigare con lui molto tempo fa.

«Un altro» biascica.

Stringo le braccia al petto e mi appoggio contro il bancone di fronte a lui.

«È ora di andare a casa, amico» dico con un ghigno che so lo irriterà per bene. O forse no, dipende dal punto di vista. Forse ho mentito sul fatto di litigare con lui.

Devo ammetterlo, c'è una parte malata e contorta di me che trova grande soddisfazione in serate come questa. Non capitano spesso. È piuttosto raro per lui restare al pub fino alla chiusura, ma una volta ogni sei mesi, forse di più se sono fortunato, North Underwood si ubriaca nel mio bar fino a raggiungere un rabbioso stordimento.

«Non sono tuo amico» mi schernisce.

«Bene. È ora di andare, *coglione.*» Con discrezione metto da parte il mio piercing al setto nasale perché, se dovessimo arrivare alle mani, quella merda farebbe un male cane se venisse strappata via.

Un tempo, North sarebbe rimasto seduto al bar mentre lavoravo, e avremmo scagliato insulti vuoti a destra e a manca. Gli avrei versato da bere e l'avrei ascoltato lamentarsi di suo padre, o delle giornatacce a pulire i ponti e a dipingere gli scafi mentre lavorava nella rimessa navale, e avrebbe avuto da ridire su come la sua ultima conquista si stesse trattenendo dal dargli la fica perché voleva più serietà da parte sua. Durante tutto questo, avrei continuato a struggermi in segreto, desiderando di trovare un modo per far dimenticare del tutto la fica al mio migliore amico.

Un tempo, facevamo tutte quelle cose. Tuttavia, guardare l'ubriaco arrabbiato e col viso arrossato davanti a me in questo momento, mi ricorda che *quel* tempo è stato davvero molto tempo fa. E che ora le nostre vite sono molto diverse.

North viene qui con i suoi amici quasi ogni giorno. Lavora all'acciaieria da quando la rimessa di suo padre è andata in fallimento. E come tutti gli uomini di questa città mi sta alla larga. Tranne quando si tratta di farsi versare da bere.

I pettegolezzi corrono veloci nei paesini, e quelli su di me sono tutti veri. A parte quello che mi scopo le pecore perché non riuscirei a trovare un altro gay in cui infilare l'uccello.

Per prima cosa, Red Maine è un paese di pescatori, non ci sono pecore. E seconda cosa, questa è l'Australia, non la Nuova Zelanda.

Sì, mi piace scopare uomini, ma non sono così checca. Non mi piace Kylie. Non ho mai visto *Priscilla, La regina del deserto*. Non indosso lustrini e lunghi abiti neri da drag queen giù al Tasty Tarts. Mi piace il cazzo, ma non ho alcun desiderio di vestirmi da donna. Alle donne piace vestirsi da donne? Trucco, ceretta, gonne corte, abiti, reggiseni e tacchi alti? Esiste qualcosa di più scomodo, cazzo? Io non sono effeminato. Non vado in giro per il paese a vomitare espressioni come "*Quel vestito è faaavoloso, cara!*" o "*Gay è bello!*", e non vado a marciare in nessuna cazzo di parata. Voglio solo essere trattato come una persona. È tutto ciò che ho sempre voluto.

Nonostante gli anni di amicizia, i segreti che abbiamo condiviso e il fatto che i segreti non siano tutto ciò che abbiamo condiviso, North ha dimenticato di trattarmi come una persona. Ha dimenticato così tanto che adesso non mi considera nemmeno, a meno che non sia per ordinare da bere.

«Sei sordo, cazzo?» mi chiede con biascicata indignazione. «Ho detto: dammene un altro.»

«Vai a farti fottere. Ormai dovresti essere bravo a farlo» dico. Phil alza finalmente il culone dallo sgabello e lancia un po' soldi sul bancone. Annuisce e barcolla verso la porta, attraversandola senza una parola o un ultimo sguardo indietro. Mi va a genio Phil. È un tizio decente. Non si è mai dimenticato di trattarmi come una persona, ma poi immagino che, essendo un ubriacone che ha mollato per strada sua moglie e suo figlio trent'anni fa, sia abituato alle stronzate che questo paese offre e non gli importi. Non penso che a Phil importi molto di niente, a condizione che non debba aspettare che io gli riempia il bicchiere.

«Che cos'hai detto, testa di cazzo?» sbraita North. È così devastato che dubito si ricorderà qualcosa domattina. Non che mi aspetti delle scuse, se anche dovesse farlo.

«Per che cosa stiamo piangendo oggi, North? Un'altra delle tue sciacquette ha scaricato di nuovo il tuo culo?»

«Vaffanculo.» Mi guarda in cagnesco, e spinge via il bicchiere vuoto che oscilla e rotola lungo il bancone, e io lascio lo straccio per afferrarlo prima che cada a terra. «Non ho bisogno delle tue cazzate.»

«Giusto. Tu non hai bisogno di nessuno. Sei North Underwood. Sei un invincibile» dico in modo calmo, anche se anni e anni di rabbia repressa si gonfiano dentro di me come una marea. Vorrei afferrare questo stronzo e scuoterlo. Vorrei chiedergli cosa diavolo è successo a lui, a noi. Vorrei spaccargli quella cazzo di testa. Più di tutto però, vorrei solo levarmi dalle palle e andare a fumare un po' d'erba, mentre mi faccio una sega e penso alle sue labbra avvolte intorno al mio cazzo.

Invece, torno a pulire il bancone e aspetto che scoppi la bomba, perché so che succederà presto.

North emette un grugnito, mentre si alza dallo sgabello. Fa un passo incerto all'indietro e poi cade di faccia sul tappeto del bar, zuppo di birra stantia. Crolla di lato e colpisce le assi usurate del pavimento appiccicoso da sessant'anni di Dio solo sa cosa.

Sospiro e finisco di pulire il bancone, poi mi chino per dargli un'occhiata. È privo di sensi. Per un momento resto solo a guardare, ricordando quel viso rilassato nel sonno e il modo in cui era solito sbavare sul cuscino. Metto subito a tacere quei pensieri e li ricaccio indietro prima che possano causarmi ancora più dolore di questo stronzo sdraiato sul pavimento. Dodici anni fa, una linea è stata tracciata nella sabbia. E quella linea non potrà mai essere cancellata. Mi avvicino e tocco la cassa toracica di North con lo stivale. Non si sveglia.

Valuto l'opportunità di buttarlo in strada, o di tirargli una secchiata d'acqua gelata sulla faccia, ma tutto ciò non è mai servito quand'eravamo adolescenti. Una volta che è andato, è andato. Non c'è modo di svegliarlo.

«Cristo» borbotto, e mi chino su di lui. Potrei sempre lasciarlo lì, ma poi diventerei uno stronzo perché qui dentro c'è un ratto. Un crudele piccolo bastardo che molto probabilmente gli staccherebbe la faccia a morsi, se ne avesse l'opportunità. E forse dovrei lasciarglielo fare ma, nonostante North pesi circa venti chili più di me, sono sempre stato io quello più maturo.

Dopo essermi accertato che gli incassi della giornata siano al sicuro, le porte chiuse a chiave e le luci spente, aggancio le mie braccia sotto le sue e lo trascino verso le scale che conducono al mio appartamento. Ci vuole un po' di tempo e, quando raggiungo la porta e lo scarico sul pianerottolo senza troppe cerimonie, sono abbastanza sicuro di avergli procurato una commozione cerebrale. Potrei lasciarlo qui fuori, ma se si rigirasse nel sonno e cadesse giù dalle scale quello stupido coglione probabilmente si romperebbe il collo, e io finirei in prigione. *Starei di merda con una tuta arancione.*

Infilando le chiavi nella serratura, apro la porta e lo sollevo di nuovo. Il bastardo pesa una tonnellata e le mie braccia e la schiena urlano mentre lo sposto sul mio squallido, logoro, futon grigio.

Una volta che lui è sul materasso, mi chino per prendere fiato e commetto l'errore di inspirare. Stupido, stupido errore, perché insieme al tanfo di sudore e alcol, e di dopobarba che non ha mai cambiato in tutti questi anni, riaffiorano un migliaio di altri ricordi. A dieci anni, dentro all'armadio per nasconderci da suo padre ubriaco; a diciassette, a rubare alcol dal ripostiglio di mio padre prima di arrampicarci sul tetto per guardare le stelle; North che pesta a sangue Beau Williams quando in seconda media mi ha chiamato *culattone* e il viso di North anni dopo, contorto in un ghigno rabbioso, quando mi ha chiamato *frocio* cacciandomi dalla sua proprietà.

Sì, lo so che questo mi fa sembrare uno stronzetto piagnucoloso, ed eravamo già uomini quando quel giorno North ha mandato in frantumi tutto il mio maledetto mondo, ma per molti versi mi ero sentito come un bambino. Avevo desiderato poter correre da mia madre e lasciare che calmasse il mio cuore spezzato, ma lei era una stronza che aveva abbandonato me e mio padre, e io un goffo diciottenne gay, in un paese dove il tuo valore veniva misurato in base a quanti boccali di birra riuscivi a scolarti prima di cena senza finire ubriaco fradicio. Ero un cazzo di frocio in un mondo di uomini che lavoravano sodo: pescatori, metalmeccanici, manovali, e avevo perso tutto. Non perché fossi stato uno stronzo, o l'avessi trattato in modo diverso, ma perché lo amavo troppo. Adoravo il terreno su cui camminava. Ero innamorato del mio migliore amico, ed era una cosa amara e contorta. Mi aveva cambiato. Ci aveva cambiati.

Avevo pianificato di lasciare questo buco di paese. Avrei lavorato sodo al pub, poi avrei viaggiato, ma papà aveva avuto un ictus.

In un solo giorno, l'uomo più forte che conoscevo si era ridotto a un bambino che si agitava e sbavava, e io avevo perso la mia libertà, i miei risparmi e il mio diritto di essere un idiota viziato ed egoista... tutto per un maledetto coagulo di sangue.

Il Red Reef è l'unico fornitore di liquori autorizzato del paese. Siamo una comunità di pescatori, quindi apriamo alle prime luci dell'alba, quando gli uomini sbarcano dai pescherecci da traino, e chiudiamo a mezzanotte. Era l'unico posto in cui potevi spendere tutto lo stipendio in alcol senza che tua moglie o la tua ragazza sapessero quanti soldi stavi buttando nel cesso, ma gli affari si erano ridotti a un niente.

I veri clienti omofobi compravano una cassa di birra dal reparto takeaway del pub e si ubriacavano sul prato. Si portavano le sedie da giardino, disseminavano il cortile di lattine e spazzatura, e pisciavano dovunque avessero voglia. Di solito davanti alla nostra porta. Non ero sorpreso di trovare il padre di North in mezzo a quelli che mi odiavano.

Quando mio padre finalmente era uscito dalla riabilitazione, aveva visto quello che stava accadendo. Si era messo all'entrata del Reef col fucile spianato, anche se era a malapena in grado di usare il lato destro. Con la sua nuova parlata biascicata, aveva detto a tutti che potevano scegliere se entrare a bere la loro birra ed essere serviti da me o sparire dalla nostra proprietà. Aveva anche minacciato di sparare a qualsiasi bastardo che avesse avuto qualcosa da ridire sul mio orientamento sessuale. Tutti avevano borbottato sottovoce delle scuse e si erano riversati all'interno come se fosse una cazzo di processione funebre. Dopo quell'episodio, quasi ogni cosa era tornata alla normalità. Tranne la mia amicizia con North. L'avevo beccato a sorridere mentre mio padre parlava, ma quando i nostri occhi si erano incrociati nella stanza i suoi avevano trafitto i miei, aveva lanciato una buona mancia sul bancone fradicio del bar e se n'era andato.

Stasera, niente mancia. Solo un coglione ubriaco svenuto sul mio pavimento.

Lui russa, e io fisso il suo volto tranquillo. Odio quest'uomo con tutto me stesso. Odio il fatto che riesca ancora a leggermi dentro, così come io riesco ancora a leggere lui. Odio le pieghe morbide intorno ai suoi occhi e le rughe d'espressione che gli circondano la bocca. Suggeriscono che abbia molto di cui ridere adesso. E questo fa male, perché ero io di solito a far apparire quelle rughe. Odio il modo in cui porta i capelli ora, troppo lunghi in cima, come se supplicassero di essere tirati. Odio che sembri diventare più bello con l'età, più abbronzato, più biondo e più grosso. *Gesù Cristo, quel corpo.* Più di tutto, odio il fatto che ogni giorno il suo silenzio mi ricorda a cosa ho rinunciato quando sono uscito allo scoperto. Odio che siano passati dodici lunghi anni, e non abbia smesso di sentire la sua mancanza, nemmeno per un secondo.

Togliendomi gli stivali, mi spoglio fino a rimanere in mutande. Mi lavo i denti e mi preparo per andare a letto. Il mio appartamento è piccolo. Una volta le camere venivano affittate ogni notte, ma non da quando mio padre ha comprato questo posto, quand'ero un ragazzino. Questa era la mia stanza anche allora, anche se avevo rimosso il letto a forma di macchina da corsa e tirato giù i poster dei Silverchair che tappezzavano le pareti. Avevo abbattuto i muri delle due camere accanto alla mia e creato un bagno e una cucina. Avevamo fatto lo stesso con le stanze accanto a quella di mio padre. È un posto come un altro in cui vivere; c'è alcol gratis, la cucina al piano di sotto è sempre fornita e la cuoca, Bessa, è gentile con me e papà. Si assicura che le nostre pance siano piene e che mangiamo le verdure.

Non riesco davvero a immaginare di aver vissuto in un altro posto prima di questo. So che l'abbiamo fatto, ma sono al Reef da così tanto tempo che ormai è casa mia. Anche se è grande quanto una cazzo di scatola da scarpe. Il problema degli spazi abitativi limitati è il fatto che il divano e il letto sono la stessa cosa e, mentre fisso North, provo un senso di malata soddisfazione ad averlo di nuovo nel mio letto. Anche se è privo di conoscenza. Salgo sul futon e mi sdraio accanto a lui, attento a non toccarlo. Non mi è più concesso quel privilegio. Ho così tanta paura di svegliarlo che a malapena respiro, anche se immagino sia improbabile che possa svegliarsi nel cuore della notte chiedendosi perché cavolo stia dormendo accanto a lui. North dorme come un ghiro, specialmente quando è pieno d'alcol. Dovrò alzarmi tra qualche ora comunque e, con un po' di fortuna, non lo saprà mai.

Io sì però e, per uno che si ricorda bene come fosse stare sdraiato vicino a lui, queste prossime ore sono destinate a essere un bellissimo e straziante inferno. Ripenso a tutte le notti passate sdraiati in questa stanza quand'eravamo ragazzini, condividendo lo stesso letto, sognando le pazze avventure che avremmo avuto quando saremmo stati adulti, e il mio cuore vacilla con nauseante sconforto.

North era la mia infanzia. Il mio primo amore. Ma non è niente per me ora. Non siamo niente.

Abbiamo smesso di lanciarci in caduta libera, e adesso siamo fermi.

***

Al mattino mi faccio una doccia, mi verso una tazza di cereali e mi vesto, con il russare di North come colonna sonora in sottofondo. Sono le sei. Devo andare di sotto per far entrare Doug, il fattorino, e non ho nessuna intenzione di lasciare che North resti qui ancora a lungo. Il pub non apre fino alle sette, ma prima c'è una buona ora di lavoro da fare e sono già indietro perché ho dormito fino a tardi. Pur non riuscendo in realtà a vedere nulla sotto i suoi vestiti, forse ho alzato le coperte per trarre una piccola ispirazione e ho passato troppo tempo sotto la doccia pensando a North, mentre mi masturbavo a ripetizione. Non vado fiero di quest'ultima cosa, ma me ne farò una ragione.

Mi avvicino al letto, pronto a svegliare North, quando lui sussulta e si tira su a sedere di soprassalto. La sua fronte si scontra con la mia, e io barcollo all'indietro. «Cristo santissimo.»

«Ah, cazzo, Will!» urla lui. «Che diavolo stavi facendo, chinato su di me come un maniaco?»

«Stavo cercando di violentarti nel sonno» dico impassibile, facendo una smorfia e togliendomi il palmo della mano dalla fronte per non sembrare una femminuccia gigante. «Stavo cercando di svegliarti, coglione. Che cazzo pensavi che stessi facendo?»

Lui si acciglia, e poi osserva la stanza attorno a noi e si alza di colpo dal divano, rivolgendomi uno sguardo diffidente. «Che cavolo ci faccio qui?»

«Sei svenuto nel bar, idiota. Ti ho trascinato su per le scale.» Metto un po' di distanza tra noi e passo in rassegna distrattamente il contenuto del mio portafogli per avere qualcosa da fare, perché la vista di lui nel mio letto è una tentazione che non potrei mai ignorare. Ho sempre amato il suo aspetto al mattino; i capelli spettinati dal cuscino, gli occhi azzurri assonnati e le labbra piene, rosa e gonfie, come se fosse stato appena baciato. Nemmeno l'erezione che gli riempiva i jeans era male.

Ma adesso fa un male cane.

«Prego, comunque.»

«Vivi ancora qui?» mi chiede. I suoi occhi si spalancano, mentre dà un'occhiata intorno al mio appartamento. È un po' disgustoso; c'è roba da tutte le parti. Non sono un maniaco del pulito, e non sono un perfezionista del design d'interni, come i ragazzi di *Queer Eye*. Ci sono tre cose sulle quali sono davvero eccezionale: preparare cocktail, fare del sarcasmo e scopare. Lo stereotipo del ragazzo gay? Non è proprio il mio forte.

«È esattamente lo stesso. Voglio dire, a parte le ristrutturazioni, e manca quel letto a forma di macchina da corsa, ma è...» si interrompe North, sembrando imbarazzato da se stesso.

«Ancora sudicio? Che cosa poco gay da parte mia» dico, raccogliendo il suo portafogli dal tavolino e lanciandoglielo. Lui non prova a prenderlo, perciò cade sul pavimento con un tonfo pesante.

18

Non ho bisogno che si metta a guardare intorno a questa stanza ricordando i vecchi tempi; lo faccio già abbastanza da solo.

«È ora di andare, coglione.»

«Posso pisciare prima?»

I miei occhi scorrono sulla camicia che gli riveste il torace giù fino all'erezione mattutina, che si tende contro la cerniera. Non posso farne a meno. Risalgono verso l'alto e incontrano il suo sguardo, senza remore. «Certo.»

Lui mi rivolge un'occhiata nervosa e poi si schiarisce la gola, incamminandosi verso il bagno. «Solo non sederti sulla tazza» dico. «C'è un brutto caso di omosessualità in giro. Non vorrei che la prendessi.»

Si ferma di colpo e china la testa, probabilmente per pizzicarsi la curva del naso, però da dove sono non riesco a vedere la sua faccia. North si gira e mi guarda, mi guarda davvero, e per un momento mi sento un completo stronzo. Non voglio essere arrabbiato dopo tutti questi anni. Voglio che le cose tornino com'erano una volta.

E poi mi ricordo che non è opera mia. È sua. Quindi metto da parte tutti i pensieri su ciò che eravamo.

«Will» mormora lui, ma io scuoto la testa. Non posso stare a sentire qualsiasi cosa abbia da dire. Non importa. Ha perso il diritto di dirmi qualcosa di più di *"Dammi un'altra birra"* o *"Fammelo doppio"* quando mi ha spinto via.

«Chiudi la porta quando te ne vai» scatto io, raccogliendo le chiavi dal tavolino e dirigendomi di sotto.

Sono in piedi nel bar vuoto, sapendo che devo muovere il culo e iniziare a sistemare, e anche dimenticare il passato. Mi piacerebbe che ci fosse un modo per bruciare via dal cervello i ricordi di quell'uomo e della nostra infanzia insieme, perché aggrapparmi a quella merda non mi fa bene per niente. Non potrà mai tornare tutto come prima, perché non siamo più le stesse persone. È stato North a farlo. In un istante ha strappato via tutto.

Un secondo.

Poche semplici parole.

E un enorme cazzo di squarcio attraverso il centro del mio cuore.

Capitolo 2

NORTH

Non ho mai avuto problemi con la passeggiata della vergogna. Perché possa essere tale devi averne almeno un po', di vergogna, tanto per cominciare. La mia ex, Tammy, è in piedi davanti alla mia porta di casa. No, non è vero. Lei è proprio sulla porta per impedirmi di entrare nella casa che possiedo, che ho costruito, e i suoi occhi gonfi mi guardano in cagnesco. Vorrei essere stato fuori tutta la notte a infilare il cazzo dentro qualcun altro. *Voglio dire, se proprio devi essere accusato di questo...*

«*Lei* chi era?» mi chiede Tammy, solo che più che una domanda è una pretesa, e pronuncia le parole urlando. Non per la prima volta, ringrazio Dio di non avere dei vicini.

«Non ho scopato nessuno, Tam. Ho bevuto troppo. Ero troppo sbronzo per guidare, quindi ho camminato e mi sono addormentato sulla spiaggia.»

«Non mentirmi. Non osare mentirmi, North. Eri con Jenny, non è così?» dice lei, facendo scorrere le dita nei suoi capelli biondo-ramati. La corta sottoveste nera le risale sulle cosce, e cerco di non sembrare un emerito coglione a squadrarla mentre sta avendo un altro dei suoi piccoli drammatici episodi, soprattutto visto che si è già fatta un'idea sbagliata. Quando avevo lasciato che si trasferisse da me, dopo che aveva perso il suo appartamento, le avevo spiegato che non significava niente. La stavo solo aiutando e, quando si fosse rimessa in piedi, si sarebbe trovata un altro

20

posto in cui vivere. Pensavo di essere stato chiaro, cazzo, ma ovviamente come tutti gli uomini, quando si tratta di donne, non ci capisco niente.

«Oddio, è il motivo per cui hai rotto con me.»

Cazzo. Ci siamo. Pensavo che per poter rompere con qualcuno dovessi prima uscirci insieme. Sapeva di cosa si trattava fin dall'inizio.

Ho bisogno di queste cazzate come ho bisogno di un buco in testa. Il cervello mi sta martellando come se mi avessero mollato un'incudine sul cranio, e Tam vuole parlare delle mie precedenti scappatelle? Dovrei semplicemente dirle che ho passato la notte con un uomo e farla finita. Almeno potrebbe metterla a tacere per un attimo, e io potrei finalmente avere un po' di pace e tranquillità.

«So cos'hai fatto con lei l'anno scorso quando noi avevamo rotto» continua. O, forse, semplicemente non ha mai smesso di parlare e io mi sono distratto. *Non sarebbe la prima volta.* «L'intero paese ne parlava. Ha raccontato a Susan, giù al Curls 'n' Things, che la scorsa vigilia di Natale vi siete ubriacati, e che Babbo Natale non è stato l'unico a venire quella sera.»

Sorrido, perché ho molti bei ricordi di quel Natale. Io e Jenny non siamo solo riusciti a entrare nella lista dei cattivi di Babbo Natale quell'anno; l'abbiamo proprio ridotta in cenere. Ho sempre avuto un debole per le brave ragazze.

Tam urla la sua frustrazione e io mi rendo conto un po' in ritardo che adesso non è il momento giusto per ricordare i vecchi tempi. Gesù Cristo! Io e lei non eravamo niente all'epoca, e anche se lo fossimo stati non sarebbe stata una cosa seria. Almeno, quello era ciò che pensavo.

È una donna dolce quando non è in fase premestruale, cioè un cazzo di giorno sì e uno no, ma vuole delle cose che io non posso darle: stabilità, una famiglia, amore. Non so come dare a nessuno quelle cose. Non sono degno di nessuna di esse, quindi come posso darle a qualcun altro?

Mi massaggio le tempie e la supero per entrare in casa, al fresco. Vado dritto verso il cassetto delle cianfrusaglie e tiro fuori gli antidolorifici. Mi verso un bicchiere d'acqua e lo butto giù in un colpo solo.

«Sembri uno straccio, North» dice piano Tam.

«Mi ci sento anche, quindi mi faccio una doccia e poi me ne vado a letto. Puoi venire se vuoi, e forse possiamo smaltire un po' della tua tensione, oppure no... non me ne frega un cazzo.»

Le labbra di Tam si appiattiscono e i suoi occhi penetrano i miei con indignazione. Mi volto, non ne posso più dei suoi fottuti giochetti mentali. Non mi sarei dovuto offrire di scoparla. È stato stupido, ma cazzo, ho bisogno di affondare dentro qualcosa e dimenticare di chi era la casa nella quale mi sono svegliato questa mattina e di quanto familiare fosse quella stanza.

Quando esco dalla doccia mi asciugo solo per metà, perché fa già caldo e non ho voglia di fare nemmeno quello. Lascio l'asciugamano sul pavimento e mi dirigo in camera mia. Tam è distesa sul letto di fronte a me. La sua piccola sottoveste nera è sparita e la sua fica nuda è già rosa e gonfia per l'eccitazione.

Cammino verso il letto. «Apri le gambe, tesoro.»

Lei pianta i piedi sul materasso e apre le cosce. Le tocco la fica col palmo della mano. Tam geme. Aprendole le labbra con il pollice e l'indice, sorrido quando sento quanto è pronta. Questo è esattamente ciò di cui ho bisogno, di affondare me stesso in una fica calda e bagnata.

Per dimenticare.

Capitolo 3

Evito il bar come la peste per due giorni di fila, ma al terzo giorno non ne posso più di starne alla larga. Mentre entro, vengo accolto dai soliti noti: colleghi di lavoro, ubriaconi che conosco da quand'ero ragazzino, e il caro paparino. Ho a malapena messo un piede dentro che lui inizia subito a scagliarmi addosso insulti; cazzate su Tam, e su come non mi abbia visto fuori dal lavoro perché lei mi tiene in pugno, il che non potrebbe essere più lontano dalla verità.

Papà è un vecchio bastardo infame. Lo è sempre stato, e non passa giorno che io non voglia spaccargli quella testa di cazzo per un motivo o per un altro, ma generalmente me le faccio scivolare addosso perché sono abituato alle sue stronzate. Non oggi però.

Oggi ne ho abbastanza. «Quanti bicchieri ti sei scolato, papà?»

Lui mi guarda storto, anche se so che richiamare l'attenzione sul suo alcolismo non è esattamente un insulto per lui. «Non abbastanza.»

«Immagino di no. Sono le sei passate e non stai provando a prendermi a pugni in testa, quindi su una scala da uno a cinquanta probabilmente siamo solo a ventitré» dico. «Andrò a prendere una birra e tornerò quando sarai un po' più sbronzo.»

«Oh, dacci un taglio, ragazzino.» Si appoggia al tavolo in legno di ciliegio. Non c'è scusa o rimorso nel suo sguardo. Non c'è niente dietro i suoi occhi. Niente di niente. Quest'uomo è morto dentro, marcio fino al midollo, e per moltissimo tempo non me ne sono accorto. Volevo essere esattamente come lui: forte, coraggioso, un vero uomo. Ma lui non è niente di tutto ciò. Solo un vecchio ubriaco arrabbiato al quale non è mai fregato un cazzo di nessuno, se non di se stesso. Mi allontano, ma papà dice: «Cristo, sei uno stronzo lagnoso. Sembri tua madre.»

«Io non sono mia madre» scatto, tornando al tavolo a grandi passi, col dito puntato contro la sua faccia. «Ma c'è da stupirsi che si sia ammazzata con un marito come te?»

Gli occhi di mio padre sono tranquilli e sprezzanti, ma le sue guance gonfie arrossiscono e non solo per una vita passata a pescare in balìa degli agenti atmosferici. L'ho messo in imbarazzo. *Non sarebbe la prima volta, immagino.*

Non è un segreto che mia madre si sia suicidata. Quando avevo sei anni, si è alzata presto una mattina e si è incamminata verso il molo davanti a casa nostra. Mi hanno detto che soffriva di depressione. Tutto ciò che so è che nel momento in cui se n'è andata, tutta la rabbia di mio padre si è trasferita da lei a me. E non ha passato un solo giorno senza dimostrarmi nel suo piccolo che sono il motivo per cui la sua esistenza è così miserabile.

«Che cos'hai detto, merdina?»

«Ehi, andiamo ragazzi» dice Smithy, un costruttore di mulini magro e coi capelli rossi che lavora con noi, dando delle pacche sulla schiena a mio padre. Smithy è uno che mi piace chiamare "il Pacificatore". Lui odia qualsiasi tipo di tensione, quindi bere al bar con me e mio padre gli causa quasi sempre dei cazzo di attacchi d'ansia. «Non intendeva dire niente con questo, Rob. Si sta solo sfogando, tutto qui. Lo stavi prendendo per il culo alla grande, quindi calmiamoci, okay?»

«Toglimi le mani di dosso» gli dice papà, e fa un passo verso di me. Io lo guardo soltanto. Non è la prima volta da quando sono adulto che vuole sfidarmi, e io non sono più il ragazzo codardo che ero prima e non sono più nemmeno mingherlino. L'ho messo col culo a terra diverse volte da quando sono diventato un uomo, e lui non si riprende più in fretta come una volta. Dev'essere una sensazione terribile; la forza di un padre spodestata da quella di suo figlio.

Da coglione inutile qual è, papà sputa sul pavimento ed esce in fretta dal pub, e io vado verso il bar perché sono stanco degli sguardi accusatori che i suoi amici lanciano nella mia direzione.

«È ancora un vecchio stronzo incattivito, non è così?» borbotta Will, mentre passa uno straccio sul bancone.

«Sì be', non siamo tutti così fortunati da essere stati benedetti con Mike Brady come padre» dico.

«Hai intenzione di bere qualcosa? O devo tirare fuori il divano così ti puoi sdraiare e raccontarmi tutto a proposito dei tuoi sentimenti?» Will sorride in quel suo tipico modo arrogante. Se fosse stato chiunque altro, si sarebbe ritrovato col cranio sfondato per quel sorriso da idiota. *Il solito istigatore di merda.* «Sarà un bel diversivo rispetto al tenerli dentro per dodici anni.»

«Dammi una birra» dico, cercando di nascondere il ghigno, mentre mi strofino una mano sulla bocca e sul mento e mi gratto la barba.

«Sai cosa.» Will appoggia una mano sul bancone, perforandomi con quei grandi occhi scuri. «Perché non ti do uno scotch e un consiglio, invece?»

Lancio un'occhiata intorno per vedere chi sta guardando, e mi sporgo più vicino quando noto che a nessuno frega un cazzo di quello che sto facendo. Tranne forse alla collega di lavoro di Will, Jenny. Sì, quella Jenny. Abbiamo scopato una manciata di volte dopo quel Natale, l'ultima due giorni prima del suo matrimonio con un coglione di Valentine, un'altra piccola comunità di pescatori non lontana da qui. Jenny ha annullato il suo matrimonio, ma più che per colpa mia per la consapevolezza che non voleva essere la moglie di un pescivendolo, una che sforna figli e raccoglie squame da dentro la lavatrice. Jenny ci guarda attentamente, ma quando il suo sguardo incontra il mio le sue guance si infiammano e si volta, dandosi da fare a pulire la sua parte di bar.

«E quale sarebbe?» dico piano, mentre Will tira giù una bottiglia di Glenfiddich e versa un bicchierino a entrambi.

«Comincia a fregartene» dice, alzando il suo bicchiere.

«È così facile, eh?»

«Per me ha funzionato.» Sorride. Un sorriso reale. Non uno cattivo o quello arrogante che mi ha servito solo pochi secondi fa, ma un vero sorriso vivo e genuino. Ed è una cosa bellissima. Non vedevo Will Tanner sorridere da... be', è passato moltissimo tempo.

Sorrido anch'io, perché ho sempre trovato contagiosi i suoi stati d'animo, poi mi ricordo dove sono, e cosa più importante chi sono, e la paura mi attanaglia, il sudore mi procura un brivido lungo la schiena e il disagio mi attorciglia lo stomaco. «Hai raccontato dell'altra notte a qualcuno?»

«Vuoi dire del gran pezzo di figo che mi sono scopato sul divano? O *l'altra* notte, quando hai fatto un pisolino nel mio bar e ho dovuto portarti di sopra in camera mia e provarci con te?»

«Ma che cazzo?» sibilo.

Will alza gli occhi al cielo. «Gesù, North. Una volta avevi senso dell'umorismo.»

«Sì, be', le cose cambiano.» Butto giù lo scotch.

«Sì, è vero.» Will allunga la mano. Mi ci vuole un attimo per capire che vuole che lo paghi per il bicchierino troppo costoso che ha appena versato.

«Sai, una volta mi davi da bere gratis» dico.

«Quello succedeva quando eri uno su cui potevo fare affidamento» dice lui dolcemente. «Ora sei solo un altro coglione ubriaco nel mio bar, che vuole da bere gratis.»

Scendendo dallo sgabello, tiro fuori il portafogli e lancio dei soldi sul bancone. Do a Will un'ultima occhiata, desiderando di poterglielo dire, ma invece mi volto e me ne vado senza un'altra parola.

Se solo avesse idea di quello che volevo.

Capitolo 4

WILL

Controllando l'orologio, spengo la lavastoviglie in modo che il suo bip infernale non mi faccia impazzire del tutto. Ho mandato Jenny a casa prima perché c'è solo un cliente, e non mi piaceva il modo in cui flirtava con lui. Mi piace Jenny; è una brava ragazza. No, un attimo, come non detto; non è affatto una brava ragazza. Probabilmente è una cazzo di succube sotto le lenzuola, ma per essere un demone affamato di sesso e succhia-anime è abbastanza simpatica. Solo non mi piace quando flirta col mio... Non mi piace quando flirta, punto.

«Stiamo per chiudere» annuncio alla sala semivuota.

«Ehi, fai sul serio?» dice North. «Ci siamo io e te qui; e basta.»

«Allora stiamo chiudendo per te.»

North si scola quel che rimane della sua birra e tamburella le mani sul bancone. «E se ti lasciassi duecento bigliettoni e ti chiedessi di passarmi la bottiglia di Bundy?»

«Allora te la darei.» Abbasso il tono, faccio scorrere gli occhi sul suo torace come se il mio sguardo da solo potesse divorarlo. Non dovrei flirtare. Lo so questo, ma lo faccio lo stesso. Benché sappia che il pub è vuoto, lui si guarda attorno con ansia.

North tira fuori il portafogli e lancia qualche banconota da cinquanta sul bancone. Mi guarda sfacciato e io afferro al volo le banconote, ficcandomele in tasca prima di girarmi per prendere il rum Bundy dallo scaffale. Piazzo la bottiglia davanti a lui.

«Sai che la vendono al negozio di liquori per quaranta dollari, sì?» Prendo un altro bicchiere, lasciandoci cadere dentro qualche cubetto di ghiaccio. Quando faccio per prendere la bottiglia, la mano di North copre la mia. Mi fissa, e il suo sguardo brucia nel mio.

«Credo che quella sia mia» dice lui.

«Sempre a fare giochetti, North» borbotto. «Non sei un po' troppo cresciuto?»

«Ricordo che i giochetti ti piacevano» sussurra, e devo fare uno sforzo per tenere a freno la mia espressione.

Dodici anni ed è ancora un tale rizzacazzi.

Altri avrebbero camminato in punta di piedi attorno al pericolo, preoccupati di svegliarlo, ma a North piaceva afferrarlo per le palle e dargli uno strattone bello deciso. E non c'era niente che gli piacesse di più del far innervosire qualcuno. Ed era sempre stato molto bravo a far innervosire me.

«Mi piacevano un sacco di cose, ma adesso non più.» Strappo via la bottiglia e ne verso un'abbondante quantità nel mio bicchiere. Lo sguardo di North mi perfora. Si acciglia.

«Tipo me?» chiede, come se non sapesse già la risposta a quella domanda.

Lo guardo storto e mi scontro con un lento, solenne cenno di comprensione. North si schiarisce la gola e si versa da bere, scolandosi il bicchiere d'un fiato. Per molto tempo nessuno di noi dice una parola, poi lui chiede: «Come ci riesci?»

«A fare cosa?»

«A essere te stesso?» Il suo sguardo non incontra il mio, ma fissa in basso il bicchiere di cristallo quasi vuoto, come se potesse trovare le risposte che cerca nei residui di liquido ambrato sul fondo. «Come fai a vivere qui, Will?»

«Be', prendi tutta la tua merda e la ficchi dentro a delle scatole, e poi la sposti da una casa all'altra.» Farcisco le mie parole con sarcasmo perché la sua domanda mi ha colto alla sprovvista, e fare il coglione è sempre stato il mio meccanismo di difesa.

«Come fai ad alzarti la mattina ed essere esattamente chi vuoi essere?»

Faccio spallucce, minimizzando l'effetto che le sue domande hanno su di me, ma dentro voglio urlare. *Mi sta prendendo per il culo con queste stronzate?*

Con un'espressione tirata e con la rabbia che mi attorciglia lo stomaco dico: «Non so come essere qualcun altro.»

Lui annuisce. Posso leggere quest'uomo come un libro aperto, l'ho sempre fatto. La sua bocca rigida, la tristezza dietro il suo sguardo? Ha bisogno di sfogare i suoi sentimenti, ma non lo farà perché non siamo amici. Non più. E anche se io sono l'unica persona al mondo con la quale potrebbe parlare, li ingoia come il liquore nel suo bicchiere, e io sono stanco di cercare di trovare North in tutto ciò che non dirà.

Cristo santissimo, sono troppo sobrio per questa merda. Abbiamo entrambi bisogno che la nostra mascolinità venga revocata.

«Inoltre, si dà il caso che io sia fighissimo, cazzo. Perché dovrei voler essere qualcun altro?» Butto giù il resto del rum e alzo la bottiglia, versandomene un altro. «Non puoi controllare ciò che le persone pensano di te, North. Non hai voce in capitolo su cosa le fa scattare, su cosa gli va bene e cosa no. È al di là perfino delle tue capacità. La cosa su cui hai voce in capitolo è se sta bene a te.»

«E se non fosse così?» chiede lui.

«Se non è così allora rimedia.»

I miei occhi si incatenano ai suoi, sfidandolo a rompere quei muri che ha messo in piedi a causa delle aspettative degli altri. Sa benissimo cosa intendo dire, ma non ha importanza. Nonostante tutta la sua spavalderia, North ha paura e non cambierà mai.

Gli importa troppo di cosa pensa la gente.

Prima che possa versarsi di nuovo da bere, prendo i nostri bicchieri e vado verso il lavandino per sciacquarli.

«Non ho finito.»

«Oh, qui hai finito, credimi.»

«Va bene.» Prende la bottiglia dal bancone e la scuote nella mia direzione. «Be', grazie per il rum.»

«Sono qui per questo.»

North scivola giù dal suo sgabello e prende la giacca dalla seduta vuota accanto a sé. Lo seguo fino alla porta, abbassando qualche interruttore lungo la via, spegnendo le luci generali e lasciando accese solo quelle sulla tromba delle scale e l'insegna al neon sopra il bar.

North si volta bruscamente, costringendomi a scontrarmi con lui. Sto proprio per fare qualche commento sarcastico sul fatto che sia più ubriaco di quel che pensavo, quando mette giù la bottiglia su un tavolo vicino e mi stringe la maglietta in un pugno. I nostri occhi si incontrano. Passa un attimo. Un momento che dura un'eternità, mentre inaliamo l'uno il respiro dell'altro e poi si spezza come un elastico, quando North abbassa le labbra sulle mie. La sua lingua si spinge nella mia bocca. Una melassa affilata mi rotola sulle papille gustative e mani ruvide mi scivolano tra i capelli per tenermi fermo.

Come se volessi provare ad allontanarmi.

Come se potessi mai dirgli di no.

Ricambio il bacio, più a fondo, con più rabbia, sferzando la lingua contro la sua come se questo potesse assolverlo dalla mia eccitazione, dalla mia bramosia.

Dovrei fermarmi, ma non lo farò.

North sposta il suo corpo sul mio, sfregando l'erezione contro di me. Voglio spingerlo in ginocchio e ficcargli il mio uccello così in fondo alla gola da farlo soffocare. Voglio fargli male. Voglio prendere a pugni la sua faccia maledetta per farmi sentire in questo modo, ma quando la sua mano scivola giù dai miei capelli al torace per agguantarmi il cazzo, mi torna in mente tutto. Ricordo chi eravamo, e chi siamo adesso, e mentre mi scosto mi sfugge un gemito insoddisfatto.

«Vai a casa North.» Mi pulisco la bocca col dorso della mano.

«Che stai facendo?»

Mi passo le mani tra i capelli e lo guardo in cagnesco. «Mi proteggo.»

«Da me?» chiede lui, sconcertato.

«Sì, da te» dico, furioso con me stesso, e ancora più arrabbiato per il fatto che non capisca perché ho bisogno di proteggere il mio cuore da lui. «Vai a casa nel tuo piccolo e sicuro mondo etero. Questo non è mai successo.»

Le sue sopracciglia si alzano sorprese verso il cielo. «Mi stai tirando il pacco?»

«Se stessi facendo qualsiasi cosa al tuo pacco lo sapresti» dico e gli giro intorno, aprendo la porta.

Quattro donne scendono da un fuoristrada argentato e corrono attraverso il parcheggio verso di noi, o almeno cercano di correre. La maggior parte di loro barcolla sui tacchi da spogliarellista, e una ragazza è senza scarpe.

North si blocca quando realizza che non siamo soli. Sono certo che non abbiano visto nulla, ma la sua reazione è schiacciante. Gli rivolgo uno sguardo stanco che in pratica significa che ho capito dove vuole arrivare, e lui si guarda i piedi.

«Dimmi che siete ancora aperti» biascica Angela, una donna con cui abbiamo condiviso il corso di inglese al liceo, inciampando sui suoi stessi piedi, mentre sale le scale del portico.

«Scusate signore, stiamo chiudendo.»

«Non puoi negarci l'aaalcolll. È un nostro sacrosanto diritto come donne... e io sono una sposa, dannazione.» La sciacquetta senza scarpe sbatte un piede a terra, alzando la voce mentre spinge via Angela e mi guarda in cagnesco. Punta il pollice e l'indice e fa finta di tenermi sotto tiro con una piccola, delicata, pistola fatta con le dita. «Dacci tuuuutto l'alcol che hai.»

«*Shh*, non ti darà niente se gli punti addosso quella pistola» dice Angela, cercando di nascondere le dita dalla mia vista.

Vagabonda a Piedi Scalzi si volta verso la sua amica. «Cavolo, questo tizio è un figo.»

«Mooolto figo» concorda Angela.

Già, non ditelo a me. Guardo North, appoggiato alla porta aperta. Nessuna di loro gli sta prestando alcuna attenzione. *Bè, questa cosa è ancora più imbarazzante.*

«Davveroooo, perché tutti i gay sono così dannatamente sexy? Come possiamo competere con quello?»

«Oh, chiudi quel becco da sgualdrina. Non devi più competere con niente ora che stai per sposare Nick» dice Angela, ed entrambe rilasciano dei piccoli sospiri sognanti. *Non ho mai voluto vomitare di più in tutta la mia cazzo di vita.*

«Mi dispiace signore» ridacchio, perché le svampite sono quasi divertenti quando sono sbronze. «Non posso servire alcol dopo mezzanotte.»

«Per favore? È l'addio al nubilato di Julie.» Si lamenta Samantha, una brunetta procace che tiene in pugno più della metà degli uomini del paese. Sbatte le ciglia finte e incrocia le braccia sul petto mettendo il broncio, spingendo deliberatamente le tette verso l'alto. Vorrei dirle che il suo sforzo con me è sprecato, ma probabilmente lo sa già. Julie si appoggia alla ringhiera e sembra in procinto di precipitare sul prato. Nessuna di queste donne ha bisogno di altro alcol.

«E invece siamo a corto di '*frega un cazzo*' stasera.» Inizio a chiudere la porta, costringendo North a uscire fuori sull'ampio portico del pub con le donne ubriache. Lui mi guarda male, come se si aspettasse di restare per trattare a fondo la faccenda. Col cazzo che avrei trascorso altro tempo da solo con lui.

Fa un altro passo indietro, come se il mio rifiuto gli avesse sferrato un cazzotto vero, e va a sbattere contro Victoria, la guidatrice designata; almeno spero che sia così, perché è lei che tiene in mano le chiavi. Victoria era uscita con North per ben due secondi al liceo e lui l'aveva lasciata a disperarsi, quando aveva deciso che l'erba era più verde da qualche altra parte. Dal momento in cui era diventato grande abbastanza da sparare quel sorriso perfetto, questo coglione aveva lasciato un intero villaggio di cuori spezzati sul proprio cammino, eppure nessuno sembrava biasimarlo per questo.

Nessuno tranne me, ovviamente.

«North?» chiede Victoria, toccandogli la spalla. Lui si volta verso di lei.

«Ehi Vi. Da quanto tempo.» Le rivolge un sorriso ansioso e si fa scorrere una mano sulla nuca. Lancio un'occhiata verso il basso all'uccello rigido che gli tende i pantaloni e, quando rialzo gli occhi sul suo corpo sodo, lo sguardo di North è fisso saldamente al mio. Così come quello di Victoria. I suoi occhi fanno avanti e indietro da me a lui. North si contorce come se fosse sotto processo per omicidio e cerca di coprirsi l'uccello stringendo le mani davanti a sé.

«Abbiamo interrotto qualcosa?» dice Victoria, e il suo tono accusatorio attira le stronze ubriache come falene verso la luce. Abbandonano il loro ridicolo piano di fare irruzione nel mio negozio di liquori per avere altro alcol e rivolgono l'attenzione su noi tre.

«Cosa? N... no» dice North, e per la prima volta lo vedo vacillare nelle sue parole. La sua maschera scivola via, e in qualche modo sembra in panico e sollevato al tempo stesso.

«OH MIO DIO! È un'erezione enorme quella nei tuoi pantaloni?» urla Julie, la fenomena scalza, scattando in avanti e tendendo le mani verso il cazzo di North, mentre le sue amiche cercano di trattenerla.

«Julie, non puoi semplicemente allungare la mano e prendere il pene di un uomo» fa le fusa Samantha, rivolgendo un sorrisetto a North come se lui fosse una preda. «Dovete prima presentarvi.»

«Ma... ma... voglio toccarlo.» Julie mette il broncio.
Sono sicuro che il suo fidanzato ne sarebbe entusiasta.

«Be', la maggior parte delle donne prima mi offre da bere» dice North, facendo finta di niente con quel sorriso ridicolo che solo lui sa fare.

«Lasciami andare» urla Julie. «Ha detto che posso toccarlo.»

«No!» dice Victoria.

«Sembra che tu abbia trovato quel gran bel pezzo di fica che stavi cercando, eh?» dico a North, mentre le donne saltano addosso alla loro amica nel tentativo di tenerla a freno. Tutte e quattro cadono a terra ammucchiate, ridacchiando a gran voce. «È stato divertente, ma se voi cretine poteste gentilmente uscire dalla mia proprietà e non cercare di rapinarmi lo apprezzerei davvero tanto.» Sbatto la porta e la chiudo a chiave dietro di me.

Victoria dice: «Wow, lui è... ancora molto sgradevole.»

«Naah, è un tipo a posto una volta che lo conosci» dice North. Non rimango ad ascoltare altro della loro conversazione, e poco dopo il fuoristrada di Victoria fa marcia indietro dal parcheggio di ghiaia.

Quando apro la porta del mio appartamento, mi tolgo gli stivali e vado dritto verso la doccia. Apro l'acqua, scivolo sotto il flusso caldo e mi premo i polpastrelli sulle labbra, ricordando la bocca di North sulla mia. Com'era prevedibile, sono ancora duro. Mi accarezzo l'uccello e mi ammonisco silenziosamente per il fatto che sto pensando a lui. Invece, mi sforzo di pensare a Josh, un ragazzo che rimorchio regolarmente su *Grindr*. È un avvocato difensore di Newcastle e la cosa più vicina a un amico che ho. Josh è biondo come North, anche lui ha gli occhi azzurri e si mantiene in forma. Scopa come un cazzo di campione, ed è una delle poche persone con le quali posso sedermi a bere una birra prima e dopo aver fatto sesso senza volermi staccare a morsi un braccio pur di scappare via.

È un ragazzo decente, ma non è North. Non scatena uno sciame di farfalle kamikaze che sfrecciano nelle mie budella, non mi fa stringere le palle dal desiderio e non fa battere più forte il mio cuore. Solo North lo fa, e io lo detesto per questo.

Ovvio, quindi, che North è l'unico uomo al quale penso mentre mi masturbo. Faccio scorrere la mano insaponata su e giù lungo l'uccello, e sono sia orgoglioso che immensamente incazzato con me stesso per averlo respinto stasera.

E se non avessi detto di no?

Mi appoggio contro il muro della doccia e mi impugno il cazzo con forza, come se potessi punire me stesso per quell'errore di giudizio.

Il lupo perde il pelo ma non il vizio, Will. Datti una cazzo di calmata.

L'amara sensazione di solitudine mi colpisce in pieno, mentre il mio seme si riversa fuori e scende giù nello scarico, insieme ai miei rimpianti.

Capitolo 5

Dodici anni prima

North mi passa il bong fatto in casa, che consiste in una vecchia e logora bottiglia di plastica che ho trovato nella spazzatura e un pezzo di tubo per annaffiare. L'ho tagliato ieri sul retro per rimpiazzare quello che North ha sciolto l'ultima volta che era strafatto e si era fatto prendere un po' troppo la mano con l'accendino.

Siamo a casa sua. Nella stessa piccola baracca malmessa e nella stessa stanza in cui North dorme da quand'era ragazzino. Non è più grande di un ripostiglio, ma non ci siamo mai preoccupati di non avere dei letti separati. Qualche volta quando viene a casa mia si mette sul pavimento, altre volte lo faccio io, o nessuno dei due; non ha davvero importanza. Stanotte avrei voluto dormire sul divano perché i commenti di suo padre sul fatto che siamo due froci mi hanno colpito un po' troppo duramente, ma lui ci si è lanciato sopra ubriaco e non c'è modo di spostarlo. Quindi mi godo beatamente il fatto che dormirò nella stessa stanza col mio migliore amico. Lui si addormenterà, e io mi sdraierò accanto a lui ascoltando il suo lieve russare e avvicinandomi il più possibile, in modo cauto, senza farla sembrare una cosa gay.

Mi lancia l'accendino e io copro il boccaglio del bong con le labbra mentre lo accendo. Il fumo mi brucia nei polmoni quando trattengo il respiro, il petto lotta in cerca d'aria, e quando espiro alzo lo sguardo e vedo che North mi sta fissando. Non come se stesse semplicemente aspettando il proprio turno, ma fissandomi davvero.

«Che c'è?» dico, buttando fuori il resto del fumo dolce dai polmoni. Tossisco un po' per il bruciore tagliente che mi provoca. «Ho qualcosa sulla faccia?»

North continua a fissarmi. «Sai che sei un essere umano davvero bello?»

Io rido. «Ma che cazzo? Sei fatto?»

«Sì, ma sono serio. Se fossi una ragazza, ti infilerei il cazzo dappertutto, amico.» Guarda il pavimento in confusione.

Mi sta prendendo per il culo adesso?

Non ho mai avuto il coraggio di dire a North come mi sentivo, ho sempre pensato che lo sapesse. Ero terrorizzato di perderlo. Lo sono ancora.

«Ehi, terra chiama stordito» dice North, riportandomi con forza alla realtà.

Mi rendo conto di sembrare un cretino standomene qui con la bocca spalancata, quindi sottolineo l'ovvio. «Lo sai che le ragazze non possono infilare il cazzo in nessuno, sì?»

«Be', se fossi una ragazza troverei un modo per farlo con te.»

Non devi essere una ragazza.

Dio, vorrei semplicemente poterlo dire. Lasciarlo uscire fuori e non doverlo più tenere segreto. Il mio cazzo si contrae e abbasso gli occhi sul tappeto logoro perché temo che, se sosterrò il suo sguardo ancora a lungo, lui lo capirà. Me lo leggerà in faccia e poi sarò fottuto. E quella è esattamente la ragione per cui non gliel'ho detto, perché temo che rovinerà tutto ciò che siamo.

È quella la mia paura più grande. Non m'interessa che tutti lo scoprano, e non temo davvero che mio padre mi disonori, una volta saputa la verità. Ma perdere il mio migliore amico? Quello mi ucciderebbe.

«Possiamo cambiare argomento?» dico.

Come al solito, North mi ignora. «Ti chiedi mai come sia?»

«Cosa?»

«Scopare un ragazzo?»

Il mio cuore si ferma. Lui lo sa. *Oh cazzo, lui lo sa.* E questa è la parte in cui mi chiama bugiardo omosessuale e mi dice che non vuole più vedermi. «No. Adesso passami il bong, idiota. Te ne stai impossessando.»

North non si muove, ma mi perfora con lo sguardo. «Non c'hai mai pensato neanche una volta?»

«Non lo so.» Alzo le spalle e mi sporgo in avanti, strappandogli il bong dalle mani. Preparo frettolosamente un altro cono, ma mi tremano le dita e finisco col farmi cadere in grembo metà dell'erba. Fortunatamente è troppo fatto per accorgersene. La marijuana mi sta già fottendo il cervello; non ne vorrei nemmeno un altro tiro, ma non so cos'altro fare.

«Com'è che non ti sei mai scopato Jessica?»

«Cosa?» scatto io, ancora incapace di guardarlo.

«Sei uscito con lei per sei mesi» dice North. «Un pezzo di figa del genere e non gliel'hai mai infilato dentro?»

«Non lo so, amico.» Ho la voce stridula e la bocca troppo secca. Mi tengo impegnato riempiendo il cono in modo adeguato e lo accendo, inspirando grosse boccate di fumo nei polmoni e buttandole fuori lentamente. «Era religiosa.»

«Sì, me lo ricordo. Piagnucolava il nome di Dio ogni volta che la divoravo» dice, e stavolta lo guardo.

«Cosa?»

«Ho fatto sesso con lei» dice North e cazzo se fa male, perché non solo ha infranto le regole e dormito con Jess, ma mi sta mettendo alla prova. Il mio migliore amico è sempre stato competitivo, specialmente quando si tratta di donne, e io sono sempre stato al gioco perché è una buona copertura.

In diciotto anni ho avuto tre ragazze ed erano tutte coperture, tranne Jess. Pensavo che se qualcuno avesse potuto farmi diventare etero, sarebbe stata lei. Non potevo prendermi la sua verginità però, perché sarebbe stato sbagliato e lei meritava di meglio di un coglione dell'altra sponda che glielo metteva dentro, il tutto mentre immaginava di farlo con qualcun altro. Qualcuno con un uccello.

«Mi sono scopato la tua ex ragazza, Will» dice North, con il viso cupo.

«Ma che cazzo, amico?» gli chiedo. Lo stomaco mi si rivolta dalla rabbia, non solo per me, ma per Jess. O forse verso di lei, dato che ora l'immagine di loro due insieme mi brucia la mente e mi strappa il cuore a metà. North è la quintessenza di tutto ciò dal quale ho cercato di proteggerla. Lei merita di meglio di noi due, ma immagino che lui non le abbia mai mentito. Almeno la sua prima volta non è stata con qualcuno che sperava che lei fosse qualcun altro.

«Lo so.» Sospira lui. «Sono un coglione.»

«Tu credi?»

Si appoggia all'indietro, le braccia piegate dietro la testa, una caviglia incrociata sull'altra. È l'immagine della disinvoltura, ma il suo sguardo suggerisce tutto tranne quello. North è come un cane con un osso, e questa volta sono io quello intrappolato tra i suoi denti affilati come un rasoio. «So che non hai dormito con lei, perché nel momento in cui l'hai mollata è corsa da me. Perché pensi che l'abbia fatto?»

«Perché sapeva che eri un puttaniere senza valori?»

«Be', lo sono» dice lui, raggiungendo di nuovo il bong. Glielo passo volentieri perché mi sono già fatto due coni e un paio di birre che abbiamo rubato una volta che il padre di North è svenuto, e sono ubriaco. Sono anche a disagio col tipo di domande che lui mi rivolge, quindi mi alzo e inciampo un po' sul posto, cercando di far obbedire queste stupide gambe del cazzo.

North mi guarda attraverso le ciglia. Una mano è avvolta attorno al bong e l'altra tiene l'accendino in posizione, pronto a dare fuoco a quel piccolo ciuffo d'erba e a drogarsi fino a svenire. «Che stai facendo?»

«Sto andando a casa» scatto.

«Sei mezzo cotto.»

«In realtà sono proprio al limite, cazzo» dico digrignando i denti.

Le immagini di North e Jess mi passano davanti a ripetizione e nella mia mente vedo tutto: il modo in cui l'avrà presa con mani ruvide e avrà fatto prendere vita alla sua pelle pallida, la testa sepolta tra le sue gambe, le dita delicate di lei che stringono quei riccioli biondi che desidero afferrare da troppi anni per poterli contare; lui che si muove dentro e fuori, all'inizio lentamente e poi, una volta superato il dolore, dopo essere stati insieme una manciata di volte, lui l'avrà scopata a sangue, assaporando ogni gemito uscito dalla sua bocca.

So tutto questo perché lui me l'ha detto. Mi dice sempre delle sue conquiste. Non mi ha mai detto i nomi, e io non li ho mai chiesti e, anche se fa male immaginarlo fare quelle cose a qualsiasi donna, non c'era mai un viso da abbinare a quelle immagini. Non c'era mai la mia ex ragazza nel quadro.

Hanno parlato di me dopo? Le è venuto dentro? Non ha provato alcun rimorso? Frustrazione, gelosia e rabbia mi vorticano nello stomaco come se fosse appena stato trapassato con un coltello, e urlo. O almeno emetto un qualche tipo di suono a metà tra l'urlare e il borbottare il mio disappunto. «Lo sai, sei un amico di merda, cazzo.»

«Non le hai scopate, Will» dice North tranquillamente, e per un breve secondo penso di vedere quel rimorso che vorrei tanto che provasse, ma scompare velocemente. «Maddi e Kate erano delle stronze fuori di testa, quindi non ti biasimo per essertela data a gambe, ma Jess?» Scuote la testa incredulo e mette giù il bong. «Jess ti ha supplicato di scoparla, e tu invece hai rotto con lei.»

«Per fortuna, perché chiaramente non era così interessata a me» dico tra i denti.

«Sai, un altro ragazzo in questo momento avrebbe attraversato la stanza per riempirmi la faccia di botte» dice North. «Non sembri così arrabbiato.»

Non lo sembro? Questa è una novità perché di certo mi ci sento, cazzo. Mi sento tradito, e ho il cuore spezzato. Non per Jess. Lei non posso certo biasimarla. Sono geloso di lei; è da lì che scaturisce tutta la mia rabbia, dal fatto che sia stata con North mentre io non potrò mai. Quella non sarà mai un'opzione per me.

«Fottiti.»

«È quello che vuoi?» mi sfida North. Io lo guardo male. Non posso muovermi. Ho i piedi bloccati e lo stomaco minaccia di rovesciare il contenuto della pizza vecchia di tre giorni che abbiamo trovato nel frigo poco fa.

«Ma che cazzo? No!» dico, perché non so cos'altro fare. La paura mi scorre lungo la spina dorsale, mettendo in moto la modalità *lotta o fuggi*, ma tutto ciò che riesco a fare è restare lì in piedi mentre North si alza e fa un passo verso di me, eliminando la distanza tra di noi.

«Che cosa stai facendo?» chiedo, con la voce in preda al panico.

«Rilassati» dice lui, prendendomi le guance tra le mani. «Sto solo provando una cosa.»

«Vaffanculo, North.» Gli spingo via le mani, ma lui non si sposta. Invece, si abbassa e fa scorrere la lingua sul mio labbro inferiore. Io rimango perfettamente immobile, troppo impaurito per respirare. Se mi sta prendendo per il culo allora sono fottuto perché sto diventando duro come cemento, e tutto ciò che voglio è ficcargli la lingua in bocca e baciarlo, ma non posso. *Non posso fidarmi di questo. Non posso fidarmi di lui.* Il mio migliore amico è un po' uno stronzo. È per questo che andiamo così d'accordo. È anche un burlone, e io non so mai se scherzi o faccia sul serio. È ciò che mi piace di lui, ma in questo momento? Lo odio per il fatto che mi sta prendendo in giro. Lo odio per avermi dato un assaggio, perché sono sicuro che col suo prossimo respiro spazzerà via tutto. Mi darà uno spintone e mi dirà che stava solo scherzando, e che dovrei vedere la mia faccia perché sembra quasi che mi sia appena cagato nei pantaloni.

«Rilassati, Will» dice accarezzandomi la guancia con il pollice. «Non vuoi sapere cosa si prova?»

Deglutisco forte e chiudo gli occhi. Se solo sapesse. Se solo avesse qualche idea da quanto tempo lo voglio.

No.

Lo spingo sul petto con le mani. Lui barcolla all'indietro e riesce a non perdere l'equilibrio. Io faccio un passo verso la porta e mi ritrovo spinto contro di essa. North mi stringe le braccia, e me le torce dolorosamente dietro la schiena.

«So quello che vuoi, Will, e so che non è la fica. È il cazzo» mi sussurra l'ultima parola all'orecchio, provocandomi un brivido lungo la schiena.

Io scuoto la testa e mi lamento: «No.»

«Sì.» Il suo respiro caldo sul collo manda tutti i miei sensi in sovraccarico, facendomi impazzire. Sfrego l'erezione contro la porta e gemo, cercando disperatamente di alleviare il dolore. «Lasciami fare e lo saprai per certo.»

«Saprò cosa?» sibilo, in difficoltà. Lui mi afferra la nuca e mi tiene fermo in posizione, con la guancia schiacciata saldamente contro il legno.

«Saprai se è quello che sei.» North mi affonda il viso nel collo e mi lecca il sale dalla pelle. «E finalmente potrai smettere di torturarti.»

Capitolo 6

North

Non so cosa mi aspettassi stasera entrando nel bar. Ero uscito tardi di proposito, anche se pensavo di impazzire a dover stare seduto sul divano a guardare un reality show con Tammy. La mia gamba non la finiva di sobbalzare. Non riuscivo a smettere di controllare l'orologio, o il telefono in cerca di nuovi messaggi. Non che pensassi che Will avesse ancora il mio numero dopo tutti questi anni.

Non ero così nervoso da quella notte in cui l'ho scopato in camera mia. Tutto il giorno, al lavoro, non ho fatto altro che pensare alle sue labbra sulle mie, e a quanto siamo stati bene la notte scorsa, così come è sempre stato. Dopo dodici lunghi anni, il mio corpo lo ricordava; così come la sensazione, il sapore, e il modo in cui gli piaceva essere completamente catturato dalla mia bocca. I nostri corpi ricordavano; era memoria muscolare.

Non lo biasimo per avermi detto di no. In un certo senso sono felice che l'abbia fatto, perché se non mi avesse fermato e Victoria e le sue amiche ci avessero visti, la mia giornata sarebbe andata molto diversamente. L'avrei passata a cercare di capire come pagare le rate del mutuo dopo aver rassegnato le mie dimissioni. I ragazzi al mulino non avrebbero mai dovuto scoprirlo.

Quando entro, Will non è dietro al bancone, ma è seduto a un tavolo con uno sguardo irritato sul viso. Alcuni documenti lo circondano. Lui non alza gli occhi, ed è un bene perché quando entro, il chiassoso gruppo di uomini al bar inizia a esultare. Uno di loro però non mi saluta. Mio padre.

Cazzo.

Non mi aspettavo di vedere papà stasera. Dallo sguardo sembra già ubriaco fradicio, e sembra aver dimenticato tutto riguardo alla nostra piccola litigata dell'altro giorno, perché quando passo mi dà una pacca sulla schiena e fa cenno a Sal di dargli un'altra birra. Il resto dei ragazzi mi dà il benvenuto con un giro di brindisi e strette di mano, e poi vengo riempito con abbastanza alcol da far annegare un maledetto cavallo.

Chiaramente, anche stasera tornerò a casa a piedi. *A meno che non riesca a convincere un certo qualcuno a lasciarmi restare per un pigiama party in onore dei vecchi tempi.*

Lancio un'occhiata al tavolo ancora una volta, aspettandomi di trovarlo là, con le dita lunghe affondate nei capelli neri, i tatuaggi che fanno capolino dal bordo della manica e la fronte solcata dalla frustrazione; Will ha sempre odiato le scartoffie, ma il tavolo è vuoto. All'infuori del nostro gruppo, il bar è morto e Sal distribuisce gli ultimi bicchieri, avvisando che sta per chiudere.

I ragazzi borbottano con disappunto, anche se la maggior parte di loro è troppo ubriaca per riuscire anche solo a reggersi in piedi senza cadere. Siamo in pochi comunque; papà se l'è già svignata, Smithy è andato a casa da sua moglie come un bravo cagnolino e sono rimasti solo Rooster, Tommo e Dan. Mi guardo intorno, ma non riesco a trovare Will da nessuna parte.

«Stai cercando qualcuno, ragazzino?» mi chiede Tommo.

«Nah» dico io, scolandomi il resto della birra e sbattendo il bicchiere sul tavolo. «Sto solo cercando di capire quanto lontano sono disposto ad andare per scaricare il serpente con un occhio solo che ho nei pantaloni, capisci?»

Tecnicamente non è una bugia.

Scivolo giù dallo sgabello e mi incammino verso il bagno degli uomini. Quando entro, Will se lo sta scrollando all'orinatoio. Si sistema i jeans e si schiarisce la gola. Il mio sguardo saetta verso il suo viso. Lui alza un sopracciglio.

«Desideri qualcosa, North?»

«Sì» mi sento dire. «*Ehm...* no. Io sono... uhm... solo venuto per giocare.» Scuoto la testa. «Pisciare.»

Uccidetemi adesso, cazzo.
«Dovevo scaricare il drago.»
Il drago? Gesù Cristo.
Potrò anche essere abbastanza orgoglioso del mio uccello, è molto carino, ma perfino io so che non è degno del titolo che gli ho appena conferito. Will sghignazza.
Bastardo.
Io sbuffo, e siccome penso che le cose non possano peggiorare ancora dico: «Senti, a proposito della notte scorsa.»
«Non è mai successo.» Il sorriso di Will svanisce mentre si volta verso il lavandino e si lava le mani.
«Già, be' è quello il punto.» Mi faccio scorrere una mano sulla nuca. «È successo.»
Lui incontra il mio sguardo nello specchio. «Dimenticalo, North.»
«E se non ci riuscissi?»
Will inspira. È un respiro corto e impaziente, poi mi guarda da sotto le ciglia. «Allora ti direi che non importa.»
«Mi dispiace di essere stato uno stronzo» mi lascio sfuggire, mentre lui si incammina verso la porta. «Ti ho ferito.»
Will si ferma con la mano sulla maniglia. Scuote la testa e, proprio quando penso che non dirà altro, scarica tutto il peso della sua rabbia su di me.
«Non mi hai ferito; mi hai distrutto. Mi hai tagliato fuori completamente. Io ero... io ero innamorato di te e tu mi hai trattato di merda.»
«Non volevo.»
«Eppure l'hai fatto» dice lui, puntualizzando. «Hai avuto anni per rimediare a quella stronzata e ora vuoi tornare indietro? Non posso farlo di nuovo, North.»
«E allora? Rimarrai semplicemente da solo per il resto della tua vita?»
«E come vorresti cambiare questa cosa, esattamente? Ti farai coraggio e uscirai da quel cazzo di armadio nel quale ti sei nascosto? Sarai il mio compagno di vita, North? Ti assicurerai che non sia solo? Dirai a tutto il paese che il bigottismo e l'odio e l'abuso emotivo non contano, perché l'amore è amore?»
Rimango sbigottito. *Cosa sto facendo qui?* Non posso percorrere di nuovo questo sentiero con lui. Potrò anche non essere più un

ragazzino spaventato, ma non è cambiato niente. In dodici cazzo di anni, nemmeno una singola cosa è cambiata: non il modo in cui lui mi fa sentire, o come il paese ridicolizza e opprime chiunque possa essere diverso, né il fatto che sono ancora tanto codardo quanto lo ero allora.

«Già, è quello che pensavo» dice Will, e senza dire un'altra parola se ne va.

Capitolo 7

*W*ILL

Dodici anni prima

«Smettila di fare giochetti, Will.» North stringe la presa sul mio collo.

«Non faccio giochetti» dico tra i denti.

Ho le mani schiacciate tra il torace e la porta, quindi non posso reagire. Una parte di me non vuole farlo.

«Di' che lo vuoi» sussurra lui, avvicinandosi. Il suo corpo mi inghiotte da dietro, molto più grosso e più forte, ma non è quello a trasformare la mia determinazione in gelatina. È l'uccello duro che mi preme contro il culo a sciogliere ogni ultimo briciolo di auto-conservazione che possiedo. Lo voglio. Dio, se lo voglio. Manderà a puttane tutto ciò che abbiamo. Ci distruggerà. Lui ce l'avrà con me per averlo fatto, e io mi innamorerò di lui ancora di più. Ma lo voglio lo stesso.

Il cazzo mi pulsa. Ancora un altro po' di trepidazione e prenderò fuoco, o verrò nei pantaloni come un ragazzino. North mi sfrega l'uccello sul culo solo una volta, poi toglie la mano dal mio collo e, quando si allontana, l'aria fredda mi circonda la schiena.

«Dimmi che mi vuoi» dice, e quelle parole sono più una supplica che una richiesta.

Io non sposto il corpo dalla porta perché sono terrorizzato che possa vedere quanto sono duro, anche adesso. Giro la testa per guardarlo. È sconfitto. È in piedi con le braccia lungo i fianchi, il viso arrossato e gli occhi che brillano di desiderio, ma nella sua espressione c'è una tristezza che non comprendo.

Vuole che io sia gay? Vuole questo tanto quanto lo voglio io?

Mi volto lentamente. Il suo sguardo viaggia dal mio viso al petto fino al rigonfiamento che ho nei pantaloni. La sua lingua scatta fuori a bagnargli le labbra. «Ti voglio, North. Ti ho sempre voluto.» Per un disgustoso secondo, il mondo smette di girare. Il mio stomaco si dimena e la nausea mi travolge mentre fisso il mio migliore amico, aspettando di sentirgli dire che mi sta solo prendendo in giro, in attesa che mi butti giù e mi riduca a un ammasso singhiozzante sul pavimento. Lui fa un passo in avanti e mi spinge di nuovo contro la porta. Per un istante gli lancio un'occhiata, chiedendomi se le mie peggiori paure stiano per realizzarsi, se mi darà un pugno in testa o se indietreggerà e mi dirà di stargli alla larga.

Un altro passo. Ancora meno spazio tra di noi. Alzo le mani per spingerlo via, invece gli agguanto la camicia, impugnandola e tirandolo più vicino.

«Non era così difficile, no?» dice lui, e penso che volesse farlo sembrare sarcastico, ma la sua voce è profonda e roca, senza fiato come se avesse appena corso una maratona.

North mi prende il viso tra le mani e mi copre le labbra con le sue. Mi spinge la lingua in bocca con convinzione. Non c'è nulla di gentile in quel gesto, quindi lascio andare i dubbi e ricambio il bacio, come desideravo fare da anni.

Gemo nella sua bocca e rilasso il pugno. Faccio scivolare una mano sotto il tessuto e tocco gli addominali duri, i fianchi tonici e la leggera striscia di peli che scompare sotto la cintura dei jeans.

Gesù, quest'uomo è un'erezione vivente.

I nostri baci diventano più frenetici; lingue, labbra, fiato e denti. Non ero mai stato baciato così prima d'ora. È animale, istintivo. La brutalità nella sua forma più bella. Lui si spinge più vicino, consentendomi di sentire quanto sia duro, quanto voglia *me*. Questo mi accende qualcosa nel sangue, qualcosa di carnale, una bestia rimasta sopita per troppo tempo.

Gli prendo il bordo della maglietta e lui alza le braccia per permettermi di toglierla dal suo bellissimo corpo muscoloso. Mi chino in avanti per baciarlo ancora, ma North mi spinge di nuovo contro la porta, e penso che ci siamo. Questo è il momento in cui realizza che non può farlo, nemmeno per me, nemmeno solo per provare. Sbatto la testa contro il legno e apro gli occhi di scatto, quando mi preme un polpastrello sulla bocca nel tentativo di zittirmi. North mi toglie la maglia e abbassa la testa. Lecca il piercing che mi attraversa il capezzolo, tirandolo con i denti. Gemo. Non posso farne a meno. Premendomi di nuovo le dita sulle labbra, mi ricorda di fare silenzio. Io annuisco. Prende possesso della mia erezione attraverso i jeans e la stringe. Mi lecco le labbra mentre lui mi abbassa la cerniera e mi spinge giù i pantaloni dai fianchi. Il mio uccello viene liberato e c'è un attimo, un breve secondo in cui mi guarda come se volesse dire qualcosa, ma non potesse farlo. Mi prende il cazzo in mano e dà uno strattone. Un gemito involontario mi sfugge e sembra quasi che sia tutto l'incoraggiamento di cui North ha bisogno. Fa un passo indietro e si abbassa i pantaloni, e io non sono per niente deluso; è lungo, grosso e perfettamente rosa. Il respiro mi abbandona in fretta i polmoni. Il mio amico potrà anche essere un coglione, ma so che nemmeno lui arriverebbe a tanto solo per ottenere una reazione da parte mia. Il che significa che lo vuole.

«Girati» dice con voce densa di desiderio.

«Cosa?»

«Voltati verso quella cazzo di porta, Will. Cristo, devo disegnarti uno schema?»

Fisso North, attonito. Non è così che andava nella mia testa, tutte quelle volte in cui l'ho immaginato. Questo non lo rende sbagliato, solo diverso. Ma niente di tutto ciò conta davvero. Lo voglio, ed è chiaro che lui vuole me, così faccio come mi chiede. Mi volto di fronte alla porta, e aspetto.

Le mani di North mi trovano di nuovo. Da dietro mi afferra l'uccello alla base, e io sussulto sorpreso quando lo sento sputare. Sono teso come una corda quando mi separa le chiappe e mi solletica il buco con un dito bagnato. La risposta del mio corpo è automatica; l'uccello sobbalza, le palle si stringono e allargo la posizione. Lui spinge con il dito contro il buco e poi, lentamente, scivola dentro. Fa male. Sento l'attrito della sua pelle bruciare la carne sensibile, mentre si muove dentro e fuori. Non ho mai avuto il coraggio di sperimentare con niente, nemmeno con le mie stesse dita, quindi non so cosa mi aspettassi ma penso che non fosse questo. Lui si spinge più a fondo, angolando il dito e strofinando quel dolce punto all'interno. Io gemo, inarcandomi contro la sua mano e, quando mi accarezza l'uccello dalla base alla punta, volano scintille che infiammano l'intera stanza.

Troppo in fretta, però, North toglie le mani dal mio corpo. Ho il respiro pesante e l'aria fredda sulla schiena mi dà una tregua necessaria. Sto andando a fuoco. Non sapevo che ci si potesse sentire così.

Le mani di North mi afferrano il fianco. Si avvicina e un secondo dopo, la punta del suo uccello si protende orgogliosamente verso l'alto, contro il mio culo. È bagnato, come se si fosse lubrificato. Si impossessa del suo cazzo e lo fa scivolare sulla mia pelle raggrinzita, lungo il perineo e viceversa. Le palle mi si stringono, e con una mano le rimetto a posto. L'uccello di North scivola di nuovo sul mio buco, massaggiandomi la carne sensibile con la punta.

Io gemo. «Fallo e basta, cazzo.»

Lui sghignazza, ma la risata gli muore in gola e diventa un sibilo di piacere, quando si spinge dentro di me. Mi aggrappo alla porta con le mani e mi trattengo. Mi ha stuzzicato così tanto che sto quasi per venire, ma premo la guancia sul legno e cerco di moderare la risposta del mio corpo. Lui si dondola dentro di me, all'inizio piano, poi avanzando con lentezza finché non si accomoda del tutto. North spinge forte coi fianchi e, quando grido, con una mano mi tappa la bocca.

«Shh. La tua boccaccia mi metterà nei guai, William.» Mi mette in guardia, mordicchiandomi un orecchio mentre i suoi fianchi accelerano, il cazzo che pompa così forte dentro di me che devo alzare la testa per non sbatterla contro il legno. Cercando disperatamente un sollievo, mi impossesso del mio uccello e mi masturbo, ma la mano di North scivola via dalla mia bocca, scende sul capezzolo e poi sullo stomaco fino ad avvolgersi intorno alla mia. L'orgasmo mi attraversa e un grido silenzioso mi sfugge di bocca, mentre getti caldi di sperma bianco e cremoso colpiscono la porta. La mano di North viaggia dalla mia erezione al torace e si appoggia sul cuore, che batte freneticamente. Mi preme un bacio sul collo e io mi accascio contro di lui, mentre riprendo fiato.

Non ho parole. Non so nemmeno se esisto ancora.

Non che avessi dubbi, ma se prima non ero sicuro di essere gay, adesso so decisamente di esserlo. È stato diverso da qualsiasi cosa abbia mai sperimentato e spero con tutto il cuore di riprovarlo ancora.

Lui scivola via dal mio corpo, e io mi volto a guardarlo mentre si sistema i jeans.

«Sei ancora duro» dico. Non sembra sorpreso da questa affermazione palesemente ovvia. *Oh, merda.* Ero così coinvolto, che non sono riuscito a notare se fosse venuto o no. *Cazzo. Sono un coglione di proporzioni epiche.*

«Vieni qui, lascia fare a me» dico, allungandomi per prenderglielo attraverso i jeans strappati.

«No» dice lui, scacciandomi via la mano. «Sto bene.»

Be', mi fa piacere, ma sono confuso, cazzo.

Perché non dovrebbe volere che lo tocchi? North sospira e indica la porta. «Devo andare a occuparmi di *questo.*»

«Giusto» dico io allontanandomi. Lui apre la porta quel poco che basta per riuscire ad attraversarla e poi la richiude fermamente dietro di sé.

Mi guardo intorno nella stanza col cazzo di fuori, lo sperma che scivola giù dalla porta e si raggruppa sul tappeto logoro, e non ho la minima idea di cosa sia successo. Ho appena avuto l'orgasmo più sconvolgente della mia cazzo di vita, su gentile concessione dell'uccello del mio migliore amico, e lui sta correndo verso il bagno per lavare via la gaytudine.

Perché cazzo ho pensato che fosse una buona idea?

Capitolo 8

NORTH

Rientro a casa e trovo Tam addormentata sul divano e, nonostante sappia che sarebbe meglio non farlo, le sollevo la sottile sottoveste nera sulle cosce e le copro la fica con la bocca. Ho sempre amato mangiare la fica; il sapore, l'odore, la sensazione di una donna che ti cavalca la faccia e ti viene sulla lingua. È uno dei miei passatempi preferiti e lo faccio proprio bene, cazzo. Amo le donne. Amo quelle piccole labbra che hanno tra le gambe, ma stasera non hanno alcun effetto su di me.

Non mi sono mai identificato come gay. Non ho mai guardato un altro uomo, pensando di scoparlo. È stato un episodio isolato... o avrebbe dovuto esserlo. Già in quinta elementare sapevo di essere la causa dell'erezione di Will; semplicemente non mi importava. E poi, mentre a poco a poco lui sembrava acquisire sempre più fiducia in se stesso e faceva i conti con ciò che era, con *chi è*, quella fiducia diventava sempre più affascinante. Solo che con me Will non si era dichiarato e lo trovavo sia strano sia fastidioso. Noi condividevamo tutto.

«North» grida Tammy, roteando i fianchi contro la mia faccia. Merda. Mi sono distratto per chissà quanto tempo. Le lecco la fica, ma evito il clitoride perché so che quello la porterebbe al limite e stasera, anche se so che è crudele e molto incasinato, non m'importa di quello che vuole perché *io* desidero far venire quella vagina stretta su di me. *Io* ho bisogno di far finta che lei sia qualcun altro.

Domani farò i conti con le conseguenze, ma stanotte ho bisogno di sentire qualcuna venirmi sull'uccello mentre la inondo con il mio seme, e sono abbastanza sicuro che a Tam vada bene. Stanotte ho bisogno di prendere. Domattina, mi occuperò di sistemare tutta la merda che sono riuscito a incasinare.

Prendo Tam per la vita e la faccio girare sulla pancia. Lei emette un piccolo suono di apprezzamento. Le sollevo i fianchi finché il suo culo impertinente non è all'aria, e il buco luccicante non mi sta praticamente implorando di scivolare dentro. *Non vedo perché non dovrei.*

Prendo un preservativo dal portafogli che ho lanciato sul tavolino da caffè e apro quel bastardo con i denti prima di srotolarmelo sull'uccello che ho liberato dai jeans. Tam piagnucola e io entro con forza. La stuzzico uscendo del tutto, e lei mi si contorce sulla punta del cazzo come una campionessa di rodeo. Grazie al fatto che l'ho leccata è completamente fradicia, e getto la testa all'indietro lasciandomi travolgere dalla sensazione della sua vagina bagnata che mi strizza l'uccello. Faccio scivolare un pollice sulla carne raggrinzita del buco del culo e mi accomodo dentro. Lei si blocca. *Cazzo.* Abbiamo fatto un sacco di cose, ma questo mai. Tutto il suo corpo si irrigidisce, mentre sussurra: «Che cosa stai facendo?»

«*Shh*, lasciati andare.»

«Hai un dito nel mio culo, North» grida lei. «Non riesco a lasciarmi andare così tanto.»

«Be', almeno non è il cazzo» le concedo gentilmente, ma questo serve solo a farla arrabbiare di più. Si spinge all'indietro, sotto di me, ma non mi sento un cowboy felice che cavalca uno stallone, come mi aspettavo.

La mia concentrazione va a puttane perché riesco a pensare solo a Will e alle sue labbra sulle mie. Immagino di succhiargli il cazzo, di spingermi dentro di lui, e penso a come con quelle mani mi abbia rovinato per tutti gli altri partner. Ma sono qui con Tammy e dovrei sapere che è meglio non perdere il controllo, quando sono con lei. Cosa sarebbe successo se avessi chiamato il nome di Will? Devo stare più attento, realizzo, mentre incrocio lo sguardo infuriato di Tammy.

«Andiamo Tam. Mi dispiace, l'ho dimenticato.»

«Hai dimenticato che non mi piace il tuo dito nel culo?» sbotta lei come un'ossessa, e io le tolgo le mani di dosso. «Dio, chi sei in questi giorni, North?»

Vorrei tanto saperlo.

«È solo che... ho fatto una cazzata. Ora possiamo per favore riprovarci di nuovo?»

«No!» Scivola via da me e scende dal divano, percorrendo il corridoio a grandi passi e sbattendo la porta della stanza.

Cazzo.

Mi alzo e cammino per casa, chiudendo i jeans per far sapere al mio uccello che per stasera abbiamo davvero finito, e poi prendo una birra dal frigo e mi accascio sulla poltrona, mentre accendo la TV per poter guardare la partita.

I giocatori corrono per il campo nei loro pantaloncini corti, e penso sia l'unica volta in cui guardo una partita senza notare dove sia la palla. Sono troppo occupato a guardare tutti quei muscoli gonfi, e il modo in cui abbassano i fianchi per poter riuscire a scalzare l'avversario tentando di tenere la palla. Non avevo mai notato quanto fosse erotico.

Il che è ridicolo, cazzo.

E, tuttavia, è l'unica cosa che vedo. Mi chiedo cosa sarebbe successo se durante le solite partite a football tra me e Will ci fosse stato tutto quel contatto fisico. Ma è stato anni dopo quelle partite che ho smesso di vederlo solo come un amico e ho iniziato a pensare a lui come a una conquista sessuale.

Prima di allora non mi era mai passata per la testa l'idea di scoparmi un uomo. Cavolo, da ragazzini ci siamo masturbati insieme nella stessa stanza, sotto la stessa cazzo di coperta mentre guardavamo Sharon Stone dimenarsi sopra Jonny Boz in *Basic Instinct*, prima che lei lo assassinasse con un rompighiaccio, e non credevo che il pene fosse qualcosa di divertente con cui giocare; a parte il mio, s'intende. Ora che ci penso, Will era stato bravissimo a non prestare troppa attenzione allo schermo, e quello aveva amplificato il mio orgasmo.

Ma ricordo bene quando sono passato dal capire che lui era gay al volerlo scopare. È stato quando ho dormito con Jess. Sì, lo so che quello mi rende un pezzo di merda. Non ci sono scuse per il mio comportamento; lei era devastata dal fatto che Will non la volesse in quel senso, perché lo amava, per quanto strano possa sembrare. Era distrutta, e a me non piaceva vedere delle cose bellissime andare distrutte.

Jess mi aveva raccontato molte cose su Will, su quello che facevano quando erano insieme, e mi ero ritrovato ad ascoltarle col fiato sospeso. Ero molto più curioso di quanto fosse normale per un qualunque uomo etero. Lui era Will, il mio amico d'infanzia, quello che per me era come un fratello. Non potevo pensare a lui in quel modo, ma l'ho fatto.

Molte notti sono venuto con le labbra di Jessica attorno all'uccello desiderando più di ogni altra cosa che fossero quelle di Will. Perché non si era mai dichiarato con me? Sarebbe scappato se avessi provato ad affrontarlo?

Forse pensava che lo sapessi già. Forse aveva paura della mia reazione, ma la nostra era quel tipo di amicizia che non si tirava indietro di fronte a niente, quindi ero determinato a scoprirlo. Non credo volessi davvero scoparlo quella notte, e certamente non pensavo che mi sarebbe piaciuto, ma era stato diverso da tutto ciò che avevo mai provato, che avevo provato fino ad allora, e mi aveva fatto incazzare. Che ne fosse ancora capace. Che fosse ancora l'unica persona sul pianeta a farmi sentire in questo modo.

Mi fisso l'uccello e non sono sorpreso che il bastardo si sia ingrossato e mi stia punzecchiando la cerniera dei jeans, impaziente di uscire. Dando un'occhiata al corridoio vuoto, mi slaccio i pantaloni, sapendo che Tammy probabilmente è fuori gioco e sta russando piano sul cuscino. Mi strofino la mano su e giù sull'uccello. Prendo le palle e le tiro fuori dallo spazio creato dalla cerniera: è un po' troppo stretto, ma mi piace che siano al calduccio come se qualcuno le stesse stringendo tra le mani. Chiudendo gli occhi penso al cazzo di Will premuto contro il mio, alle mani che mi si infilano tra i capelli e alle sue labbra soffici sulle mie, alla bocca calda e alla lingua penetrante. Faccio scivolare la mano sulla punta ricordando il modo in cui mi ha succhiato e gemo, mentre l'orgasmo mi attraversa. Lo sperma mi schizza fuori dalla punta del cazzo e mi finisce sulla maglia.

Sospiro, sentendomi vuoto dentro, e non solo perché una massiccia dose di sperma mi è appena esplosa sullo stomaco, ma perché anche con una donna in casa, che vive qui, e pur passando al bar tante ore quante riesco a ritagliarmene in una giornata senza sembrare uno stalker, non mi sono mai sentito tanto solo.

È come se il pavimento si fosse aperto e delle giganti fauci nere siano in agguato sotto di me. Mi aggrappo ai denti affilati, cercando disperatamente di non cadere in quell'oscurità. Ci sono caduto una volta, e non ho mai davvero imparato come uscirne. Non che abbia importanza. Non si può cambiare il passato, e io non posso rimediare. Non posso fare un cazzo se non masturbarmi e fantasticare su tutte le cose che non ho avuto abbastanza fegato da affrontare. Tutte le cose che avrei dovuto tenermi strette.

Cavolo, non sono caduto. Sto ancora cadendo, e non esiste al mondo una rete di salvataggio abbastanza grande da prendermi.

Capitolo 9

WILL

Non so per quanto tempo ancora posso continuare con questa stronzata. Farmi una sega ogni volta che North piomba nel mio bar non sta funzionando. Per ora, la determinazione è forte, ma non significa un cazzo perché c'è sempre stato un solo uomo capace di ridurla in mille pezzi, ed è North Underwood, cazzo.

Mi faccio scorrere le dita tra i capelli mentre un paio di braccia calde mi avvolgono. Josh. Per mezzo secondo, la scorsa notte mi sono quasi dimenticato di chiamarlo. Lui è un buon amico, se si può chiamare amico un compagno di scopate.

Quando gli ho mandato quel messaggio ieri sera, ha guidato per un'ora e mezza dopo una lunga giornata di lavoro. Si è presentato qui con una bottiglia di whisky anche se sa benissimo che ne ho già abbastanza a mia disposizione e, sì, potrebbe essere stato solo perché voleva fare sesso, ma è sembrato molto più di quello. Per la prima volta da quando ci siamo conosciuti, è come se si stesse davvero comportando da amico.

Newcastle è molto più grande di Red Maine, ma so che Josh non ha molti amici stretti e, anche se potremmo comportarci ogni giorno come due adulti gay e mandare a 'fanculo il mondo, questa vita ti fa sentire solo. Certo, potrei impegnarmi di più ed essere ciò che questo paese considera socialmente accettabile, ma non sarei me stesso, sarei finto. *E maledettamente infelice.* Da ragazzino ho passato troppo tempo a fingere di essere qualcosa che non sono. Non lo farò di nuovo. Per nessuno.

Mi metto a sedere, e Josh inizia a russare di più. Mi giro, dando un colpetto alla sua erezione mattutina col pollice e l'indice, e lui si sveglia di scatto. Ridacchiando, fisso l'oceano fuori dalla finestra.

«Merda, che ore sono?»

«Solo le sei» mormoro senza bisogno di guardare l'orologio. Ogni dannato giorno, immancabilmente, mi sveglio alle prime luci dell'alba. Josh geme ributtandosi sul letto, e io mi volto a guardarlo. Ha la coperta aggrovigliata attorno ai piedi, è completamente nudo e stamattina sta sfoggiando un'erezione di dimensioni decenti. Mi becca a fissarlo e ride. «Vuoi farlo di nuovo prima che me ne vada?»

Alzo un sopracciglio. Questa non è la prima volta che passa la notte qui. Nessuno di noi dà a questa cosa più importanza di quella che ha, e normalmente non mi tirerei indietro perché, davvero, qual è il modo migliore per iniziare la giornata se non con del sesso mattutino? Ma gli eventi recenti hanno la brutta abitudine di raggiungermi nella dura luce del giorno e, dal primo secondo che ho aperto gli occhi, c'è un altro uomo nella mia mente.

Non è sempre così?

«Nah» dico alzandomi. Il mio uccello sobbalza col peso dell'erezione mattutina e Josh fa un sorrisetto, mentre mi rivolge uno sguardo di apprezzamento.

«Merda, sei un piacere per gli occhi, Will.»

Faccio un sorriso, perché è bello sentirsi desiderati. Non vado in palestra. Alcune volte, quando ho bisogno di schiarirmi le idee, corro sulla pista che si affaccia sull'oceano e, portando tutto il giorno scatoloni pieni d'alcol, è come se facessi sollevamento pesi. Sono alto quasi un metro e novanta, di corporatura magra e, nonostante i tatuaggi, i piercing, le birre e il fatto che fumo troppa erba, mi prendo abbastanza cura di me stesso.

Nemmeno Josh è così male. Ha una corporatura robusta, quasi da palestrato, e un uccello corto ma grosso a completare l'opera.

«Devo farmi una doccia e prepararmi per le consegne» dico io. «Ma tu puoi restare quanto vuoi, solo non venire sulle mie lenzuola.»

«Hai mai pensato di prenderti la giornata libera, Will?»

«E perdermi tutto il divertimento che possono offrire gli ubriaconi di Red Maine? Mai.»

«Hai mai pensato al fatto di lasciare questo paese per molto più che una scopata veloce al *Sinners*? O, non lo so, di uscire con qualcuno?» chiede lui. Gli lancio un'occhiata. Noi non usciamo insieme. Noi scopiamo. Ci divertiamo. Alcune volte parliamo e poi scopiamo, ma nessuno di noi due ci vede qualcosa di più. Come se percepisse la mia irritazione dice: «Gesù, vuoi calmarti? Non te lo sto chiedendo per me. Mi va benissimo essere l'uomo che inviti nel tuo letto a mezzanotte e cacci fuori prima dell'alba.»

Il mio cuore vacilla a quel pensiero. *Sì, sono praticamente uno stronzo di prima categoria.*

«So meglio di chiunque altro quanto questa vita possa essere solitaria. So che sei ancora innamorato di lui, e odio dover essere io a dirtelo, ma non penso che cambierà mai idea; quindi hai due opzioni: puoi morire da solo, un barista arrabbiato e scontroso, o puoi metterti in gioco e uscire con qualcuno.»

«Josh, gestisco un bar a tempo pieno. Un bar che non lascio mai, se non per una sveltina o in situazioni di emergenza per andare a prendere altre scorte. Mi prendo anche cura di mio padre.»

Lui alza un sopracciglio perché ha conosciuto mio padre. «Okay, allora papà è colui che mi ricorda di mangiare, ma non ho tempo per *"uscire con qualcuno"*, e anche se ce l'avessi non ho mai trovato molti pretendenti.»

«Be', non in questo buco di paese. Ma pensi mai al fatto di trasferirti? Vendi il bar; è troppo e tu sei ancora giovane per avere un cappio del genere attorno al collo. Vai in esplorazione. Viaggia all'estero; cavolo, anche trasferirti a Newcastle sarebbe meglio che stare qui.»

Annuisco agitato perché queste cose le ho già sentite. «Puoi lasciar perdere, per favore?»

«No. Non lo farò. Ascolta, questa cosa tra di noi è piacevole; ci divertiamo. Riesco a vedermi in una relazione a lungo termine con te? Neanche per sogno.»

«Allora è un bene che non ti stia chiedendo di sposarmi con rito civile» sputo fuori.

«Amico, devi liberarti di questo rancore. Sì, la società fa schifo. Dovremmo poter essere in grado di amare chiunque vogliamo, cazzo; dovremmo poter camminare mano nella mano per strada e fregarcene di ciò che gli altri pensano di noi, ma alcune volte ti ritrovi bloccato in un posto pieno di bigotti, e invece di sventolare la tua bandiera arcobaleno, o indossarla con orgoglio, la usi come un'arma per provocare la bestia. Sei troppo preso da questa merda, Will. Dimenticati del paese. Dimentica il pub. Dimentica le tue responsabilità e ciò di cui ha bisogno tuo padre; tu di cosa hai bisogno?» Conosco la risposta a quella domanda senza neanche doverci pensare. Ho bisogno di North e, come ha detto Josh, non lo avrò. Il suo ritorno improvviso non mi inganna.

Il North che conosco è capace di cambiare idea in ogni momento. Ti lascia senza fiato, a cercare, a chiederti quale sia la differenza tra sopra e sotto, tra est e ovest, e la parte peggiore è che non riesci a capire se ami o odi il fatto che riesca a mettere sottosopra il tuo mondo con un semplice sguardo.

North ti spezza il cuore. North ti manda fuori di testa. North era tutto il mio mondo. Non andava bene per me allora, e non va bene per me neanche adesso. Quello lo so, eppure non ho mai voluto una cosa così tanto.

***

Durante la mia interminabile doccia, a un certo punto, Josh se n'è andato. Potrei averci messo più del previsto, ma mi aveva dato molte cose su cui pensare. Quando esco fuori trovo un biglietto sul comodino, tenuto fermo dalla mezza bottiglia di Jack Daniels avanzata dalla scorsa notte. Lo prendo e leggo la sua scrittura ordinata.

Will,
La prossima volta lo facciamo a casa mia. Prima una cena con amici. Nessuna trappola. Mi piace molto essere l'uomo che chiami quando vuoi essere scopato a sangue. Ma, per mantenerti sano di mente, se mai volessi conoscere alcune persone che non sono emotivamente bloccate come noi due, sai dove trovarmi.
Inoltre, cambia le lenzuola. Mi sono fatto una sega, mentre eri sotto la doccia. Non volevo che te ne accorgessi stasera quando ti fossi infilato nel letto.
J.

Guardo le lenzuola ammucchiate. *Bastardo. Come se oggi avessi tempo di fare il bucato.*

Nonostante le consegne, i martedì al pub sono lenti. Dopo che arriva Jenny, prima dell'ora di pranzo, me ne vado a fare una passeggiata in riva all'oceano. Non incontro molte persone, solo un paio di vecchie signore a passeggio, un tizio che fa jogging col suo cane e una donna che spinge una carrozzina. Nessuno di loro mi presta troppa attenzione, ma le vecchie signore annuiscono e mi salutano con un *buongiorno,* sorprendendomi completamente.

Forse non sono così spaventoso come pensavo, e per certi versi è deludente, ma più sto qui a guardare l'oceano e più realizzo che Josh ha ragione. Sono io a decidere come va la mia vita. Sono io che decido se viverla da solo o con qualcun altro.

E anche se potrei non essere capace di vendere il pub perché ci abbiamo investito tutti i nostri soldi e in cambio ne otterremmo molti di meno, non significa che devo passare la vita a nascondermi dietro l'ingiustizia che il mondo mi ha inflitto. Non significa che non posso essere chi sono ed essere, comunque, felice. Se continuo su questa strada, non sono meglio di loro.

Peccato che l'unico uomo col quale riesco a vedermi felice abbia ancora troppa paura di essere se stesso.

Capitolo 10

Dodici anni prima

Dopo essermi infilato i jeans e la maglietta mi allungo ad afferrare la maniglia, ma la porta si apre e mi ritrovo faccia a faccia con North. Sembra sorpreso di vedermi vestito. I miei occhi scorrono sul suo petto nudo e lo memorizzano, perché non sono sicuro se vedrò ancora questo spettacolo prima o poi. E dannazione se è uno spettacolo. Questo ragazzo è l'incarnazione del sesso dalla testa ai piedi e, mentre è fermo sulla porta a sostenere il mio sguardo, respiro l'odore nauseante di sperma, sudore e dopobarba, e devo trattenere l'impulso di attirarlo a me e baciare quelle labbra carnose e bellissime.

Stupido.

Sono stato così dannatamente stupido da pensare che questo non avrebbe cambiato niente tra di noi, o che avrebbe potuto cambiarci in meglio.

«Io me ne vado» dico.

«Mezzo fatto? Tuo padre ti ucciderà.» Il suo alito che sa di menta mi travolge, mentre lui mi spinge via dalla porta. «Gli amici non ti lasciano andare a casa mezzo fatto.»

Gli amici non scopano nemmeno fra loro.

«Non importa; mi sembra ovvio che non posso restare qui.»

«Perché diavolo non potresti?»

«Perché mi hai appena scopato e sei scappato in bagno come una puttanella preoccupata di avere i pidocchi» scatto io, e il padre di North sbuffa nel sonno. Tratteniamo entrambi il respiro.

Riprende lo stesso ritmo stabile e North mi spinge ulteriormente nella stanza. Non ho altra scelta se non quella di entrarci. Chiude la porta dietro di noi e dice: «Tu non vai da nessuna parte.»

«È stata un'idea stupida.»

«Perché?»

«Perché?» chiedo. *È davvero così idiota?* «Cavolo North. Non lo so, forse perché non hai lasciato che ti toccassi.»

«Non fa per me.» Fa spallucce. Io chiudo gli occhi perché non voglio che capisca quanto bruciano le sue parole. «Ciò non significa che le cose tra noi debbano cambiare. Siamo esattamente le stesse persone che eravamo un'ora fa. Ora andiamo, ho bisogno di dormire. Sono pieno.»

Sta davvero facendo finta che non sia successo niente?

Non si può azionare l'interruttore e spegnere quella merda. Credetemi, c'ho provato. Lui lo voleva tanto quanto me, quindi perché diavolo se n'è andato?

«Mi metterò sul pavimento» dico. Non serve a niente litigare con lui stasera.

«Will, smettila di fare la femminuccia e vieni qui.» North si libera dei suoi jeans e sale sul letto. Non sta indossando i boxer, il che mi sorprende. Non posso fare a meno di guardare. North si bagna il labbro inferiore e si volta verso la finestra.

Io mi tolgo le scarpe e la maglia, ma tengo addosso i jeans e mi metto sotto le coperte, nonostante il caldo e la scarsa ventilazione. Il sudore mi scivola giù dal collo e sulla fronte.

North si gira. Afferrandomi la cintura, dà uno strattone deciso che mi fa annodare lo stomaco e contrarre il cazzo. «Togliti questi dannati jeans o domattina ti ritroverai con le palle attorcigliate attorno alle orecchie.»

«Sei preoccupato per le mie palle adesso?»

«Amico, quante volte abbiamo dormito in questo letto con addosso solo i boxer?»

«Tu non stai indossando i boxer, North» gli faccio notare.

«E quindi?» dice lui, chinandosi su di me per spegnere la luce. Faccio un respiro profondo, inalando il suo profumo forte e mascolino. «Ho appena messo il mio cazzo nel tuo culo; in un certo senso non pensavo che ti sarebbe importato.»

«Vero.» Mi slaccio la cintura e i jeans, abbassandoli sui fianchi e scalciandoli via. Mi giro su un fianco, la mia schiena contro la sua. Tutto il sangue si precipita nel mio cazzo, mentre realizzo che siamo entrambi completamente nudi.

«North?»

«Cosa c'è?» geme lui, con la voce roca. Amo il fatto che si trasformi in un ragazzino quando è stanco.

Un grosso piagnucolone del cazzo.

«È stato...» mi fermo, non sapendo se voglio davvero conoscere la risposta, ma poi vado avanti lo stesso. «È stato disgustoso per te?»

«Scoparti?»

«Sì. Pensavo che, forse, siccome sei scappato via...»

«No, non è stato disgustoso.» La sua voce si riduce a un sussurro e lo sento voltarsi. Il suo respiro caldo sulla mia nuca mi manda una scarica di elettricità lungo la schiena. «È stato molto per me, ma non è stato disgustoso.»

«E baciarmi?»

«È stato carino. Era solo una bocca, Will.»

Il mio cuore sprofonda. Perché per me non era *niente*. Era tutto. E suppongo di avere avuto la mia risposta. «Giusto.»

«Ora sta' zitto, sono stanco» dice lui. Infilo le mani sotto al cuscino che condividiamo. Non riuscirò a dormire stanotte, non dopo tutto quello che abbiamo fatto e le cose che lui mi ha appena detto. North si sposta più vicino a me sul letto, e il suo braccio mi circonda un fianco, posizionandosi sul mio petto nudo.

«Quando ti sei fatto i piercing ai capezzoli?» chiede lui.

«Il giorno dopo aver compiuto diciotto anni, quando ho fatto anche il septum.»

«Be', sapevo dell'anello al naso ma non mi avevi mai detto di questi» dice, toccando le barrette d'acciaio con la mano. Il mio uccello si contrae e io ne prendo la base e stringo, già pronto a usarlo.

«Ci sono un sacco di cose che non ti dico.»

«Mi ferisci Will» dice. *Il solito stronzo sarcastico.* «Io ti dico tutto.»

.«Lo so. Ogni maledetto dettaglio di te che scopi ogni donna. Non fai che parlarne.» Lo schernisco.

Lui sembra tranquillo, ma il suo respiro pesante mi dice che ha qualcosa sulla punta della lingua. Riesco perfettamente a vedere gli ingranaggi roteare nel suo cervello. «Quando ti racconto quelle storie» dice alla fine «immagini di essere tu quello che sto scopando?»

Scuoto la testa, anche se so che lui al buio non può vederlo. «Che razza di domanda è questa?»

«Lo fai?»

«Sì» ammetto. Suppongo che non serva negarlo ancora a lungo, dal momento che sa già cosa provo per lui.

«Da quanto tempo lo sai?»

«Che sono gay? Non lo so, forse dalla quinta elementare. Anche se mio padre giura di saperlo da prima.»

North si irrigidisce dietro di me, ma non nel modo che conta. «Aspetta, tuo padre lo sa? E non ti ha ammazzato?»

«A circa sedici anni era venuto per farmi il solito discorsetto, ma al posto di darmi *Playboy* mi ha dato questa rivista con sopra un qualche frocetto del cazzo. Sal l'aveva comprata per lui, pensava che mi sarebbe piaciuto guardare dei ragazzi più vicini alla mia età.»

North ride. «Quindi fammi capire bene: Sal, la cameriera randagia, ti ha comprato una rivista porno gay e tuo padre ti ha fatto un discorsetto sullo scopare gli uomini?» Lui inizia a ridere forte, e io prendo il cuscino da sotto di noi e glielo metto sulla faccia nel tentativo di soffocarlo.

«Sta' zitto, o tuo padre verrà qui a riempirci entrambi di botte.»

Quello lo fa tornare serio, e sposta il cuscino infilandoselo sotto la testa. «Non solo mi picchierebbe; mi ucciderebbe. Ci ucciderebbe entrambi.»

«Non ti ucciderebbe, sei suo figlio.» Mi sdraio sulla schiena e fisso il soffitto, il mio corpo premuto contro il suo dalla spalla alla caviglia. «Lui non farebbe...»

«Sì, lo farebbe. So che lo farebbe. Ci sono un sacco di stronzate che mio padre mi fa passare lisce, ma essere omosessuale non è una di quelle.»

Io sussulto.

«Scusa. Non era quello che intendevo.» Mi spinge su un fianco e mi avvolge di nuovo le braccia intorno, anche se stavolta mi tira più vicino. Appoggio la mano sulla sua, con il cuore che batte contro le nostre dita unite.

«North?»

«Cosa c'è?» geme lui.

«Lasceresti mai, sai... che io ti faccia quella cosa?» C'è un'altra lunga pausa, e vorrei davvero non averlo detto perché quale altra opzione gli ho dato se non quella di sentirsi in imbarazzo nel dirmi di no?

«Non lo so. Pensa a dormire, Will.» Be', almeno non era un no definitivo. Non ha detto che non succederà mai, o di continuare a sognare.

Chiudo gli occhi e lascio che il sonno mi travolga, ma appena prima di addormentarmi North sussurra: «Devi andartene da questo paese prima che ti spezzi, Will. Prima che tutti lo scoprano.»

E poi sono sveglio del tutto, perché non mi ha mai sfiorato il pensiero di dover lasciare casa mia perché sono gay. Forse le persone sospettano di me, o forse no, ma da quando mio padre l'ha scoperto non ho dato molto peso al fatto che avrebbe potuto essere un problema per chiunque altro. Voglio dire, ho sentito tutte le cazzate omofobe che i metalmeccanici lanciavano a destra e a manca giù al pub, ma immagino di non essermi mai sentito parte integrante di qualcosa, quindi per me non faceva differenza.

Ma le parole di North mi fanno esitare e, quando finalmente raccolgo il coraggio di chiedergli cosa intendesse, so che il suo russare non è finto. Sta davvero dormendo e proprio come avevo predetto, io sono del tutto sveglio a chiedermi cosa cavolo dovrei fare di me stesso. Dovrei alzarmi e andare a casa, ma non lo farò perché non so quando avrò di nuovo tutto questo. Il corpo di North è caldo accanto al mio e, nonostante il tepore, chiudo gli occhi e sogno senza dormire. Sogno una vita dove le cose tra noi sono molto diverse e il suo avvolgermi le braccia intorno mentre dormiamo non dev'essere sporco o un segreto o qualcosa di vergognoso; è solo amore, conforto e compagnia, ed è bellissimo.

***

Verso le tre del mattino North inizia a parlare nel sonno. Non riesco a decifrarlo, ma i gemiti sono sufficienti a farmi capire di cosa si tratti. La sua erezione mi scava nella parte bassa della schiena mentre si spinge contro di me, e il mio uccello per tutta risposta si irrigidisce.

Non ci penso su. Le mie mani si muovono involontariamente e gli avvolgono la cappella, poi il mio pugno scivola sul suo cazzo dalla base alla punta. North mi spinge i fianchi contro le mani e io mi giro sul letto. Sta ancora dormendo, quindi so che non dovrei continuare, ma prima stava mentendo quando ha detto che questo non faceva per lui. Forse non finora, ma non ti metti a scopare un ragazzo solo perché sei annoiato, o perché è una cosa carina da fare per un amico le cui opzioni, vivendo in un piccolo paese, sono limitate.

Lo fai perché lo vuoi.

Mi tiro su, ignorando come il sangue che si precipita nel mio uccello lo faccia diventare come un peso morto tra le mie gambe. Al buio, esamino il suo viso e vacillo sull'orlo della decisione. Questa potrebbe essere l'idea peggiore che abbia mai avuto, ma non mi importa, quindi scivolo in giù sul materasso, abbasso la testa e lo prendo in bocca. È caldo, e il sapore di sale, sudore e uomo mi danza sulla lingua. Perdendo ogni inibizione, muovo la bocca su e giù sulla sua asta.

North geme mentre le sue dita mi scivolano nei capelli. «Gesù.»

Se non era sveglio quando ho cominciato, adesso lo è.

Lui grugnisce. La sua mano mi impugna i capelli mentre mi fa allontanare da lui. «Che cazzo stai facendo?»

«Volevo sapere che sapore hai» sussurro, immobile, avendo paura di muovermi, paura che lui possa picchiarmi a sangue, ma invece mi lascia andare, scostandosi come se si fosse appena scottato.

«Non posso...» Cerca di tirarsi indietro ma io scorro la mano lungo la sua asta, e lui fa un respiro irregolare. «Non posso farlo.»

«Perché?» chiedo.

«Perché non sono come te. Io scopo le donne, un sacco di donne, non... Quello che ho fatto prima, ero curioso, ma io...»

«Tu mi hai scopato e per tutto il tempo eri duro come una roccia» sussurro, mandando giù la rabbia perché so che con lui non mi porterà da nessuna parte. «Mentirmi subito dopo, tenermi stretto? Quello che cazzo era?»

«Quello ero io che non riuscivo a essere uno stronzo. Non volevo...» sospira. «Non volevo che pensassi che ero un completo idiota.»

«Tu *sei* un completo idiota, ma va bene perché anch'io lo sono.» Lo succhio di nuovo, prendendo il suo uccello fino in fondo alla gola. North sussulta e dondola i fianchi verso di me. Faccio scorrere le labbra su e giù sulla sua lunghezza, sempre più veloce finché il suo respiro non diventa affannoso e le sue dita mi scivolano tra i capelli, tirandoli.

«Gesù Cristo, Will. Cazzo» geme.

Allungo una mano tra le mie gambe e mi accarezzo, concentrandomi sulla carne sensibile della mia punta e sincronizzando il ritmo con l'altra mano che sto usando sulla sua asta. Quando penso che siamo entrambi vicini lo tiro fuori dalla mia bocca e mi sposto sul letto.

«Cazzo» sibila piano North. «C'ero quasi.»

«Lo so.» Mi metto a cavalcioni su di lui. L'espressione di North è a metà tra il disperato e il timoroso, quindi quando strofino l'uccello contro il suo, e uso le prime gocce del mio sperma come lubrificante per accarezzarci entrambi in un solo movimento fluido, lui spinge i fianchi in avanti a tempo con la mia mano.

«Oh merda, è bello.»

«Cazzo» dico io, rallentando il passo per moderare le sensazioni e allontanare l'orgasmo che minaccia di travolgermi. «Troppo bello.»

«Dio, non fermarti.» Mi supplica North.

«Devo farlo. Altrimenti verrò.»

«Non è quello il punto, cazzo? Vieni!» scatta lui, spingendo i fianchi in avanti. Il suo uccello si scontra col mio e io prendo i nostri cazzi con entrambe le mani e li masturbo. L'orgasmo mi colpisce, e con respiri affannosi e tremanti vengo su tutto lo stomaco di North. Un secondo più tardi, il suo gemito soffocato riempie la stanza. Stringo la punta del suo cazzo, mentre un getto di sperma cremoso si riversa su di noi.

«Porca puttana» dice quando si riprende. «Dove cazzo hai imparato a fare quello?»

«Su *Playguy*.»

«Cristo, era fantastico.»

«Già» ansimo mentre crollo sul letto accanto a lui. Mi pulisco il sudore dalla fronte. L'odore di sesso è pesante attorno a noi. Un sorriso compiaciuto e soddisfatto mi curva gli angoli delle labbra e spero che lui non lo veda, perché è destinato solo alle tenebre. Sazio, appoggio la testa sulla spalla di North e finalmente sento il sonno iniziare a reclamarmi.

«Will?» dice North.

«Cosa c'è?» gemo, imitando alla perfezione la sua irritazione assonnata.

«Avrò bisogno di prendere in prestito quella rivista.»

Capitolo 11

Will versa a entrambi un altro giro di rum Bundy e non si preoccupa di annaffiarlo con della coca cola. Il pub è buio, salvo per le luci al neon dietro lo scaffale dei liquori. È chiuso da un'ora, e noi due siamo seduti al bar come ai vecchi tempi. Non sono i vecchi tempi però, e ho bisogno di ricordarlo perché sono stato io a mandare tutto a puttane tra di noi.

«Sai cos'è divertente?» chiede lui, spostandosi sullo sgabello accanto a me. Il suo ginocchio è appoggiato al mio. Non cerca di spostarlo, e di certo non sarò io a farlo. A parte quel bacio super imbarazzante la scorsa notte, in dodici anni questo è il momento in cui sono più vicino a Will.

«Cosa?»

«Il fatto che abbiamo trent'anni, siamo seduti in un bar con nient'altro che alcol a nostra disposizione, e stiamo ancora bevendo questa merda.» Alza in aria il suo bicchiere.

«Che cos'ha il rum Bundy che non va?» chiedo io, fingendomi offeso. Quegli straccioni teste di rapa che al bar si ubriacano bevendo solo rum gli hanno rifilato una cattiva reputazione nel corso degli anni, ma per me quel dolce sapore di melassa bruciata racchiude un sacco di bei ricordi.

«Andiamo» dice Will, sorridendomi da sopra il bordo del bicchiere. «A nessuno piace davvero il gusto di questa roba.»

«A me sì.» Mi scolo il resto del liquido ambrato. «Se non ti piace il Bundy, perché lo stai bevendo?»

Lui fa spallucce. «In memoria dei vecchi tempi?»

Io ridacchio. «Sì, di questa merda abbiamo un bel po' di ricordi piacevoli. O, almeno, penso che li abbiamo; non ho mai ricordato molto la mattina seguente, dopo una delle nostre sbronze.»

Le labbra di Will si piegano in uno dei suoi sorrisi sghembi. *Dio, mi era mancata quella bocca.* «Sai, anche tutta l'erba che ci siamo fumati potrebbe aver avuto qualcosa a che fare con quello.»

«Vero» dico io, spingendo il bicchiere verso di lui per farmelo riempire di nuovo, e buttando poi giù lo shot di coraggio liquido. «Pensi mai a come sarebbe potuto essere?»

Will sghignazza e mette giù il bicchiere. «Me lo stai chiedendo davvero?»

«Che c'è?» dico, adesso un po' incazzato perché si comporta come se fosse l'unico ad aver perso qualcosa. «Non posso farti una domanda?»

Lui beve un altro sorso, evitando il mio sguardo. Il suo viso è privo di ironia; la sua bocca forma una linea stretta mentre fissa il bicchiere. «Non puoi farmi *quella* domanda.»

«Okay allora» dico, turbato dal fatto che sia lui ad avere il coltello dalla parte del manico. E gli faccio una domanda alla quale volevo una risposta da moltissimo tempo: «Perché non te ne sei andato?»

«Cristo, non ti ci mettere anche tu.» Will scuote la testa. «Sembri Josh.»

«Chi diavolo è Josh?»

Butta giù il resto del rum e si batte il pugno contro il petto. «Scopamico.»

«Tu hai uno scopamico?» Serro la mascella. Sto iniziando a capire perché il Bundy ha una cattiva reputazione. In questo momento, mi piacerebbe trovare Josh e spaccargli quella testa di cazzo.

Will ride. «Guarda come sei geloso.»

Mi sta prendendo per il culo?

«Quanto?» dico tra i denti.

«Da quanto tempo lo scopo? O quanto è lungo il suo uccello? Circa cinque e circa dodici.»

«Cinque cosa?» scatto io. «Giorni? Settimane?»

«Mesi.» Appoggia il gomito sul bancone facendo dondolare il bicchiere con le dita lunghe. «E centimetri.»

«Stai scopando con questo Josh da cinque mesi, e non hai pensato di dirlo?»

«Ho scopato con un sacco di uomini negli ultimi dodici anni, North. Perché avrei dovuto anche solo nominarti uno di loro?»

«Ti ho baciato.»

«Sì, e non te l'ho chiesto io» dice lui, facendo roteare il liquore nel bicchiere. «Con quante donne hai dormito negli ultimi dodici anni?»

Non ho una risposta per lui. Non ricordo nemmeno la metà dei loro nomi, solo che andavo in giro come un vagabondo ubriaco, cercando di aggrapparmi ad almeno un briciolo di felicità. Dall'esterno sembro controllato, ma dentro di me sono vuoto. Sono il pezzo di merda inutile che mio padre ha sempre detto che ero, e affonderei il cazzo in chiunque nel tentativo di trovare qualcosa che mi faccia provare almeno la metà di ciò che mi ha fatto provare Will quell'estate.

«Lascia che ti chieda una cosa. Perché sei così incazzato adesso? Sei stato *tu* a uscire dalla mia vita, ricordi?»

Mi faccio scorrere le mani tra i capelli. «Sì, mi ricordo, cazzo.»

«Allora perché stiamo avendo questa conversazione?»

«Non la stiamo avendo.» Scivolo giù dallo sgabello e vado verso il bagno.

«Stiamo per chiudere» dice Will, ma quando mi volto lui non mi sta guardando. Invece, lancia la bottiglia di Bundy e i nostri bicchieri dall'altra parte del bar e si appoggia le mani sulla fronte.

Entro nel bagno e piscio, e poi resto a fissare il lavandino per molto tempo. *Troppo, dannato, tempo.*

Non ho nessun diritto di dirgli chi può o non può entrare nel suo letto. Ho perso quel privilegio nel momento in cui ho incasinato tutto ma, Cristo, sapere che si scopa qualcun altro mi sta uccidendo.

Perché sono una tale femminuccia?

Lo voglio. L'ho sempre voluto. Quello è tutto ciò che dovrebbe importare, e invece è l'ultima cosa che conta. Non so come fare. Non sono coraggioso come lui. Non posso zittire ciò che tutti direbbero. Mio padre, i miei colleghi di lavoro, Tam; l'intero dannato paese.

Cosa penserebbero? Sebbene la mia felicità non dipenda da nessuna di queste persone, la sicurezza di Will potrebbe.
Almeno, una volta era così.
Questa è una cazzata. Devo andare a casa. Devo stare lontano da lui. Mi allontano dal lavandino, torno nel bar e mi scontro con Will. Lui mi spinge contro il muro. «Sai, hai un bel coraggio a infervorarti per chi mi scopo.»
«Cazzate. Dovrei essere io, e lo sai.»
«E una volta lo saresti stato» dice Will. «Ma mi hai strappato via il cuore, e non posso perdonarti...»
«Allora non farlo, non perdonarmi, ma smettila di punirci entrambi, cazzo.» Mi allungo e gli afferro il collo, attirandolo a me. Lui oppone resistenza, divincolandosi dalla mia presa.
«No» si agita Will. Mi bagno le labbra e il suo sguardo segue la mia lingua. «Che tu sia dannato.»
La sua bocca copre la mia con baci duri e febbrili che feriscono e alleviano insieme. Mi apro per lui, lasciandolo entrare più a fondo nella mia bocca. Lui dondola i fianchi, e il suo grosso uccello sfrega contro il mio sotto i jeans. Gli alzo la maglietta con una mano e gliela levo da sopra la testa mentre lui ci fa indietreggiare verso il corridoio.
Inciampa, o forse lo faccio io; in ogni caso cadiamo e atterriamo in modo scomposto sulle scale. «Ah, cazzo!» dice Will, prendendosi tutto il mio peso addosso. Io mi alzo sui gomiti, ma i miei fianchi rimangono dove sono, appiccicati alla sua erezione. A Will sembra non importare.
Le mie mani sono avide, graffiano e palpeggiano, mentre giocano coi suoi piercing ai capezzoli e divorano quanta più carne le mie dita callose riescano a toccare. Traccio i rilievi tra i suoi addominali. La sensazione del suo corpo sodo sotto le mie mani è talmente bella, che quando riporta la bocca sulla mia e mi morde il labbro inferiore, perdo completamente la testa. I suoi occhi sono oscurati dal desiderio, i capelli spettinati, l'uccello teso contro i jeans, ed è la cosa più sexy che abbia mai visto, cazzo.
Gli abbasso la cerniera e infilo dentro la mano, massaggiandogli la punta con una goccia di sperma che ho raccolto. Will geme nella mia bocca. Io lo bacio più forte, stringo la sua grossa asta e lo masturbo più in fretta.

Lui allunga una mano fino a prendermi il polso. «No.»

«Non dirmi di no, Will. Non adesso» scatto io, accelerando il movimento.

«Cazzo» dice lui, la voce spessa, piena di desiderio. «No, non qui.»

«Perché?» chiedo io, prendendogli un lobo tra i denti.

«Perché mio padre è di sopra» dice.

«Merda.» Il mio coraggio vacilla. So che Trevor è a conoscenza delle preferenze sessuali di suo figlio, e sono sicuro che sia al corrente del nostro passato, ma sapere che è solo a pochi passi da noi e potrebbe sorprenderci mentre praticamente scopiamo sul pianerottolo mi fa passare la sbornia.

«Sai che non gliene importa un cazzo» dice Will, leggendo l'esitazione sul mio viso. Scuote la testa e curva le labbra in un ghigno. «Te la stai facendo sotto adesso?»

«Fottiti.»

«È quello il punto, no?»

«Sì, è quello il punto, cazzo» dico io, alzandomi in piedi e scendendo di un gradino per lasciare a Will lo spazio per muoversi, ma lui non lo fa. Invece, rimane fermo e mi guarda con gli occhi pieni di odio e desiderio, e forse perfino un po' di ammirazione. Il suo sguardo si abbassa sull'enorme erezione che mi ritrovo. Io sorrido e gli allungo una mano, ma lui la scaccia via e usa la ringhiera per tirarsi su, in piedi.

Sale le scale, infila la chiave nella serratura ed entra nell'appartamento. Io lo seguo, e quando mi volto per chiudere la porta mi ritrovo spinto contro di essa, il mio viso premuto sul legno freddo e il corpo caldo di Will dietro di me. Lui mi sovrasta. Anche se è più piccolo di me è forte, e la sua erezione mi massaggia il culo mentre spinge i fianchi contro i miei. Ha il respiro dolce e alterato dall'alcol mentre dice: «Sai da quanto tempo aspettavo questo momento?»

Gemo, perché so esattamente da quanto. Dodici anni, due mesi e ventotto giorni. Cavolo. Probabilmente potrei dire anche da quante ore e quanti minuti. Conosco i dettagli perché per ogni secondo che passava, mi sentivo come se mi mancasse l'altra metà di me.

«Lo sai?» mi chiede lui.

«Sì» dico, la voce rude e così piena di rabbia che voglio picchiarlo per aver anche solo insinuato che non abbia sentito la sua mancanza tanto profondamente come lui ha sentito la mia.

«Da quanto?» chiede.

«Troppo. Dannatamente troppo, Will.»

La sua mano mi scivola sul cavallo dei jeans e mi prende l'uccello. Io mi lascio masturbare nei pantaloni. Voglio sentire le sue dita ruvide scorrermi sulla punta, sulla lunghezza, e voglio le palle succhiate dalla sua bocca. Voglio il mio uccello dentro di lui. Una parte di me lo odia per farmelo desiderare in questo modo.

Will trova la cerniera e la tira giù. Mi slaccia il bottone dei jeans e mi spinge il denim consumato giù dai fianchi. «Gesù. Avevo dimenticato quanto odi i boxer.»

Allungando una mano da dietro mi prende l'uccello pulsante, all'inizio dolcemente, strofinandolo dalla base alla punta, ma poi stringe più forte afferrandomi le palle con l'altra mano e strizzandole. «Apri le gambe.»

Io mi blocco. Non che non abbia passato anni a pensare a tutte le cose che mi sarebbe piaciuto fare e a tutti i miei rimpianti; semplicemente non eravamo mai arrivati a tanto. Io davo, Will riceveva. Era così che funzionava tra noi. Pensavo che sarebbe stato così anche ora.

«Voglio essere io a scoparti» dico, e Will mi sbatte il gomito sulla schiena per tenermi fermo.

«No. Tu vuoi questo; vuoi me? Sarò io a farlo. E ti piacerà.»

Non posso negare la scarica di desiderio che mi provocano le sue parole. Quando è diventato così dominante il mio migliore amico, dannazione?

Nei dodici anni in cui l'hai abbandonato, mi suggerisce gentilmente il cervello. Non c'è niente di meglio che avere un rimorso di coscienza per rovinare il momento.

«Will...»

«Apri quelle cazzo di gambe o vattene, North» dice lui. Io deglutisco forte. Lentamente, mi allontano dalla porta e mi volto verso di lui. Mi tolgo gli stivali, sfilo i jeans e la maglietta, e guardo il suo viso. È accigliato; ha gli occhi scuri e sembra incazzato.

Siamo in due, cazzo.

Sono incazzato con lui per avermi fatto impazzire e perché vuole essere lui a penetrarmi. Perché mi ha rubato quel potere e mi ha forzato a scegliere. E sono furibondo perché il ricordo del suo tocco, del suo sapore, mi ha perseguitato per gli ultimi dodici anni.

Will si toglie la cintura e si abbassa i pantaloni. La sua maglia raggiunge la mia sul pavimento e lui ghigna: «Girati.»

«No.» Mi avvicino di un passo e allungo la mano verso il suo viso, ma lui la scaccia via.

La lascio cadere lungo il fianco. «Che c'è? Solo tu puoi toccare?»

«Sì, è più o meno così che funziona.»

«Perché ti stai comportando come un coglione?»

«Perché sei qui?» mi sfida lui.

Mi sta prendendo per il culo, cazzo?

«Non essere stronzo.»

«Io sono stronzo?» chiede, spingendomi verso la cucina. Alzo le mani per bloccarlo, ma la verità è che mi sto eccitando sempre di più. E anche lui. «Mettiamo in chiaro una cosa: questo è scopare. Niente di più. Non siamo amici. Non me ne frega un cazzo della tua crisi di mezza età perché Cindy, o Tammy, o qualunque altra cazzo di sciacquetta e moda del momento non sta soddisfacendo le tue esigenze. Stai frequentando il mio bar perché non riesci a smettere di pensare al mio uccello.»

Faccio un altro passo e sento il laminato freddo del tavolo a penisola contro la schiena. Will non molla però. È implacabile nel distruggermi, e sta funzionando. «Non ho bisogno delle tue stronzate etero, quindi se vuoi essere scopato senza vincoli, senza che nessuno ti chieda di confessare chi sei davvero, allora voltati e apri quelle maledette gambe. Se non lo vuoi, non abbiamo più niente da dirci.»

Per un momento, rimango lì immobile.

Chi cazzo è questo uomo?

Una parte di me vorrebbe pestarlo a sangue, ma solo perché tutto ciò che ha appena detto è vero. Mi volto piano, con le gambe che tremano, e appoggio i gomiti sul bancone.

Will grugnisce in segno di approvazione. Si ritira, e quei secondi in cui sono in piedi da solo, esposto e alla sua mercé senza il calore del suo corpo sulla schiena sembrano ore. Sento l'inconfondibile rumore della bustina del preservativo che viene aperta, lo schizzo di liquido da una bottiglia, lo scatto forte del tappo che si chiude; il tutto in un silenzio assordante. Tutte le mie terminazioni nervose si accendono.

Mi avvolge una mano attorno alla nuca e mi spinge giù, facendomi appoggiare il torace sul tavolo. La carne umida si scontra con il mio culo. Tutto il mio corpo si immobilizza a eccezione del cazzo, che sussulta appena, in trepidazione. Will fa scivolare il suo uccello lungo il solco tra le natiche. Premo la fronte contro il tavolo freddo e allargo le gambe, desiderando che lo faccia e basta, cazzo. *Stronzo provocatore.* Il suo corpo si spinge più vicino al mio e quando mi separa le chiappe, e coi polpastrelli mi stuzzica il buco raggrinzito, spingo involontariamente i fianchi all'indietro, nelle sue mani.

Lui ridacchia, e la rabbia mi si gonfia dentro, ma poi le sue dita bagnate mi scorrono avanti e indietro lungo il perineo. Questo coglione sta giocando con me, e tutto ciò che posso fare è piegarmi al suo volere, dopo aver aspettato tanto a lungo che arrivasse questo momento. Con un po' più di pressione, spinge un dito contro la mia apertura e scivola dentro, facendomi sussultare e stringere attorno a lui.

«Devi rilassarti, o finirò col perdere un dito.» Mi concentro sulla respirazione mentre sussurra: «Questo è solo il dito; immagina come sarà la sensazione del mio uccello.» Si ferma, le sue mani mi danno un attimo di tregua per schiarirmi le idee, almeno per un secondo. «L'*hai* immaginato? Io che mi spingo dentro di te?»

«Sì» gemo.

«Quanto spesso?» chiede lui, tirando fuori del tutto il dito e poi infilandone due. Scatto in avanti con i fianchi, come se potessi fuggire dalle sensazioni che il suo tocco mi procura, ma Will mi afferra la vita con la mano libera e mi tiene fermo mentre si muove dentro di me, separando le dita, distendendomi.

È troppo.

«Ah. Gesù, cazzo.»

«Rispondimi.»

«Tutto il cazzo di tempo. Ogni volta» ammetto io, e rimpiango quelle parole perché non solo sono vere, ma gli danno anche potere. Penso a lui ogni volta che scopo una donna. E ora lo sa.

Attendo la replica sarcastica che sono certo abbia sulla punta della lingua, ma non arriva.

Invece, fa scorrere la mascella con un velo di barba lungo la mia spalla. Mi lenisce tanto quanto mi graffia, e tutto il mio corpo si riempie di brividi.

«Dimostramelo» sussurra.

Non capisco. Come posso dimostrargli dodici anni di desiderio? «Come?»

«Fammi entrare» dice, strofinandosi su di me. Toglie le dita dal mio corpo, si afferra l'uccello duro e spinge contro la mia entrata, scivolando sulla carne troppo sensibile. Dimeno i fianchi, cercando di avvicinarmi.

«Scopami» gemo. «Scopami Will. Ti prego.»

«Non pregarmi.» Mi tira su in posizione verticale e mi prende il lobo dell'orecchio tra i denti, mordendolo forte. Mentre sono concentrato su quel dolore, lui affonda dentro di me, non del tutto ma abbastanza a fondo da farmi sussultare e roteare i fianchi all'indietro per averne di più. La sua voce è densa di desiderio quando dice: «Ti fa sembrare patetico.»

«Gesù... sei uno stronzo» ansimo.

«Nah, non lo sono, ma *sono* nel tuo culo.» Spinge i fianchi in avanti, accomodandosi completamente dentro di me. Io gemo e inarco la schiena, spingendomi contro di lui, cercando più piacere, più dolore. «Ti piace? È proprio come l'avevi immaginato?»

«Meglio.» Mi prendo l'uccello, incapace di credere a quanto io sia eccitato, a quanto sia vicino a venire nonostante sia stato a malapena toccato. *Perché non gliel'ho mai lasciato fare prima?* «Oh, cazzo, Will. Fai piano.»

«No.» Will martella dentro di me, punendomi, senza dubbio facendomela pagare per tutti gli anni in cui gli ho negato questo. No, in cui ho negato questo a *noi*. Ma se il suo scopare è selvaggio la mia risposta lo è altrettanto e, tanto quanto lui dà, io prendo.

«Non avresti mai dovuto lasciarmi, North.»

Ha ragione. Vorrei potergli dire perché l'ho fatto, ma la mia abilità nel formare parole è completamente andata. Tutto ciò che ho sono gemiti selvaggi e animali e l'istinto primordiale di roteare i fianchi per poter incontrare le sue spinte altrettanto folli.

Will si distende e mi afferra la spalla per fare leva. «Cazzo, sei stretto.»

Trovo un po' di soddisfazione nel fatto che gli sto rendendo tanto difficile trattenersi, perché io riesco a malapena a controllarmi. Mi avvicina a sé, avvolgendomi una mano tatuata attorno alla gola e stringendo leggermente mentre mi sussurra all'orecchio: «Vieni per me, North. Vieni su tutto il pavimento, cazzo. Lasciami qualcosa in modo che sappia che tutto questo non è solo nella mia testa.»

«Non è nella tua testa. Io...»

«Sta' zitto e vieni, cazzo» mi ringhia Will all'orecchio. Mi bacia il collo, dandomi dei piccoli morsi lungo la mascella. Io mi prendo l'uccello e lui copre la mia mano. Lascio che mi aiuti a farmi una sega e vengo su tutto il pavimento, proprio come voleva lui. Un attimo dopo, lo sento affondare dentro di me un'ultima volta mentre l'orgasmo lo attraversa. Geme il mio nome e mi spinge di nuovo giù contro il tavolo. Chiudo gli occhi, appoggio la guancia contro la superficie fredda e inspiro il suo odore.

Capitolo 12

Dodici anni prima

Due giorni. Gli ho dato due giorni di tregua per riflettere su ciò che abbiamo fatto, e poi vado a cercarlo perché so che è troppo cagasotto per venire lui da me. Cammino verso il molo, sapendo che sarà lì perché dopo la scuola aiuta suo padre a ridipingere le barche sullo scalo.

Dopo aver cercato al *cimitero*, un cantiere navale nella proprietà di North dove da ragazzini abbiamo costruito un milione di forti, mettendo coperte e dormendo tra i resti degli scheletri di vecchie barche arrugginite con solo una distesa di stelle sopra di noi, trovo North a verniciare lo scafo di una barca da pesca sullo scalo. È chiaramente immerso nei suoi pensieri; quello oppure si sta davvero allenando a ignorarmi. Mi lancia un'occhiata, e poi torna a verniciare la fibra di vetro un po' più energicamente.

«Ehi» dico, infilandomi le mani nelle tasche e guardando in basso il defluire dell'acqua che lascia una scia sulla sabbia per incontrarsi con la baia.

«Ehi.»

«Non ti vedo da un paio di giorni» dico, calciando un sasso sul mio cammino.

«Sono stato impegnato.»

«Già, impegnato a evitarmi.» Mi appoggio contro la barca in modo che mi guardi. Fa un sorrisetto e scuote la testa.

«Cosa c'è di così divertente?»

«Amico, ho appena spruzzato la candeggina su quella barca.» Ride, e io balzo all'indietro, controllando la mia maglietta e i jeans neri. Come previsto, ho una striscia arancione brillante lungo il fianco dei vestiti. Maledizione!

«Stronzo arrogante. Questa è la mia maglietta preferita.» Gli colpisco il braccio con un pugno e in pratica rimbalzo via da quel coglione. Non era un colpo da femminuccia, e mi bruciano da morire le nocche, ma North ride e basta.

«Ehi.» Fa spallucce. «Non te l'ho detto io di appoggiarti lì.»

Stronzo.

«Non sei venuto a scuola oggi» dico, perché anche se è bello vederlo ridere, non è per quello che sono venuto a cercarlo.

«No.»

«Perché no?»

«Perché avevo della roba da fare qui. Papà è indietro con qualche riparazione, quindi l'ho aiutato un po'.»

Annuisco come se ci credessi. Non alla parte che riguarda il padre di North in ritardo con le consegne, quella non mi sorprende per niente, ma al fatto che lui pensi che quello sia più importante della scuola. Non ci vuole un genio per capire perché non è venuto.

«Dov'è tuo padre adesso?»

«È andato a prendere birra e cibo così stasera possiamo lavorare fino a tardi» dice. «Sai com'è fatto, non riesce a funzionare correttamente senza una bottiglia di birra in mano. Tra non molto sarà di ritorno.»

Sappiamo entrambi che non è vero. Il padre di North molto probabilmente non tornerà prima dell'alba. Vedrà i suoi amici al pub e rimarrà per una birra, che porterà a molte altre finché non tornerà barcollando verso casa.

«Vuoi parlarne?»

«Non ho niente da dire» dice North. Fa un male cane.

«Giusto. Tu mi scopi e io ti faccio venire, e poi sparisci per due giorni e non hai niente da dire.»

«Gesù, Will» dice, gettando a terra il tubo dell'acqua. Mi prende la maglietta e la impugna, avvicinandomi a lui. «Che cazzo vuoi che ti dica? Eh? Che diavolo dovrei dirti?»

Vengo preso alla sprovvista dal veleno nella sua voce, ma lo conosco. Quando è ferito, o confuso, ha il difetto di voler pestare qualcuno a sangue, e quando sono io a farlo sentire in quel modo è mille volte peggio. È scosso e spaesato, e posso vedere il bisogno, la disperazione nei suoi occhi.

«Vuoi picchiarmi a morte, North? Ti farebbe sentire meglio? Più uomo?»

«Fottiti.»

«L'hai già fatto» dico io. Un ragazzo qualsiasi non l'avrebbe passata liscia se avesse provocato North, ma io non sono un ragazzo qualsiasi.

«Abbassa quella cazzo di voce» dice facendo una smorfia e lasciandomi andare con uno spintone. Io non indietreggio. Non mi allontano né lo spintono a mia volta, rimango semplicemente lì in piedi. Si fa scorrere una mano tra i capelli.

«Gesù. Che cazzo stiamo facendo qui?»

«Dimmelo tu» dico, e North mi rivolge un'occhiataccia. Si allunga, e mi avvicina a sé, finché entrambi non stiamo respirando la stessa aria. La sua mano impugna di nuovo la mia maglietta, e le sue labbra si scontrano con le mie, la sua lingua cerca, indaga. Vado incontro alla sua rabbia a testa alta, infilandogli le mani sotto la maglietta, avendo il bisogno di sentire la sua pelle sotto i miei palmi, messa a nudo e pronta affinché io la esplori.

«Non riesco a smettere di pensare a te. Il modo in cui mi hai masturbato, il tuo sapore» sussurra lui, premendo la fronte contro la mia. «Il modo in cui ti sei sentito quando mi sono spinto dentro di te.»

«Per due giorni non sono stato in grado di pensare lucidamente.» Gli mordicchio il labbro inferiore, il mento, la mascella. «È per questo che sono venuto qui per vederti.»

«Non possiamo farlo qui» ansima lui.

«Lo so» dico, preoccupato che possa dirmi di andare a casa. Preoccupato che lui spazzi via questa sensazione con poche semplici parole che affettano come pugnali.

«La rimessa» dice. «Andiamo.»

Gli permetto di guidarmi nel capannone abbandonato giù al molo, e mi lascia andare la mano quando ripuliamo lo scalo in caso suo padre torni prima.

North mi tira all'interno. L'intero capannone copre uno spazio non più grande del suo salotto, che è minuscolo. Mi sbatte contro il muro di legno consunto e mi bacia. La sua mano scivola giù sul mio stomaco fino a toccare il rigonfiamento nei miei pantaloni. Io gemo e sprofondo la lingua nella sua bocca, gustando il suo sapore, il suo bisogno. Non riesco a ricordare di aver mai voluto qualcuno così tanto e, mentre mi accarezza l'uccello attraverso il tessuto dei jeans, non posso credere di aver passato tutto questo tempo a nascondermi dietro al mio segreto, quando avrei potuto toccarlo.

«Cazzo, ti voglio così tanto» dice, interrompendo il bacio. Spingo i fianchi contro la sua mano, inducendolo a stringermi più forte.

«Sono tuo» ansimo, baciandogli il mento, la mascella, e alla fine prendendogli il lobo tra i denti. «Prendimi North.»

Lui geme e mi abbassa la cerniera, infilandomi una mano nei pantaloni e tirando fuori l'erezione. Faccio lo stesso con lui. Gli abbasso i pantaloncini, impugno il suo uccello e scorro la mano su e giù sull'asta, toccandogli le palle con la mano libera. Lui strofina l'uccello contro il mio in un movimento laterale e io abbasso lo sguardo. È incredibilmente sexy, ma in un certo senso è anche divertente.

«Duello tra spade laser?» dico.

North ride, forse un po' troppo forte e poi, quando vede che sono serio mi prende il cazzo e, nella sua migliore interpretazione di Darth Vader, dice: «La forza è potente stavolta.»

Ci picchiamo a vicenda coi nostri uccelli, correndo per il capannone come scimmie con i cazzi di fuori che dondolano dalle travi a vista devastate dal sale e poi, quando finalmente mi raggiunge, mi appende al muro e bacia via la stupidità dai miei pensieri.

Mi allungo tra di noi e prendo entrambi i nostri cazzi in mano, strofinando dalla base del suo alla punta del mio. North piega la testa all'indietro con un gemito. Indietreggia fino al canotto di legno e pianta fermamente il culo sullo scafo della barca capovolta.

«Cazzo. Devo entrare. Vieni qui» dice, allungando una mano verso di me. Io non discuto, e non mi è mai piaciuto fare il prezioso. Non con lui. Gli tolgo la maglietta e poi levo la mia, bisognoso di sentire ogni centimetro della sua pelle su di me, e mi metto a cavalcioni su di lui. Lui si sputa su una mano e la fa scivolare tra di noi, spalmando saliva sulla sua punta rosa e spingendola contro di me per stuzzicare il mio buco del culo. Tutte le mie terminazioni nervose prendono vita.

«Avrò bisogno di portarmi dietro del lubrificante da oggi in poi» borbotta.

«Non dirlo a me; è il mio culo quello che stai sfondando, cazzo» dico, alzando i fianchi per permettergli un migliore accesso.

«Sta' zitto, o ti verrò addosso e andrai a casa ricoperto dal mio sperma.»

In un mondo ideale, indossare lo sperma di un altro uomo non sarebbe, be'... l'ideale, ma il pensiero di lui che mi viene addosso mi fa diventare il cazzo più duro di un chiodo. North spinge la sua erezione sulla mia entrata e io soffro mentre si entra dentro di me. Fa male, perché un po' di saliva in questo caso non serve a molto, ma quando si è del tutto sistemato e mi sfrega contro la prostata, sono pronto a far esplodere il mio sperma su tutto ciò che mi circonda.

«Fai piano o impazzirò» lo avverto.

«Non posso.» Le labbra di North trovano le mie, la sua lingua si spinge dentro, e lui pompa in me, roteando i fianchi invece di sprofondare dentro e fuori. Mi muovo contro di lui e scivoliamo in un ritmo stabile. È tranquillo, ma non meno intenso di quando mi ha scopato qualche giorno fa. Lentamente mi accarezza dalla base alla punta, e l'orgasmo serpeggia lungo la mia schiena, minacciando di liberarsi. Allontano la bocca dalla sua e ansimo: «Oh, cazzo! Sto per venire.»

«Allora vieni, cazzo, Will.» North si impossessa dei miei fianchi, facendomi muovere più velocemente sul suo grembo.

«Gesù. Cazzo. Vieni sul mio uccello.»

Mi impugno il cazzo, basta solo un'ultima pompata ed è proprio quello che sto facendo: pitturare il suo stomaco di sperma mentre il mio sfintere si stringe intorno a North, facendolo venire. Il seme caldo si riversa in me, rendendo le sue spinte un po' più fluide, e mi masturbo di nuovo mentre lui si riprende dall'euforia del momento.

«Gesù» ansima North mentre mi circonda la spalla con un braccio e mi tiene vicino. L'altra sua mano è tra di noi, premuta sul mio petto, proprio sopra il cuore. «Sei l'unico che riesce a farmi venire così forte.»

Annuisco, e vorrei dirgli che è lo stesso per me, ma è irrilevante perché sono sicuro che lo sappia già. Non mi sono mai sentito così con nessuno.

«North!» Quella voce biascicata mi procura dei brividi lungo la schiena. A quanto sembra è abbastanza distante, ma la possibilità di essere scoperti è ancora tanto terrificante da spingerci in azione. «Cazzo! Papà è tornato.» Lui esce fuori da me e io scendo dal suo grembo, tirandomi su i pantaloni, nonostante il pasticcio. North ha il buon senso di prendere un vecchio straccio appeso a un gancio vicino al tavolo da lavoro e di ripulirsi prima di buttarlo nell'acqua. Si tira su i pantaloncini da surf sulle cosce forti e muscolose e raccoglie le nostre magliette da terra, infilandosi velocemente la sua. Però si tiene la mia, il suo sguardo mi scorre sul torace, si sofferma sui piercing e la sua lingua sfreccia fuori a leccargli le labbra. Appallottola il tessuto e se lo ficca nei pantaloni.

«Dammi la maglietta, coglione.» Sibilo piano. Con un sorriso sornione la tira fuori e me la lancia. C'è una macchia umida sulla manica. È appiccicosa di sperma residuo. *Stronzo.*

Sentiamo Rob Underwood che grida il nome di suo figlio, ma adesso è ancora più forte.

L'odore nauseante di sesso aleggia nell'aria. Lancio un'occhiata in basso e poi guardo lui. Vestiti stropicciati, capelli in disordine e facce arrossate. Abbiamo proprio l'aspetto di due che sono appena stati scopati a sangue. «Merda.»

«Sto arrivando!» grida North. Mi lancia un'occhiata e io alzo le mani perché non so cosa vuole che faccia.

«Nasconditi!»

«Che cazzo? Dove dovrei nascondermi?»

«Non importa. Rimani semplicemente qui finché non me ne sarò andato» sussurra, chinandosi a baciarmi. Mi spinge la lingua in bocca e io faccio scorrere le mani tra i suoi capelli, mentre rispondo al bacio.

Appoggia la fronte contro la mia, sorride e poi se ne va. Le mie labbra bruciano a lungo. Appiattisco le dita su di esse e sorrido. Fuori, North dice a suo padre che si stava solo prendendo una pausa e che all'inizio non aveva sentito che lo stava chiamando.

Aspetto finché non riesco più a sentirli, sgattaiolo fuori dalla rimessa e poi corro per tutto il tragitto fino a casa.

Capitolo 13

Non riesco a ricordare l'ultima volta in cui mi sono sentito davvero in pace, ma nell'essere chinato contro il tavolo della cucina di Will con il peso del suo corpo che mi preme sulla schiena, la sua mano appoggiata al mio petto e il suo uccello che si ammorbidisce dentro di me, la trovo. Strano quindi che trovi anche tormento. Non dovrei rompere il silenzio, ma non posso farne a meno. Ho delle domande che mi stanno scavando dei buchi nel cranio e devo sapere.

"Lasciami qualcosa in modo che sappia che tutto questo non è solo nella mia testa."

«Will, cosa intendevi dire?» chiedo. Lui si irrigidisce, e poi scivola via dal mio corpo. Io grugnisco a questa nuova sensazione, e il mio uccello si anima di nuovo. Will fa un passo indietro mentre si toglie il preservativo e lo annoda prima di gettarlo nel cestino. Lo seguo con lo sguardo mentre si muove nella cucina minuscola, dove si lava le mani e mi lancia un'occhiata.

«Rispondimi» dico, perché è evidente che non lo farà.

«Niente.»

«Will» lo avverto.

«Ti ho dato quello che volevi, quindi a meno che tu non voglia fare un altro giro, vai fuori dalle palle.»

«Vaffanculo, stronzo.»

«Devo alzarmi presto, e tu hai... chiunque sia la cazzo di sciacquetta che ti sta aspettando sulla porta di casa.»

«Possiamo smetterla con le stronzate per un minuto?»
«Non c'è nessuna stronzata tra di noi.» Ride senza ironia. «Non c'è niente. Sei venuto qui per una scopata veloce e io te l'ho data.»
«Ti conosco Will» dico tra i denti. «Così come tu conosci me.»
«Non mi conosci per niente» dice con una smorfia. «Forse una volta, ma hai perso quel diritto molto tempo fa.»
«Ero un ragazzino spaventato. Ho mandato tutto a puttane» urlo e cammino a grandi passi verso di lui, che però indietreggia.
Will sembra abbastanza pronto a colpirmi e il sentimento è reciproco, cazzo. Chiudo le mani a pugno lungo i fianchi, e Will fa un passo indietro col piede destro come se volesse anticiparmi dal farlo finire col culo a terra. Resto in piedi di fronte a lui e mi allungo per afferrargli il collo, ma lui fraintende i miei movimenti e si mette subito sulla difensiva, scacciandomi via la mano e colpendomi all'angolo della bocca. La guancia mi brucia mentre il dolore si irradia lungo il mio viso fino alla tempia.
Riduco gli occhi a fessura e sfiato una risata sorpresa. «Vuoi colpirmi?»
La bocca di Will si curva in un sorrisetto affamato. «Sì, in un certo senso lo voglio.»
«Fatti sotto allora. So che puoi fare meglio di così.»
Lui si lecca le labbra. La mia stessa lingua sfreccia fuori per prendere la goccia di sangue che si è raggruppata all'angolo della bocca. Will si lancia in avanti e io lo schivo, colpendolo sulla mascella con un montante così come ha appena fatto lui con me. Sibila, premendosi il pollice sul labbro sanguinante e fa un passo indietro. Il suo sguardo è omicida, ma c'è anche qualcosa sotto di esso: buon umore.
«Da scopare a litigare. Proprio come ai vecchi tempi, eh?» dice severamente.
«Così sembra» concordo io.
«Solo che non abbiamo mai litigato; te ne sei semplicemente andato.»
Abbasso la guardia e annuisco. «Ti ho ferito. È così, non è vero? È per quello che sei così maledettamente arrabbiato? È per quello che cammini per il paese con un rancore sulle spalle delle dimensioni della Tasmania, cazzo? È perché ti ho spezzato il cuore e non ti sei mai ripreso.»

«Vaffanculo» dice Will, e io so che ho colpito nel segno perché ha alzato di nuovo le difese, e non vedo nemmeno il momento in cui fa un passo in avanti verso di me e scatta. Sento il suo pungo colpirmi la faccia, però. Barcollo all'indietro di qualche passo, assorbendo il colpo anziché permettergli di farmi fuori. Fa un male cane. «Vuoi ferirmi un altro po', Will? Fai pure. Me lo merito, dopotutto. Me lo merito dopo quello che ti ho fatto. Se ti farà sentire meglio colpiscimi quanto vuoi, sfogati, ma fallo adesso perché non avrai di nuovo questa opportunità.»

È talmente vicino che riesco a sentire la paura e la rabbia nel suo respiro. Paura e rabbia hanno un profumo. Così come il desiderio e, anche quando lui tira indietro il braccio per colpirmi di nuovo, quest'ultimo trasuda più delle altre due. Blocco il colpo successivo e lo attiro a me finché i nostri toraci si scontrano l'uno con l'altro, e poi lo prendo dalla nuca e lo bacio forte, fino a quando la sua saliva e il suo sangue si mescolano ai miei, e posso sentire il sapore di entrambi e differenziarli tra loro.

Will non ricambia il bacio, neanche dopo che gli ho infilato la lingua in gola. Lentamente, mi allontano.

E poi, prendo i miei vestiti ed esco fuori di lì prima di poter causare altri danni.

Capitolo 14

Azzuffarti col tuo ex migliore amico ubriaco di rum Bundy è un modo infallibile per farti sentire con un piede nella fossa. Così come lo è scopare, immagino, quando lo fai nel modo in cui l'abbiamo fatto noi. Gesù, i trentenni non dovrebbero essere nel fiore degli anni o stronzate del genere? Sarà una coincidenza, ma è così che mi sento oggi, grazie al nostro piccolo e improvvisato *Fight Club* della scorsa notte: di merda. E il mio aspetto non è da meno. Ho il labbro distrutto, la mascella livida nel punto in cui North l'ha colpita un paio di volte e stamattina mi sono fatto due giri di multivitaminico che non sono serviti a niente. Ho ancora la stessa cazzo di vitalità di un bradipo in letargo.

Vorrei poter dire che sono pentito. Ma non è così.

Zero rimpianti, signore.

Volevo avere l'opportunità di mostrare a North cosa si fosse perso in tutti questi anni, e l'ho avuta. Peccato che mi sia ritrovato anche con una mano distrutta, un'emicrania terribile e una faccia che sembra sia stata colpita da una mazza.

Nonostante mi senta come un cazzo di ottantenne il mio umore è migliorato o così dicono Sal e mio padre, che sono seduti al bar a farsi gli occhi dolci l'uno con l'altra.

Etero del cazzo.

«Allora, dove siete diretti oggi voi due?» chiedo, versando a Sal un altro Chardonnay.

«Da nessuna parte» si lamenta lei. «Tuo padre è troppo tirchio per un vero appuntamento.»

«Abbiamo una cucina perfettamente funzionante» dice papà con la solita parlata strascicata. La sua palpebra destra balla per diversi secondi. Il dottore ci aveva detto che probabilmente era una cosa che sarebbe rimasta, e a tal proposito mio padre aveva commentato: «Finché il mio uccello è ancora funzionante e non strizza l'occhio a nessuno, posso sopportare di sembrare una persona con un tic.»

Sal alza gli occhi al cielo. «Una cucina dove *io* devo cucinare.»

Bessa ha le domeniche e i lunedì liberi, ma abbiamo comunque una cuoca nel fine settimana. Nicole gestisce il menù "*semplice*". In pratica se è fritto e avvolto in una pastella lo puoi ordinare.

Sal di solito non cucina le cose fritte. Lei è una di quelle persone strane che fa esercizio fisico e mangia un sacco di insalata. È anche l'unica donna che abbia mai visto essere in grado di tenere testa a suon di birre a Phil l'ubriacone.

Cammino verso il registratore di cassa e lo apro. Il rumoroso *ding* cattura l'attenzione di un paio di ragazzi che occupa la stanza del biliardo, ma subito tornano a bere le loro birre. *È così dannatamente tranquillo.*

Tiro fuori un paio di banconote da cinquanta e le allungo a mio padre. «Porta fuori la tua signora, okay? Sta già soffrendo abbastanza solo per il fatto di essere la tua accompagnatrice.»

Papà alza gli occhi al cielo. «Te li sottraggo dallo stipendio, stronzetto.»

Faccio un sorrisetto e Sal emette un piccolo strillo di eccitazione, scagliandosi sul bancone per darmi un bacio umido sulle labbra. «Grazie piccolo» dice, tracciando delicatamente la mia mascella ferita, come se stesse cercando di accennare a qualcosa.

«Sì, sì. Ti sento forte e chiaro, signora» dico, facendole l'occhiolino. Quando lancio un'occhiata sopra la sua spalla, North sta entrando. Se io mi sento di merda, lui ne ha l'aspetto. Ha un occhio nero e una ferita alla bocca, che comunque nulla tolgono al fatto che mi piacerebbe vedere il mio uccello infilato tra quelle labbra morbide e piene, anche adesso.

Non dice una parola mentre si siede accanto a Sal, ma lei sussurra: «Okay, avevo sentito parlare di sesso violento, ma voi due l'avete appena portato a un livello completamente nuovo.»

North si irrigidisce e poi ridacchia, mentre il suo sguardo incontra il mio. «Non so cosa intendi. Mi sono scontrato con un palo della luce mentre tornavo a casa.»

«Oh, ho sentito dire che c'era anche un cavo ad alta tensione» dice Sal, saltando giù dallo sgabello e facendoci un occhiolino esagerato.

«Gesù» dico a mio padre «vuoi portarla fuori di qui per favore?»

«Magari la prossima volta indossate un casco protettivo.» Mio padre fa un sorrisetto, dando una pacca sulla schiena a North. Lui sembra mortificato. Prende il sottobicchiere di carta più vicino e inizia a strapparlo in mille pezzi.

Papà e Sal se ne vanno, e io guardo North. Condividiamo uno scambio silenzioso; la scorsa notte è acqua sotto i ponti. *Seppur dannatamente traballanti.*

Quello che è successo di sopra non spazza via tutti gli anni di dolore, ma è un buon punto dal quale iniziare.

«Da bere?» dico.

Un po' di diffidenza lascia i suoi occhi. «Birra.»

Io sorrido, prendendo un bicchiere e versando la sua bionda preferita dalla spina. «Niente Bundy oggi?»

«Cavolo no! Questo zoticone ha già avuto abbastanza Bundy per una vita intera.» North tira fuori una banconota da dieci dollari dal portafogli. La respingo e appoggio la birra di fronte a lui. «Oltretutto non sono sicuro che la tua faccia possa sopportare un altro colpo.»

«Oh, per favore, picchi come una ragazza» dico e North ridacchia, facendo una smorfia quando il piccolo taglio all'angolo del labbro gli si riapre.

«Sono felice di riprovare.»

«Quale parte?» chiedo, perché non riesco a farne a meno. North Underwood mi trasforma nel classico uomo gay stupido che perde la testa per un ragazzo etero.

C'è calore nel suo sguardo, e mi chiedo se in questo momento nei jeans gli si stia ergendo una tenda così come sta succedendo nei miei. Dylan, uno dei metalmeccanici con il quale siamo andati a scuola, scivola sullo sgabello accanto a North e mi abbaia il suo ordine. *Stronzo.* Lancia un'occhiata a North e fischia: «Ragazzo, ieri sera le hai prese.»

Oh, se solo sapesse.

North sorride appena e beve un sorso di birra. «Già, comunque penso di essere finalmente fuori dai guai adesso.»

Dylan scuote la testa, lancia dei soldi sul bancone e si porta via la birra che avevo appoggiato. Dà una pacca consolatoria a North sulla schiena mentre si alza e dice: «Donne, giusto?»

North si acciglia, guardando dentro il bicchiere, e Dylan torna dai suoi amici.

Io scuoto la testa con finta compassione. «Già, le puttane sono delle rompipalle.»

«Chiudi quella cazzo di bocca.» North ride, tirandomi i pezzettini del sottobicchiere.

«Raccogli quella merda» lo avverto e, nonostante le facce distrutte e il fatto che ci siano almeno dieci persone nel bar che guardano il nostro scambio di battute, entrambi sorridiamo come selvaggi dopo la caccia. Le risate si placano lentamente. North alza gli occhi su di me e io non riesco a interpretare la sua espressione.

Non è il solito sbruffone. C'è qualcosa di diverso nel peso del suo sguardo... incertezza, e forse anche un po' di febbrile entusiasmo.

«Allora... amici?»

Sorrido maliziosamente. «Certo, possiamo essere amici.»

Perché quello l'ultima volta ha funzionato davvero bene.

Capitolo 15

Prendendogli lo spinello dalle dita, me lo porto alle labbra e inspiro forte. Tossisco, e Will fa sobbalzare il letto con la sua risata. È passata poco più di una settimana dal nostro scontro con il rum Bundy, e il nostro patto? Già, quello è andato a 'fanculo nel secondo esatto in cui è stato fatto. Tutto ciò che questo stronzo deve fare è guardarmi di traverso per farmi capitolare.

«Pappamolle mi prende in giro.

«Ehi, ti ho appena scopato come si deve. Non sono un pappamolle.» Scaccio via la nuvola di fumo che mi ha appena soffiato in faccia e cerco di ignorare il modo in cui il mio petto vacilla quando mi sorride.

«Quello è vero. Decisamente non lo sei.» Will appoggia lo spinello nel posacenere sul comodino. Rotola sopra di me e mi bacia le labbra, persuadendo gentilmente la mia bocca ad aprirsi a lui. Il mio uccello si agita. Interrompo il bacio e mi appoggio sui gomiti. «Devo andare a casa. Domani lavoro e, a differenza tua, ho bisogno di dormire per manovrare mezzi pesanti.»

Ho anche una... coinquilina a casa a cui piace fare un sacco di domande sui miei spostamenti.

«Non ti sei mai fatto problemi prima.»

«Will» lo avverto, ma lui sta già scivolando in basso sul mio corpo, lasciandomi una scia di baci bagnati sugli addominali e aprendomi le gambe per sistemarsi nello spazio in mezzo a loro. Si impossessa del mio scroto e mi lavora gentilmente le palle.

«*Mmm* questo mi piace» gemo, chinandomi a prendere lo spinello dal posacenere e facendomelo scivolare tra le labbra. Inspirando a fondo, appoggio la testa contro la spalliera. Will abbassa la bocca sul mio corpo e mi lecca fino al perineo, salendo dalle palle all'asta, e facendo guizzare la lingua avanti e indietro sulla punta del mio uccello prima di prenderlo fino in gola. «Oh, Gesù.»

Quest'uomo non ha alcun riflesso faringeo.

Emette un suono, come una specie di risatina sommessa. Il mio cazzo è nella sua bocca quindi dimentico tutto sull'irritazione che dovrei provare verso questo bastardo che sta ridendo di me, e sul fatto che tutto ciò che voglio fare in questo momento è spingermi fino in fondo alla sua gola e far soffocare questo stronzo arrogante. Invece, mi concentro sulla sua bocca calda e bagnata che scivola sul mio uccello.

Mi strattona le palle con una mano mentre mi masturba con la bocca. Devo fare diversi respiri profondi per non perdere il controllo quando il suo polpastrello mi solletica il buco del culo.

Apro di più le gambe per dargli un accesso migliore. Con la mano libera gli afferro i capelli nero corvino e gli tiro la testa all'indietro cosicché il suo sguardo incontri il mio.

«Ho bisogno di averti dentro di me» dico, e il sorriso sornione di Will è tornato. *Fottuta merdina.*

La prossima volta gliela farò pagare.

«Smettila di sprecare tutta la mia erba» dice lui, annuendo allo spinello che ho ancora in mano e che si sta pericolosamente consumando con il rischio di bruciarmi le dita. Mi allungo e lo spengo nel posacenere. «Mettiti a pancia in giù, North.»

Faccio come mi chiede, e mi volto sistemando il mio uccello sotto di me. Questo sobbalza a quel briciolo di attenzione, ma lo ignoro per spingere di nuovo il culo contro la mano di Will. Lui ci sbatte sopra un palmo dalle dita lunghe e io sussulto scioccato.

«Non dirmi che mi hai appena sculacciato come uno scolaretto cattivo, cazzo?» dico, anche se sappiamo entrambi che non è una domanda. *Ditemi che non mi ha appena sculacciato.*

«Dipende.»

Mi schiarisco la gola. «Da cosa?»

«Se ti è piaciuto o no. Posso provarci di nuovo se vuoi?»

«Colpiscimi di nuovo e ti colpirò anch'io» ringhio.

«Promesso?»

Mi acciglio. «È una cosa che vuoi? Che io ti colpisca?»

«Non colpire. *Sculacciare*. C'è differenza.»

«Vuoi che ti sculacci?» chiedo incredulo.

Will porta di nuovo il palmo sul mio culo e io indietreggio. Il cazzo mi si contrae, e quando mi allungo per afferrarlo una goccia di sperma brilla sulla punta. *Cazzo.* È qualcosa con cui mi sento a mio agio? Non lo so, cazzo. Mi sono appena abituato all'idea di averlo dentro di me.

«No, non voglio che tu mi sculacci. Io voglio sculacciare te. Voglio fare tutte quelle cose sporche che tu non hai mai nemmeno sognato, ma sono disposto a farle a piccoli passi così non scapperai come una femminuccia del cazzo.»

«Vaffanculo» scatto, mettendomi carponi nel tentativo di scendere dal letto.

Una sua mano mi scivola davanti ai fianchi e mi prende l'uccello mentre l'altra si impossessa delle palle e stringe, stavolta non molto gentilmente.

«Non fare il cagasotto, North.»

«Lasciami andare.» Mi oppongo, ma la sua mano stringe più forte e a me sfugge un gemito dalla bocca. «Cazzo, mi fai impazzire. Lo sai, vero?»

«Certo che lo so» dice lui, allentando la presa sulle palle. Non mi lascia andare il cazzo, però; anzi lo pompa con la mano a pugno finché non getto la testa all'indietro e ansimo.

«Gesù, cazzo. Will.»

«Non muoverti» dice, e il letto sprofonda quando sposta il peso e si china su di me. La lunghezza del suo uccello preme contro il mio coccige mentre si china ancora più in avanti e per un momento penso che voglia penetrarmi a secco e senza precauzioni, ma poi si allunga sul mio corpo e apre il cassetto dove tiene il lubrificante e i preservativi. Will prende il tubetto e si spreme un po' di gel appiccicoso sul palmo. Fa scivolare la mano lungo il mio cazzo, e io sposto i fianchi all'indietro.

Le parole mi escono di bocca prima ancora che abbia avuto il tempo di elaborarle. «Che tipo di cose sporche?»

Lui ridacchia. «Vorresti che te le mostrassi?»

Esito. Will tiene il mio corpo teso come una corda di violino mentre mi accarezza dalla base alla punta, ma solo ogni tanto, così da non farmi venire. *Dannato rizzacazzi.*

«Rispondimi.» Riporta il palmo sulla mia chiappa e fa un male cane, e questo mi fa capire che prima si stava trattenendo. Se fosse possibile, divento ancora più duro.

«Sì» grido, furioso con lui per farmi desiderare questo. *Qualunque cosa sia.* «Sì, 'fanculo. Sì, lo voglio. Fammi vedere, piccolo stronzo sadico. Fammi vedere cosa sai fare.»

Will sospira contento. Si china in avanti, facendo scivolare l'uccello sulle pieghe del mio culo, il suo peso che mi preme sulla schiena mentre mi sussurra all'orecchio: «Potresti pentirtene domani quando al lavoro non riuscirai a sederti, ma inizieremo andandoci piano.»

La paura mi striscia sulla schiena, ma tutto il mio corpo è inondato dal desiderio e, nonostante le sue minacce, lo voglio. Voglio quella deliziosa punta di dolore intrisa di piacere. Will si prende in mano il cazzo e lo fa scorrere sul buco del mio culo, mandando a fuoco tutte le mie terminazioni nervose. Per quanto l'ultima volta mi sia piaciuto, sono totalmente preparato al dolore che proverò. Il mio cuore accelera, e trattengo il respiro mentre tutto il mio corpo si tende. La sua cappella larga mi sfiora di nuovo il culo, e le dita mi aprono le chiappe.

«Devi rilassarti, perché possa funzionare» dice Will.

«Ci sto provando, cazzo.»

Lui si sposta e abbassa la testa. Con la lingua calda e bagnata mi lecca il buco del culo, stuzzicando la carne sensibile.

«Oh, cazzo, Will.»

Il dito prende il posto della lingua e quando lo spinge dentro di me urlo e stringo i muscoli. All'inizio brucia ma, una volta che il dito è quasi del tutto all'interno, mi rilasso. Almeno finché Will non trascina il polpastrello sulla mia prostata. Sussulto; le palle mi si avvicinano al corpo e l'uccello grida mettendosi sull'attenti. *Sì, signore. Presente, signore. Quanto in alto devo saltare per lei, signore?*

Lui piega il dito, e il mio corpo non solo viene attraversato da una scarica elettrica; *è* elettrico. Potrei illuminare un'intera città in questo momento. Esce fuori e un secondo dopo sento lo scatto della bottiglia di lubrificante, mentre due dita umide mi si appoggiano sul culo e si spingono dentro. Gemo e mi sposto all'indietro contro la mano che mi sta procurando un folle piacere. Will muove le dita facendole vibrare contro la mia prostata, mentre con l'altra mano mi afferra la base dell'uccello. Non mi masturba, però. Lascia che le sue dita mi portino al delirio.

«Ti piace avere le mie dita nel culo?»

Non rispondo perché penso sia abbastanza evidente, cazzo, dal momento che sto gemendo come una puttana, sono duro come la roccia e a circa trenta secondi dal venire.

«Rispondimi» esige Will, e mi lascia andare l'uccello solo per schiaffeggiarlo un secondo dopo a mo' di punizione.

Ma che cazzo?

Io grugnisco incazzato, perché a questo punto ho davvero bisogno di venire e questo gioco non mi sta piacendo. So di aver detto che volevo mi facesse tutte le cose sporche che aveva promesso, ma non sono più così d'accordo con quel piano. *Chi cazzo è questa persona e cosa ne ha fatto di Will?*

«Gesù» sibilo. «Sì, amo le tue dita nel culo, cazzo.»

Will mi fa scorrere di nuovo le dita sulla prostata. Un fremito mi attraversa tutto il corpo. Mi tremano le cosce, che rischiano di collassare sul divano rigido. «Gioca col tuo uccello.»

«Non posso, rischio di venire» ansimo.

«Giocaci, ma non venire. Se lo farai, ti punirò.»

Ho il respiro corto. Una parte di me vuole sapere se vale la pena farlo incazzare, quindi chiedo: «E come?»

«Bel tentativo. Mani sul cazzo, North, e dico sul serio: se vedo uscire anche solo una goccia di sperma ti prendo a calci in culo, cazzo.»

Gemo e faccio come mi ordina, facendo scivolare il pugno sulla cappella e muovendolo verso il basso. Faccio un respiro profondo e mi strattono le palle, nel tentativo di non farle raggrinzire.

Will sposta le dita dentro di me, cambiando il ritmo, ma non si allontana mai troppo dal punto debole. Sono un disastro che trema e piagnucola e non me ne frega un cazzo. L'intero mondo potrebbe sgretolarsi attorno a me e a malapena me ne accorgerei.

«Cazzo» ringhio. Non mi sto nemmeno toccando l'uccello e sento già l'orgasmo affiorare, pronto a liberarsi.

Le dita di Will mi scivolano via dal corpo e, quando si tiene in equilibrio sopra di me, il materasso sprofonda. Spalma altro lubrificante sul mio culo e si infila dentro con un movimento rapido. Il bruciore che mi causa la sua cappella larga è abbastanza forte da impedirmi di venire, ma solo per un attimo, poi le gambe mi tremano di nuovo, ho il respiro pesante e il piacere è più intenso di quel che mi aspettavo.

Le sue labbra si posano sul mio orecchio, e io mi dimeno con rabbia sotto di lui perché tutto ciò che voglio è venire e lo odio per il fatto che mi sta privando di quel piacere.

«Non farlo North» sussurra. «Non azzardarti ancora a venire, cazzo. Ti darò il miglior dannato orgasmo della tua vita, ma devi aspettare.»

«Non posso» gli dico, cercando di allontanarmi dalla sua presa, ma trovandomi bloccato. «Cazzo, Will.»

«No!» mi ringhia Will all'orecchio, spingendosi dentro di me. «Aspettami, cazzo. Non azzardarti a venire.»

Respiro e mi allontano dal limite nel quale mi sto spingendo. Non voglio farlo, ma lo faccio perché non sono un cagasotto. Non gli lascerò pensare di avere il coltello dalla parte del manico, anche se è così. Non si tratta di un gioco. Will mi possiede, non c'è storia. L'ha sempre fatto, e se ancora non l'ha capito allora è un idiota.

«Aspettami, piccolo.»

«Maledetto» urlo. «Odio tutto questo, cazzo. Odio il modo in cui hai messo sottosopra la mia cazzo di vita.»

«Ammettilo.» Lui grugnisce, accelerando il passo. «Senza di me ti annoieresti.»

«Cazzo, Will, ho bisogno di venire.» Will si allunga e mi prende il cazzo in mano. Le sue palle si scontrano col mio culo mentre spinge l'uccello dentro di me con dei colpi deliziosi e strazianti.

«Voglio che non dimentichi mai questo momento. Voglio che pensi a me ogni cazzo di volta in cui verrai.»

L'orgasmo mi travolge. Tremando senza fiato e più esposto di quanto mi sia mai sentito, vengo su tutto il materasso e poi ci collasso sopra. Mentre Will viene dentro di me, so che le sue paure sono tutte infondate, perché quest'uomo possiede ogni cellula del mio corpo. Lui lo sa e io lo so, e non lascerà mai che me lo dimentichi.

Capitolo 16

Sono settimane ormai che ci nascondiamo nell'appartamento di Will dopo l'orario di chiusura. So che è colpa mia se siamo relegati nella sua stanza, agendo di soppiatto come due adolescenti arrapati, ma non riesco più a sopportare la vista di queste quattro mura. Cavolo, la scorsa notte ho addirittura ceduto e iniziato a pulire casa. Avevo il corpo dolorante dopo la nostra maratona di sesso, ma la mente era irrequieta. E mentre ero tra le braccia di Will ho realizzato che, con me che assorbivo tutto il suo tempo dalla chiusura all'apertura, quel coglione disordinato non avrebbe pulito, finché la pila di spazzatura non fosse stata talmente alta che se fosse caduta avrebbero trovato i nostri corpi sotto l'immondizia dopo una settimana. Sto pulendo da dieci minuti, quando lui mi trascina di nuovo a letto.

Sembra leggermente meglio, ma sono ancora stufo di stare in questa stanza. Mi sento rinchiuso, come un uccello in gabbia e sono davvero stanco di ascoltare quella cazzo di musica emo di Will. Come se non avessi già abbastanza motivi per volermi tagliare le vene.

«Dovremmo uscire di qui.»

«Cosa?» Will alza lo sguardo dalla TV e mette giù la birra. «Dove cazzo vuoi andare?»

«Da qualche parte dove non ci conosce nessuno» dico, sedendo sul divano accanto a lui. Scorro le mani sulla coscia fasciata dai jeans e sorrido quando il suo uccello si irrigidisce. «Da qualche parte dove possiamo essere noi stessi e non doverci nascondere. Da qualche parte dove posso scoparti.»

«*Ehm*, non che l'idea non mi piaccia ma, a meno che tu non stia parlando di qualche hotel, gli atti osceni in luogo pubblico sono ancora parecchio illegali, per quanto ne so.»

«Intendo solo un posto dove posso tenerti per mano e baciarti in pubblico senza che abbia importanza.»

«C'è un pub gay a Newcastle. Potremmo andarci adesso ed essere comunque di ritorno prima delle due.»

«Andiamo.»

«Davvero?» chiede Will, sorridendo.

Io alzo le spalle. «Facciamolo.»

«Okay, però guidi tu» dice lui, saltando praticamente giù dal divano. Va verso l'armadio e inizia a buttare i vestiti sul letto. «Vuoi che ti presti qualcosa di mio?»

«Questi vestiti non vanno bene?»

«La tua maglia dice “*Ho puttanelle sparse da tutte le parti*” e ha un'immagine con Babbo Natale sopra.»

«E quindi?»

«Siamo a giugno, North.»

«Mi piace questa maglia» dico io. È uno dei regali scherzosi che ho ricevuto per il compleanno da parte dei miei colleghi. «È divertente.»

«No, non lo è» dice lui, allungando una mano per farsela dare.

«Be', allora dammene una delle tue che non abbia una band heavy metal stampata sopra.» Will mi guarda. «Hai delle magliette normali, vero?»

«Sono queste le mie magliette normali. E in quale universo ho mai ascoltato l'heavy metal?»

«Non importa. Dammi quella meno offensiva.»

«Come se quelle che possiedo siano più offensive della merda che indossi adesso» borbotta.

«Sta' zitto e dammi qualcosa» dico togliendomi la maglia. Prendo quella che mi lancia, una maglietta logora dei Mr Bungle. È aderente e, quando la abbasso sulle spalle, riesco a malapena a muovere le braccia. «Seriamente? È un po' troppo stretta.»

Will si avvicina e strattona le maniche. «È sexy.»

Mi guardo e scuoto la testa. Ogni muscolo è in bella mostra. Anche se ho sempre amato i Mr Bungle, sembra decisamente gay. «Non posso indossarla; è troppo stretta.»

Will mi osserva come se fossi qualcosa che vuole mangiare e poi dice: «Forse non lo sarebbe se smettessi di imbottirti di steroidi quando vai ad alzare pesi in palestra con i tuoi amichetti.»

«Chiudi quella cazzo di bocca. Prima d'ora non ti sei mai lamentato della mia taglia.»

«Smettila di fare la femminuccia, North.»

«Devo essere in grado di guidare.»

Will mi arrotola le maniche fino alle spalle. È ancora stretta, ma posso di nuovo usare le braccia, quindi immagino di non potermi lamentare. Lui mi stringe il bicipite. «Ecco. I ragazzi l'adoreranno.»

«Non mi importa di nessun altro.»

«Risposta intelligente, signor Underwood» dice, strizzandomi il culo e dirigendosi verso la porta.

Mi sento quasi euforico al pensiero di arrivare a toccarlo in pubblico. Non faccio i salti di gioia, ma solo l'idea di essere in grado di baciarlo, e toccarlo, me lo fa diventare duro. Sovrappensiero, mi tocco l'uccello attraverso i jeans e me ne rendo conto solo quando Will si volta e mi guarda.

«Vieni Capitan Sdolcinato, o preferisci stare qui a lubrificarti il palo?»

Lo seguo ed entrambi usciamo dal retro per raggiungere il mio furgone.

***

Quando arriviamo a Newcastle, il mio umore è peggiorato. Will stava parlando al cellulare, senza dirmi dove andare, quindi ho passato gli ultimi dieci minuti a girare senza una meta finché non si è deciso a mettere giù quel dannato telefono.

«Josh ci sta aspettando là» dice, riponendo il telefono nel portaoggetti. «Gira qui a sinistra. Perché diavolo stiamo guidando in cerchio?»

Mando giù il rospo, o almeno ci provo. Non sono credibile comunque, quando chiedo: «Chi è Josh?»

«Il mio scop... amico. È un mio amico.»

«Aspetta, è il tizio che ti fai?»

«Quanti anni abbiamo, dieci?» ride Will. «Quand'è stata l'ultima volta che hai sentito qualcuno usare quel termine? Sì, Josh è il mio scopamico, o almeno lo era. Un geloso testa di cazzo nel mio letto è già abbastanza.»

«Non ho detto di essere geloso.» Sono sicuro che anche dal sedile del passeggero riesca a sentirmi digrignare i denti.

«Non ce n'è bisogno.»

Sospiro. «Senti, so che non ho il diritto di dirti questo, ma non scoparti nessun altro.»

Will sghignazza, come se questa stronzata fosse divertente. «Hai ragione, non hai il diritto di dirmi niente, ma se decidessi di volermi scopare qualcun altro prima te lo direi.»

Sposto lo sguardo dalla strada al suo viso, perché ho bisogno di sapere se si sta solo comportando come il solito Will, o se dobbiamo parlare e stabilire delle cazzo di regole fondamentali. «Aspetta, sei serio?»

«Come un attacco di cuore» dice impassibile.

«Prenderesti in considerazione il fatto di scoparti un altro uomo, mentre stiamo insieme?»

«Stiamo insieme, però? Puoi davvero definirlo tale quando tutto ciò che facciamo è nasconderci e scopare in segreto, prima che tu sgattaioli via nella notte per la paura che qualcuno inizi a fare domande?»

Cazzo. Gesù, ha ragione. Non ho voce in capitolo su questo perché non riesco nemmeno a dargli una seconda occhiata in pubblico. Non posso mettere becco su chi si scopa perché non sono abbastanza uomo da affrontare la situazione e rivendicarlo come mio. Non importa quanti passi avanti facciamo; sembra sempre che per colpa mia ci ritroviamo a farne altri due indietro.

Rilasso le mani sul volante prima di finire con lo spezzarlo a metà. «Non flirtare con nessuno stasera.»

«Perché parti automaticamente dal presupposto che mi metterei a flirtare?» Mi studia all'interno dell'abitacolo scuro. «Non devo far colpo su nessun altro. Se volessi un altro ragazzo, me lo prenderei, ma di certo non ti coinvolgerei. A meno che tu non sia d'accordo.»

«Non azzardarti» lo avverto.

Will alza le mani in segno di resa. «Va bene, basta stuzzicarci. Che ne dici di trovare un parcheggio? Il bar è proprio là.» Indica un locale con una facciata di piastrelle nere lucide. Sulle luci al neon sopra la porta si legge il nome *Sinners* e, nonostante sia l'una di notte di una domenica sera, c'è ancora una fila di persone che aspetta di poter entrare e un buttafuori all'ingresso che sembra annoiato a morte. Finisco quasi col tamponare la macchina che ho davanti, nel tentativo di dare un'occhiata al posto quando passiamo.

Trovo un parcheggio a qualche metro dall'entrata, e mi ci infilo. Scendiamo dall'auto, e Will mi sorprende venendomi accanto e prendendomi la mano. L'istinto sarebbe quello di allontanarmi perché siamo in pubblico, ma lui alza semplicemente un sopracciglio e io mi rilasso, annuendo. Dall'altra parte della strada, sentiamo la musica a tutto volume: un flusso interminabile di *dum dum dum* mischiati alla voce di Bruno Mars, il suono debole ma ancora facilmente riconoscibile.

«Sei pronto?»

«No» dico, ma lui mi trascina lo stesso attraverso la strada. Ci sono almeno venti persone in fila davanti al locale e, per tutto il tempo d'attesa, mi guardo intorno di continuo, terrorizzato che qualcuno possa riconoscermi.

«Vuoi calmarti, cazzo?»

«Scusa.» Mi asciugo i palmi sudati sui jeans. Will mi sorprende prendendomi il mento e facendomi alzare il viso verso il suo. Mi bacia e, nonostante mi senta a disagio, gli avvolgo le braccia intorno al busto e ricambio il bacio. Il gruppo dietro di noi inizia a esultare, e qualcuno grida esplicitamente "*Prendetevi una stanza*" e "*Invitatemi a guardare*". Una risata nervosa mi esplode in gola.

Finalmente superiamo il buttafuori e la piccola corda di velluto color arcobaleno, e Will mi fa entrare in un bar buio con i divanetti su un lato, una pista da ballo bianca fluorescente di fronte e un enorme bancone proprio al centro, con un dipinto retroilluminato in stile Da Vinci che raffigura un'orgia tutta al maschile. Il cazzo mi si contrae solo a guardarlo, nonostante il primo istinto sia quello di provare repulsione o distogliere gli occhi.

«È un capolavoro, vero?» mi grida Will nell'orecchio.

Il resto del locale ha tutta quest'atmosfera di santi contro peccatori; i divanetti di pelle nera occupano le pareti e luci completamente bianche li illuminano dall'alto, come se fossero aureole. Non è per niente lo squallido festino che mi ero immaginato. Non so se ne sono sollevato o deluso. «Andiamo. Voglio presentarti Josh.»

Anche Josh non è per niente come pensavo. Immagino mi aspettassi una versione più grossa, migliore e più *gay* di me. *North 2.0. Ora con bermuda e accessori. Batterie non incluse.*

Josh gioca chiaramente nella stessa squadra; quello è evidente. È attraente, ma non un figo. Si mantiene in forma, e si tinge di rosso i capelli biondi e la barbetta. Allunga una mano affinché io gliela stringa, e lo faccio. Probabilmente la scuoto un po' troppo forte per colmare l'inadeguatezza che sento. Lui se ne accorge.

«Wow, questa sì che è una stretta. Non c'è dubbio che tu sia un vero uomo, eh?» Mi fa l'occhiolino e poi rivolge a Will uno sguardo pungente. Will lo guarda male e Josh riporta l'attenzione su di me. «Allora, è così gay come pensavi?»

«Scusami?»

«Il bar. È così terrificante come pensavi?»

Mi acciglio. «Non ero terrorizzato.»

«North, ti sta prendendo per il culo» dice Will. Lui e Josh si scambiano uno sguardo d'intesa che mi fa infuriare. Non mi piace il fatto che riescano a scambiarsi pensieri senza il bisogno di una cazzo di conversazione, come succede tra me e Will, e non mi piace per niente che fino a poco tempo fa Josh fosse quello che gli scaldava il letto.

«Ha ragione. Lo sto facendo. Sono un po' iperprotettivo nei confronti del nostro Will.» Gli avvolge un braccio attorno alla spalla e io serro la mascella. «Vedo che lo sei anche tu, quindi mettiamo subito in chiaro una cosa così poi potremo goderci la serata. So tutto di te, North Underwood, e nonostante ciò non posso dire di biasimare Will per averci provato.»

«Che cazzo significa?» scatto.

«Significa che se non fossi un testa di cazzo etero, e se Will non fosse uno dei miei migliori amici, starei elaborando un piano per infilarmi in quei tuoi jeans aderenti. Tuttavia, siccome non ho tempo per addestrare un etero a fare il gay, sei al sicuro. Ma...»

«Ehi, sii gentile» dice Will.

«Ho quasi finito.» Josh alza l'indice verso Will come a dire "*non adesso*". «Comunque, fai ancora del male al mio amico e ti prenderò a calci in culo. Ora, chi ha bisogno di bere?»

«Sì, portaci qualcosa» dice Will, tirando fuori il portafogli. Josh lo scaccia via e se ne va verso il bar.

«*Amico* simpatico» dico a Will, resistendo all'impulso di mettere tra virgolette la prima parola.

«Scusa, non pensavo che proprio adesso si sarebbe trasformato in una prima donna incazzata» dice lui in imbarazzo. «Si sta solo preoccupando per me.»

Mi fa cenno di sedermi e io scivolo lungo il divanetto. Seduto di fronte a noi c'è un giovane ragazzo biondo che Josh non si è neanche preso la briga di presentarci. Il tizio alza gli occhi dal suo telefono abbastanza a lungo per sorriderci e, poi, torna a messaggiare.

«Ehi, sono Will. Lui è North» dice Will.

Il ragazzino alza la testa di scatto e mi guarda con aria interrogativa. «North? Come il nome della figlia di Kanye West?»

«O come la direzione» dico, cercando di nascondere un ghigno.

«Wow, i tuoi genitori hanno copiato Kanye?»

È serio, cazzo?

«Come...» inizio, ma Will mi stringe la coscia sotto al tavolo. Scuote la testa e si volta, così il ragazzo non può vederlo ridere. Non riesco a contenere il divertimento e, per tutta risposta, la risata di Will si fa più forte.

«Cosa c'è di così divertente?»

«Niente» dico. «Una battuta da bar.»

Il ragazzino ride. «Oh, giusto, perché siamo in un bar.»

Porca puttana. *Possibile che l'ex di Will sia riuscito a trovare il ragazzo più stupido che esista sulla terra?*

Will ride ancora più forte, e poi Josh torna con le nostre bibite. «Vedo che avete conosciuto Brad.»

«Eh, già» dice Will, incapace di nascondere il sorriso.

«Sta' zitto, faccia di cazzo» dice Josh.

Will prende un sorso dal bicchiere che Josh gli ha messo davanti. «Allora, dove vi siete conosciuti voi due? Da *Toys'R'Us*?»

«Davvero divertente, coglione.» Josh guarda male Will.

«Ehi, non sono aperti dopo le sei» dice Brad serio. «Josh mi ha recuperato due giorni fa, mentre camminavo per strada strafatto.

Non avevo idea di dove fossi. Mia madre mi ucciderà quando scoprirà che me ne sono andato.»
Mi acciglio. «Aspetta, quanti anni hai?»
Brad prende un sorso dal suo cocktail. Sembra un cazzo di camion dei pompieri. «Diciotto.»
«Oh, grazie a Dio è maggiorenne» dice Josh, passandosi una mano sulla fronte con sollievo.
Brad gli si siede in grembo e mette il broncio. «Posso avere un po' di soldi, papino?»
«Gesù Cristo» borbotta Will.
Josh si sporge oltre il ragazzino in braccio a lui e ci mostra il dito medio. «Per cosa?»
«C'è un ragazzo che vende coca nel bagno» dice Brad.
«Ecco qua» dice Josh, ficcando una mano sotto al pacco di Brad per tirare fuori il portafogli. Gli allunga due banconote da cinquanta dollari. «Vai a divertirti e lascia parlare gli adulti.»
«Grazie, papino.» Manda un bacio a Josh e si allontana verso il retro del locale.
«Che cazzo ci fai con un frocetto?» Will si sporge in avanti e dà uno schiaffo sulla testa a Josh.
«Oh, Dio, lo so.» Si pizzica la curva del naso. «È così stupido. Mi è capitato di vedere merda di cane più intelligente di questo ragazzino, ma è così bello.»
«Non hai paura di finire in prigione?» dico, incapace di nascondere il mio disgusto.
Josh stringe gli occhi. «Tu ne eri preoccupato quando hai preso la verginità di Will?»
«Avevamo la stessa età» dico, poi mi volto verso Will. «Quanto gli hai raccontato di me?»
«Tutto» dice Josh.
«Falla finita.» Will gli rivolge uno sguardo pungente. «Sono un adulto.»
«Me lo ricordo» dice Josh.
Digrigno i denti e respiro profondamente dal naso. Sono quasi pronto a prendere a pugni questo tizio fino a farlo svenire, cazzo. Percependo la mia agitazione, Will mi appoggia una mano sul ginocchio e lo stringe gentilmente. «Josh, potresti smetterla con questo atteggiamento da prima donna, per favore?»

«Va bene. Qualunque cosa, pur di evitare qualche piccolo disastro tra voi due» dice lui, e poi alza gli occhi al cielo quando è piuttosto evidente che Will gli dà un calcio sotto al tavolo. «*Ahia*. Okay, non dirò altro sull'idea orrenda di voi due che dormite insieme, anche se tutti sappiamo che andrà a finire male.»

«Dillo un'altra volta e ce ne andiamo» dice Will.

Il mio sguardo è attratto dalla pista da ballo e dalle numerose coppie nel mezzo, che stanno volteggiando e si stanno baciando. Al centro del palco, c'è una bionda con tette grosse e culo sodo schiacciata tra due ragazzi. Ballano in modo dannatamente sexy, ma da come si guardano i due ragazzi al di sopra della spalla della ragazza capisco che stanno facendo solo quello: ballano, divertendosi. Dovunque guardi sembra che tutti si sentano a proprio agio nella loro pelle. Non credo di essermi mai sentito in quel modo, completamente a mio agio con me stesso.

«Se vuoi trovare l'unica cosa in questa stanza che abbia una vagina puoi fare affidamento sull'etero» dice Josh, facendomi distogliere lo sguardo dalla pista. «Credo che quella sia artificiale comunque, mi dispiace bellezza.»

«Artificiale?» chiedo.

«Transgender» risponde Will. Gli angoli delle sue labbra sono rivolti verso il basso, e ha la mascella serrata. È incazzato.

«Aspetta, quello è un ragazzo?» chiedo io, puntando lo sguardo sulla donna. Sapevo che le tette erano finte, ma quel culo? Quelle gambe?

«Lo era» dice Josh. Scuoto la testa, chiedendomi cosa dica questo di me, perché sono un po' eccitato e mi sento stordito.

Gesù Cristo. Che cavolo ci faccio qui?

Brad torna al tavolo, sniffando come un cazzo di moccioso col naso gocciolante, si siede di nuovo in braccio a Josh e lo bacia, a bocca aperta, con le lingue di fuori. È un casino, e non so se la mia repulsione derivi dal fatto che sono due ragazzi, che Brad sembri ancora un ragazzino o che mi sono eccitato guardando una donna che prima era un uomo strusciarsi su altri due uomini.

Non ho mai sentito il bisogno di definire la mia sessualità. Mi piace la fica. Mi scopo la fica. Will è stato un esperimento. Ero curioso, e poi mi sono perdutamente innamorato del mio migliore amico ed ero troppo impaurito per ammetterlo a me stesso, a lui, a tutti. Sto ancora cercando di capire chi cazzo sono, che *cosa* sono, ma questo? Non so nemmeno cosa pensare.

«Devo andare in bagno» dico, aggiustandomi il pacco prima di fare cenno a Will di spostarsi.

«Oh-oh» dice Josh. «Abbiamo offeso l'etero.»

«Smettila di fare lo stronzo, cazzo» dice Will, alzandosi e facendomi uscire dal divanetto.

Mi prende la mano mentre sto per andarmene. «Ehi, stai bene?»

«Sì.» Mi libero dalla sua presa. «Devo solo pisciare.»

Attraverso il bar affollato e apro la porta del bagno. All'interno, trovo uomini di tutti i ceti sociali: uomini d'affari che sniffano strisce di cocaina sul bancone, omoni pelosi all'orinatoio, e perfino una coppia di surfisti più giovani. Alcuni sono vestiti con jeans e magliette, altri con abiti di pelle, e altri ancora? Be', quelli non indossano nulla dalla vita in giù, perché sono impegnati a farsi succhiare il cazzo da qualche tizio sul pavimento del bagno lurido o ad affondarlo nel culo di qualcun altro.

In cosa cazzo mi sono imbattuto?

Vado verso l'orinatoio, ma sono tutti un po' troppo vicini per i miei gusti. Il mio sguardo si concentra sulle cabine dall'altra parte della stanza e mi muovo in quella direzione. Sfortunatamente non mi è di aiuto, perché devo passare accanto alle coppie che stanno scopando e, quando raggiungo le cabine, due su tre sono senza porta e l'altra è occupata. A giudicare dai colpi contro la porta o qualcuno per pranzo ha mangiato un sacco di curry oppure c'è un'altra coppia che sta scopando.

Scelgo la cabina che non è disseminata di coriandoli di carta igienica apro i jeans e me lo tiro fuori.

Prima che possa anche solo trovare la forza di pisciare, delle braccia forti mi avvolgono da dietro e mi prendono l'uccello. Il mio primo pensiero è che si tratti di Will, ma mi basta uno sguardo alle lunghe dita senza tatuaggi per divincolarmi da questo tizio. Lui mi lascia andare e io indietreggio, sistemandomi il cazzo prima di voltarmi a guardarlo.

«Ma che cazzo?» dico, spingendolo. Lui cade sul pavimento.

«Ehi.» Un altro ragazzo con i tatuaggi tribali e un pessimo gusto nel vestire si mette tra di noi. È più piccolo di me, quindi so che potrei batterlo se fosse necessario.

Indico il succhiacazzi che ho appena messo col culo a terra. «Questo testa di cazzo mi ha appena palpeggiato.»

«Sì, perché sei entrato in una cabina» dice Tatuaggi Tribali. «Ovvio che ti abbia palpeggiato.»

«Gesù Cristo. Un uomo non può entrare in una cabina per pisciare? Che razza di logica stupida è questa, cazzo?» domando, e ormai tutto il bagno mi sta guardando.

«Se vuoi pisciare, usa un cazzo di orinatoio» dice il mio aggressore. «Se entri in una cabina, significa che stai cercando qualcuno che ti scopi, dolcezza.»

«Cazzate. Sono venuto per pisciare; non ti ho invitato a mettere le tue mani squallide sul mio uccello e a dargli un bello strattone.» Scuoto la testa e oltrepasso la folla di uomini.

«Oh, sei uno di quelli» sogghigna il tizio Tribale alle mie spalle. «L'erba del vicino è sempre più verde, giusto?»

Su gambe tremanti, esco a passo veloce dal bagno. Ho un nodo alla bocca dello stomaco, una tensione al petto che non sentivo da molto tempo.

Non posso farlo. Non posso stare qui. Non è il mio posto.

Passando attraverso la schiera di corpi, esco fuori nel bel mezzo di un vero e proprio attacco di panico. Non riesco a respirare. Mi piego in avanti, con le mani sulle ginocchia, senza fiato come se avessi appena corso una cazzo di maratona. Una mano sulla schiena mi mette sull'attenti, mi volto e spingo il ragazzo prima di avere il tempo di rendermene conto. Will è in piedi di fronte a me, con le mani alzate, i palmi rivolti in avanti come se fossi un animale selvatico che sta cercando di domare.

«Ehi, che cavolo è successo?»

«Non posso farlo» dico, scuotendo la testa. «Non posso tornare là dentro.»

«Okay, non dobbiamo farlo» dice lui.

«Un coglione mi ha preso dentro una cabina.»

Gli occhi di Will si spalancano. «Sei entrato in una cabina del *Sinners*? Gesù, a che cazzo stavi pensando?»

«Che avevo bisogno di fare una pisciata. Come cavolo potevo sapere che fosse come distribuire un invito?»

«Merda. Mi dispiace» dice Will, ma sta sorridendo. *Niente di tutto ciò è divertente.* «Probabilmente avrei dovuto avvisarti.»

«Tu credi?» Mi faccio scorrere le mani tra i capelli diverse volte. È un tic nervoso, e più sono stressato, peggio diventa. Will mi afferra il polso, ma io mi libero in automatico. «Questa è stata una cattiva idea.»

Will sospira. «Ci siamo.»

Stringo gli occhi a due fessure. «Che cazzo significa?»

«Questo è il momento in cui impazzisci e decidi che questa settimana non vuoi giocare a fare il gay, e mi lasci col cazzo in mano a chiedermi che diavolo ne sarà di me.»

«Gesù, Will. Non sono come te, cazzo» dico tra i denti. «Non posso accettare questa merda solo perché mi hai portato in un bar gay. Non sono nemmeno gay, cazzo. Mi piace la fica, un sacco di fica.»

«Ti piace anche prendere il mio uccello su per il culo» dice Will, e azzardo un'occhiata al buttafuori che non fa nemmeno finta di non ascoltare. Ci fissa direttamente. «Gay, etero, bisex; non ha importanza, cazzo. Quello che importa è che tu smetta di tentare di adattarti agli standard di ciò che gli altri considerano normale. Ti piace la fica, e ti piace il cazzo; se vuoi goderti entrambi nello stesso momento, chi se ne frega? A nessuno importa un cazzo, North. Ma a te sì. Ed è lì che sta il problema.»

Will è furioso. Se non l'avessi capito dalle sue parole, l'avrei fatto grazie alle spalle rigide e allo sguardo infuriato. Dietro di lui, due ragazzi con addosso dei jeans larghi e dei berretti da baseball si avvicinano. Quello più vicino gli sfiora la spalla mentre lo sorpassa e borbotta "*frocio*" sottovoce. Il suo amico fa un finto colpo di tosse e dice "*checca*".

La rabbia mi si scatena dentro. Lanciano insulti come fossero armi, e la verità è che lo sono. Questi coglioni sono in cerca di un litigio. Faccio un passo indietro, resistendo all'impulso di spaccargli la testa, ma sembra che Will sia più che felice di farlo. Percorre diversi passi nella loro direzione.

«Porta qui il tuo piccolo culo omofobo e ti farò vedere io chi è il frocio.» Will si lancia contro il primo tizio. Lo aggredisce, tirando diversi pugni in rapida successione, e io non posso fare altro che buttarmi nella mischia.

Agguanto la felpa mimetica del tizio e lo tiro via da Will. Pugno dopo pugno, lo colpisco allo stomaco. Lui ondeggia e mi molla un colpo secco alla cassa toracica, ma abbassa la guardia e il mio pugno si scontra con la sua faccia. Barcolla all'indietro verso il marciapiede. È chiaro che sta cercando di scrollarsi di dosso lo stordimento che gli ho causato; ha le pupille dilatate, e ondeggia sul posto. Lancio un'occhiata a Will. È a terra, a cavalcioni sull'altro tizio. Tira indietro un braccio che poi si schianta viso del coglione. Io vengo colpito su un lato della testa e barcollo all'indietro, con l'orecchio che mi fischia, mentre inciampo sul marciapiede e finisco addosso al buttafuori del locale, che mi spinge via. È al telefono, probabilmente con la polizia e si lamenta di me per il fatto che ho manomesso la sua preziosa corda arcobaleno.

Mi allontano dal buttafuori barcollando e Felpa Mimetica si scaglia contro di me. Facendo finta di spostarmi di lato, lo prendo alla vita, mettendolo col culo a terra e dandogli diversi calci allo stomaco finché non si accascia. Will barcolla.

Questi coglioni sono più giovani di noi di almeno dieci anni, ed entrambi sembriamo abbastanza degli stracci, cazzo. Mi appoggio le mani sulle ginocchia e prendo fiato. Sbuffando, alzo gli occhi verso Will, che sorride come un dannato maniaco, col sangue che gli esce da un lato della bocca. Ho un taglio sopra l'occhio. Il sangue mi cola sulle ciglia e giù per il viso.

«Sono troppo vecchio per queste stronzate, cazzo» ansimo. Will annuisce esausto, e poi il suono delle sirene ci raggiunge. Un altro buttafuori esce dal locale e Will grida: «Corri.»

L'adrenalina mi scorre nelle vene. Corro con Will alle calcagna. Ci imbuchiamo in un vicolo laterale e percorriamo diverse altre strade. Corro finché l'aria non mi brucia i polmoni e non arriviamo a un vicolo cieco con i cassonetti dietro a un ristorante indiano.

«Porca puttana» sussulto. «Che cavolo... era quello?»

Will si piega in avanti, prendendo fiato. «Non... mi piace... proprio... essere chiamato checca.»

Appoggio l'avambraccio contro il muro di mattoni sporco e respiro per quello che sembra un intero minuto, finché il petto non mi brucia più. «Come hai fatto a mettere al tappeto quel ragazzo così in fretta?»

«Sei stato nel mio pub, giusto?» chiede. Ha ragione. Per la maggior parte del tempo, la nostra è una comunità di operai innocui che si gusta una birra dopo il lavoro, ma alcune volte una visita al Reef è meglio che guardare un episodio di *WWE*.

Ora che l'adrenalina sta sfumando, un dolore pungente mi raggiunge le nocche, il viso e il fianco. Will zoppica e appoggia la schiena contro il muro. Ha una contusione alla fronte, e la mascella si sta gonfiando. Ha preso un bel po' di botte prima che gli togliessi di dosso Felpa Mimetica, è stato stupido e avventato. «Sei pazzo» dico. «Che cazzo stavi pensando?» Lui alza la testa di scatto per guardarmi. «Non lo so, che non mi è piaciuto essere chiamato checca. Che dovrei avere il diritto di discutere col mio ragazzo fuori da un pub gay senza venire ridicolizzato da una coppia di stronzi teppisti etero.»

«Si riduce tutto a questo per te, vero? A chi rientra nei tuoi piccoli riquadri gay o etero?»

«Cosa?» scatta all'indietro con la testa come se gli avessi appena dato uno schiaffo. «Quella è una cazzata e lo sai. Quei coglioni avevano bisogno di una lezione.»

«È stato stupido Will, cazzo. E se avessero avuto un coltello?» sbatto il pugno contro il cassonetto. «Avresti dovuto lasciar correre.»

«Mi stai prendendo per il culo adesso? Una serata, North, hai avuto solo una serata per capire come ci si sente a venire ridicolizzati per ciò che si è, quindi non azzardarti a dirmi di autocensurarmi per renderti le cose più semplici» dice punzecchiandomi il viso con un dito sfasciato. «Preferirei affrontare un centinaio di ragazzi come quelli e lottare per il diritto di camminare per strada tenendoti per mano. Quindi non dirmi mai di tenere la bocca chiusa quando qualche stronzo inizia a offendere il mio ragazzo.»

Mi sento sussultare a quella parola, e la cosa non passa inosservata. Non volevo farlo; è solo che mi ha scioccato. «Sai cosa? Sono troppo vecchio per queste stronzate. Torno alla macchina. Se vuoi un passaggio dovresti venire con me, altrimenti ci vedremo in giro.»

Will scuote la testa e sputa a terra. «Vai pure avanti. Penso che starò da Josh stanotte.»

«No.»

«No?» chiede.

«Mi hai sentito Will, cazzo» dico, tornando a grandi passi nel vicolo verso di lui. «Non starai con Josh.»

«Fottiti.»

«Sai cosa?» alzo le mani al cielo. «Stai con Josh. Scopatelo finché il tuo cuore non sarà soddisfatto, se è quello che vuoi. Ma se non sali su quel furgone con me, abbiamo chiuso.»

Will mi schernisce. «Oh, davvero?»

«Sì, davvero.» Sostengo il suo sguardo. Potrei lasciarlo libero di fare un sacco di cose, ma non questa. Sono già troppo coinvolto, e non so dove cazzo andremo a finire. Abbiamo problemi su problemi, e anni di dolore e sofferenza da elaborare, ma so che se sorpassa quella linea, se non torna a Red Maine con me stasera, allora questa cosa finisce prima ancora di cominciare.

***

Il viaggio verso casa è tranquillo e, quando mi fermo nel vicolo dietro il pub, Will mi sorride con cautela. «Vuoi salire a bere un'altra birra?»

«Dovrei andare a casa. Domattina lavoro.»

«Venti minuti?»

«Che si trasformeranno in quaranta e poi in un'ora.»

«Sì, okay» dice, e la tristezza nei suoi occhi mi dice che non vuole stare da solo. Non lo voglio nemmeno io. «Ci vediamo...»

«Sta' zitto» dico, e mi slaccio la cintura di sicurezza. Apro la portiera prima che possa dirmi di non farlo. Scendiamo entrambi dalla macchina come una coppia di vecchiette ed entriamo nel pub dalla porta sul retro. Nessuno di noi due dice una parola, mentre saliamo le scale fino all'appartamento.

Una volta che ci chiudiamo la porta alle spalle, gli prendo il viso tra le mani e ispeziono il taglio che ha sul labbro. Ha smesso di sanguinare da un bel po', ma ha ancora un aspetto di merda. Probabilmente ce l'ho anch'io. Di certo è così che mi sento.

«Siamo un cazzo di casino» dico, riferendomi non solo alle nostre facce malridotte.

«Ti aspettavi qualcos'altro?» Will appoggia la mano sulla mia e stringe, e perfino quel gesto fa un male cane a causa delle nocche sbucciate.

«No, immagino di no.»

«Forza, andiamo a darci una ripulita» dice lui, accompagnandomi in bagno. Prendo un asciugamano dallo scaffale sopra il lavandino e lo bagno, tamponandomelo sull'occhio. Ho rimosso il sangue incrostato, ma l'acqua che mi scorre sul viso diventa rossa quando il taglio si apre di nuovo. Tengo l'asciugamano in posizione e fisso Will nello specchio mentre apre la doccia e si spoglia. È coperto di botte e lividi, ma ha un segno nero-blu che gli copre tutto il fianco dalla cassa toracica alla vita.

«Porca puttana.»

«Già, quel coglione mi ha conciato per bene. Prima che lo mettessi fuori combattimento, s'intende.»

Fisso il suo corpo magro e muscoloso. I tatuaggi di Will lo rendono un'opera d'arte, ma per me lo è sempre stato; almeno fin quando sono diventato grande abbastanza da sapere che era meglio non farmi beccare a guardarlo. Passo quasi ogni notte a spingermi dentro di lui, a prenderlo sul letto, sul bancone della cucina, su quel cazzo di pavimento di legno, e mi sento ancora come se le mie mani non avessero abbastanza familiarità col suo corpo o i miei occhi non potessero mai stancarsi di lui.

Will entra nella doccia, lasciando la porta di vetro aperta, un invito. Mi tolgo i vestiti. Non importa cosa, non importa quanto mi faccia impazzire, non importa quanto possa provare a nascondere la verità, non sono mai stato tanto attratto da un altro essere umano, uomo o donna, quanto sono attratto da lui.

«Sbrigati ed entra qui dentro, idiota. Stai facendo entrare tutta l'aria fredda» dice, mettendo il viso sotto l'acqua. Entro nella minuscola cabina e chiudo la porta. C'è spazio a malapena per una persona, quindi siamo incastrati insieme il più vicini possibile.

Will avvolge le braccia intorno a me, io sospiro e appoggio la fronte contro la sua. Lui mi bacia. Stavolta sono molto più gentile col suo labbro spaccato. Scorro un dito su un piccolo taglio che ha sulla guancia.

Lui sussulta. Per molto tempo, rimaniamo al caldo, respirando l'uno il respiro dell'altro. La paura, un'oscurità che mi ronza costantemente nello stomaco, minaccia di travolgermi e tutto ciò che vorrei fare è cadere in ginocchio e singhiozzare.

Invece cado in Will, e trovo che sia un posto abbastanza morbido in cui atterrare.

Capitolo 17

La notte successiva ci sentiamo entrambi abbastanza di merda, e dopo che Will chiude il pub mi accompagna di sopra e ci mettiamo a letto. Accende la TV mettendo Netflix e, senza ulteriori consultazioni, guardiamo un programma su queste persone che vivono in parti del mondo differenti, ma condividono un legame psichico. C'è un attore spagnolo non dichiarato, e qualche scena abbastanza dolce di lui con il suo amante segreto che ci danno dentro, ma sono troppo stanco perfino per eccitarmi.

Ciò non ferma Will dallo spogliarmi comunque, ma quando ha finito di togliersi anche i suoi vestiti sembra distrutto quanto me. Mi accomodo dietro di lui, evitando il fianco ferito. Stendo un braccio sopra il suo fianco, prendo in mano il suo uccello flaccido e lo tengo, semplicemente.

Lui diventa duro, ovviamente, perché nel cuore dell'uomo che amo c'è ancora un adolescente arrapato, ma nessuno di noi due va oltre e poco dopo il suo leggero russare riempie l'appartamento.

Chiudo gli occhi, alternando sonno e veglia, ma mai una volta mi sveglio e penso di tornare in quella casa sulla collina, perché sono già a casa. Will è la mia casa; lo è sempre stato. Mi è solo servito tanto tempo per rendermene conto.

Capitolo 18

WILL

Mi sveglio di soprassalto. Il rumore della porta d'entrata del Reef che viene scossa con forza mi manda il cuore in gola, ma mi alzo e vado alla finestra. Parcheggiata a casaccio su tre spazi c'è una Mazda di colore rosso brillante. Il lampione mostra qualcuno che barcolla fuori dal porticato del pub.

Là, a guardare in alto verso la mia finestra, ubriaca e con il mascara che le cola sul viso c'è Tammy Thompson, ed è un cazzo di disastro. Barcolla verso la sua macchina e ci si accascia contro in modo drammatico. Per un attimo penso che sia solo arrabbiata perché non siamo aperti, poi apre la bocca e urla il nome di North. Mi si rivolta lo stomaco.

Lo guardo in modo accusatorio. Si sta svegliando adesso, ma l'ha sentita anche lui, perché spalanca gli occhi. Tira indietro le coperte e l'espressione inorridita sul suo viso mi dice tutto ciò che ho bisogno di sapere.

«Che cazzo ci fa lei qui, North?»

«Non lo so. Me ne libero.»

«Non lo sai? Sta piangendo sulla mia cazzo di entrata, urlando il tuo nome, e non lo sai?» Mi viene in mente un pensiero orribile. «Ti vedi ancora con lei?»

Il suo silenzio è schiacciante. Oh no. *No.* «Vivi ancora con lei?»

«Aveva bisogno di un posto dove stare.» Lui ricambia il mio sguardo mentre si infila i jeans e la maglietta. Si siede pesantemente sul letto per allacciarsi gli stivali.

«Te la scopi?» Resta in silenzio, fissando di nuovo il pavimento, e io scuoto la testa. «North, te la scopi?»

Fuori, Tammy urla di nuovo il suo nome.

«Da quanto?»

«Io non...»

«Da quanto cazzo di tempo glielo stavi infilando mentre io lo infilavo a te?» Riconosco a malapena la mia voce, è così piena di rabbia e tormento.

«Non le sto infilando niente» grida.

«Cazzate.»

«Non è lei che voglio, Will.»

«Vattene, cazzo. Porta la tua stupida Barbie Stronza via di qui prima che il suo lamento ossessivo svegli mio padre, e allontanati da me, cazzo.»

«Non l'ho mai fatto per ferirti. È stato prima...»

«Mi fai schifo, cazzo. Non sei cambiato per niente; sei ancora un cazzo di codardo egoista.»

«North! Lo so che sei lì dentro!» urla Tammy dalla strada. «So di voi due!»

Quando i suoi occhi incontrano i miei sono sia furiosi sia pieni di paura. Lui non è nient'altro che questo: paura.

Dalla testa ai piedi, un ragazzino impaurito, troppo impaurito di provare qualcosa. Troppo impaurito di essere scoperto come frocio.

Scuoto la testa, perché che altro posso fare? Darei volentieri il mio ultimo respiro per questo bastardo. Sopporterei un centinaio di uomini che mi sputano sui piedi mentre li supero, un migliaio di botte come quella che ho preso l'altra notte, e un milione di voci che gridano con rabbia esagitata mentre mi lanciano addosso le loro offese e rigirano ciò che abbiamo in qualcosa di disgustoso o, peggio, cattivo. Affronterei tutto quello solo per non dovermi nascondere un giorno, ma non ha importanza, perché North non cambierà mai. Dodici anni e sono ancora il suo piccolo sporco segreto. E la cosa che mi distrugge è la consapevolezza che questo è tutto ciò che sarò mai. Sguardi furtivi attraverso il bar. Carezze al buio. Parole sussurrate dietro porte chiuse. Quello è tutto ciò che avremo.

North non è coraggioso. È debole. Ha paura. E io sono uno stupido per aver pensato che potesse essere diversamente.

«Vattene.»

«Will, per favore lascia solo che ti spieghi» dice.

«Non mettere più piede nel mio bar. Fai finta di non conoscermi, non parlarmi; non guardare nemmeno nella mia direzione.»

«Will, non farlo» implora lui. «Non è come credi.»

«VATTENE!» ruggisco, e so di aver svegliato mio padre perché lo sento trascinarsi pesantemente lungo il corridoio. Ovviamente lo sente anche North, i suoi occhi sfrecciano verso la porta come se avesse paura che da un momento all'altro il suo peggior incubo possa attraversarla, e in un certo senso suppongo che sia vero. Il fatto che mio padre lo sappia già è irrilevante. North non ha mai avuto paura di nulla se non di venire beccato, dei suoi segreti messi a nudo, e dell'intero paese che scopre che gli piace scopare uomini.

È così accecato da quella paura che non si rende nemmeno conto di essere amato per ciò che è, a prescindere dalle sue preferenze sessuali. È così terrorizzato che non si rende conto di quanto fingere gli abbia fottuto il cervello, perché quando mi guarda non vede un uomo che lo ama; vede un uomo che ha il potenziale di distruggere la facciata che ha costruito così attentamente. Invece di un futuro, vede la sua rovina.

Senza un'altra parola, fugge, aprendo la porta e affrettandosi a uscire prima di incontrare mio padre. Non è abbastanza veloce però. Le grida confuse di papà riempiono il corridoio.

North lo ignora e si dilegua giù per le scale. La porta sul retro sbatte e il mio cuore si stringe insieme a quel suono. Ho abbastanza buonsenso da avvolgermi la coperta attorno alla vita prima che mio padre si trascini nel mio appartamento.

«Per cosa diavolo stavate urlando voi due?» chiede papà. «E perché North sta fuggendo dalla tua stanza come se avesse appena commesso un omicidio?» Papà si guarda attorno, con gli occhi che vagano dal letto disfatto ai miei vestiti tutti sparsi sul pavimento. Noto il momento in cui si accorgono della bottiglia di lubrificante sul comodino perché diventa di cinquanta sfumature di rosa e distoglie lo sguardo.

Giù in strada, il motore della macchina di Tammy gira furiosamente, e North la sta pregando di scendere dal sedile del guidatore. Papà si trascina fino alla finestra, il viso increspato per la confusione.

«Chi è quella là fuori?»

«Tammy Thompson» dico, sedendomi pesantemente sul letto.
«La ragazza che vive con North.»

Gli occhi di papà sfrecciano sui miei. «Oh.»

«Già, oh.»

Papà torna nervosamente al centro della stanza strisciando i piedi. Ha le sopracciglia aggrottate e la bocca curvata in un broncio. Le sue guance sono rosse per l'imbarazzo. Penso di non averlo mai visto così maledettamente a disagio, ma, nonostante ciò, dice: «Be', Sal e io una volta abbiamo fatto una cosa a tre. Tammy potrebbe cambiare idea. Due uccelli sono meglio di uno, giusto?»

Sbatto gli occhi stupidamente. Non posso credere che abbia appena detto una stronzata del genere. E rido, anche se il mio cuore già ferito si stia spezzando e lo stomaco mi si attorciglia per la paura di non avere più North tra le braccia, anche se quel bastardo bugiardo non mi merita, anche se tutto sembra senza speranza in questo momento.

Perché l'alternativa è cadere a pezzi.

Capitolo 19

L'altro ieri non sono andato al lavoro. Sono rimasto a casa a badare a Tam. Non penso che prima d'ora avesse mai consumato tanto alcol in una volta sola, e quando l'ho trovata era di nuovo dietro al volante a minacciare di investirmi. Aveva già lottato e perso contro un segnale stradale, o almeno l'aveva fatto la sua macchina, e come risultato Tam aveva un brutto bernoccolo in testa. Dopo un po' di persuasione sono riuscito a farla scendere dalla macchina e salire sul mio furgone, e ho guidato per un'ora fino a Valentine per portarla al pronto soccorso a farsi controllare.

Due giorni dopo, non ho ancora sentito Will, e non mi aspetto di farlo.

So di aver combinato un casino. Sembra che l'abbia tradito, e forse è così. Non gli ho detto che lei vive ancora con me, e non gli ho detto che la notte in cui lui mi ha rifiutato, sono tornato a casa e l'ho scopata, o almeno c'ho provato finché non ho rovinato tutto infilandole un dito nel culo mentre pensavo a lui.

Immagino di aver tradito anche Tam. Non ho messo le cose in chiaro con lei riguardo a noi due. Le ho dato false speranze quando non ce n'erano. Ho provato a sollevare la questione con lei quando siamo tornati a casa dall'ospedale, ma si è girata nel letto dicendo che era stanca. Da quel momento ha respinto ogni mio tentativo di parlarne.

Il lavoro si trascina. *Cavolo, la vita si trascina.* Anche se Tam è ancora in casa mia, mi sento solo.

Come se il terreno sul quale è costruita la mia casa in qualche modo si sia staccato e stia vagando nell'oceano, e ora stia affondando, inghiottito dalle onde poco a poco. E sono tentato dal saltare semplicemente in quell'acqua gelida e lasciare che mi riempia i polmoni, rimpiazzi l'aria, e mi trascini sotto. Non sarebbe la prima volta che mi ritrovo su quel dirupo al confine della mia proprietà e consideri di buttarmi nell'abisso sottostante.

A pranzo scelgo un tavolo lontano da tutti e tiro fuori la borsa che Tam mi ha preparato. Nel giro di pochi minuti la stanza si riempie fino a scoppiare di chiassosi metalmeccanici. La testa mi pulsa, e mi sento di merda. Grazie alla nostra piccola spedizione in discoteca dell'altra sera, ne ho anche ancora l'aspetto. Giuro su Dio, Will è tornato nella mia vita da meno di due mesi, e ho usato più cerotti in questo periodo che in diciotto anni di vita vissuta con un padre ubriaco e violento.

E parlando del Re degli Inferi...

Papà si siede accanto a me e guarda il mio pranzo con un sopracciglio alzato. Tammy impacchetta tutto in piccoli contenitori con etichette. Tiene separate le salse e i condimenti, che di solito sono seguiti da piccole istruzioni: *aggiungere contenitore uno a contenitore due e agitare, ma non troppo o potresti rompere la pasta.*

«Tammy ti ha preparato di nuovo il pranzo?» chiede papà.

«Sì.»

Sogghigna, prendendo un lungo sorso dalla lattina di birra allo zenzero. «Ti ha mai preparato qualcosa di normale come un cazzo di panino al prosciutto?»

«No.»

«Te la scopi ancora?»

Lancio un'occhiata a mio padre con espressione afflitta. «Perché? Vuoi che prepari il pranzo anche a te?»

Alza le mani sulla difensiva. «Sto solo chiedendo. Un padre non può interessarsi alla vita di suo figlio?»

Lancio la forchetta sul tavolo e mi prendo gioco di lui. «L'ultima volta che *quel padre* si è interessato alla vita di suo figlio, è stato per minacciare il suo migliore amico, quindi no. Non puoi.»

«Sai, la scorsa notte Tommo ti ha visto lasciare il pub tardi» dice papà, prendendo un boccone dal suo panino e masticando a bocca aperta. «Molto tardi.»

Mi irrigidisco, perché non mi piace ciò che sta insinuando. Se Tommo mi ha visto, significa che ero da solo. Ma il bar chiude a mezzanotte, e la domenica anche prima. *Di' qualcosa. Cazzo, North, di' qualcosa così saprà che non sei colpevole.* «Stavo aiutando Trevor. Da quando ha avuto l'infarto, non riesce più a lavorare come prima.»

«Femminuccia del cazzo» dice papà. Alzo lo sguardo verso di lui e incontro gli occhi più freddi che abbia mai visto.

Non per la prima volta, mi chiedo come abbia fatto mia madre a sopravvivere per sette lunghi anni con quest'uomo. Non la biasimo per non essere arrivata a otto. «Forse se avesse passato meno tempo a gestire quel pub e un po' più di tempo a crescere suo figlio non si sarebbe trasformato in un cazzo di finocchio.»

«Non funziona in quel modo» dico tra i denti.

«Certo che sì. Guardati. Una volta frequentavi quella checca e avevi iniziato a diventare una femminuccia anche tu.» Abbassa la voce a un sussurro e mi stringe la spalla, premendo un pollice nel muscolo. «Ma io ho messo fine a tutto quello, e guardati adesso. Lo stallone più ambito della scuderia. Sei come una di quelle cazzo di piante carnivore, le femmine ti si buttano addosso.»

«Questo perché, a parte Rooster e Tommo, sono l'unico uomo non sposato del paese. Tutti gli altri sono impegnati, vietati o...»

«Un cazzo di frocio.»

La rabbia mi penetra nello stomaco. Voglio prendere a calci in culo questo vecchio bastardo, ma non posso, perché so che mi sta tendendo una trappola. Tutto quello che ha detto da quando si è seduto è stato per provocarmi, e l'unica cosa che posso fare è ficcarmi del cibo in bocca per non digrignare i denti fino a ridurli in polvere.

«Che fortuna, eh?» dico, quando finisco di masticare un po' di pasta fredda.

«Assicurati solo che le cose rimangano così» dice. «Scopati quanta più fica ti viene offerta. Non farti trascinare in una relazione; le stronze si prenderanno tutto il tuo tempo e il denaro, dopo il matrimonio vorranno una casa, e poi inizieranno a lagnarsi di volere una famiglia.» Durante tutto questo alza la voce, perché il bastardo misogino non si è mai fatto problemi a urlare al mondo il suo pensiero sulle donne e, senza sorpresa, la sala da pranzo si riempie con un coro di voci burbere che concordano con il coglione.

«Sai, se non fosse stato per tua madre che mi ha implorato per tutto il tempo, non ti avremmo mai avuto» dice, scolandosi il resto della birra e sbattendo la lattina sul tavolo. Non ha neanche incrociato i miei occhi, mentre lo dice. Chiunque altro sarebbe scosso da questa rivelazione, ma per me non è una novità. Si è assicurato di dirmelo ogni giorno da quando ho iniziato a essere grande abbastanza per capire cosa significasse e, quando aveva troppo alcol in corpo e non riusciva a dirlo a parole, mi dimostrava con i pugni quanto gli importasse.

La mia paura più grande da quando ho iniziato a capire l'attrazione tra me e Will era che un giorno avrebbe potuto mostrarlo anche a lui, e che per colpa di questo avrei perso l'unica persona che abbia mai amato. Quella paura c'è ancora.

«Sì, lo so» dico, alzandomi in piedi, perché se non me ne vado di qui molto probabilmente prenderò lo stronzo a pugni in faccia, e non posso permettermi di perdere il lavoro. «Me l'hai detto ogni giorno da quando mia madre si è ammazzata. Ti sei mai fermato a pensare perché l'ha fatto?»

«Hai il ciclo o qualcosa del genere, ragazzo?» chiede. Io scuoto semplicemente la testa e impacchetto gli avanzi del mio pranzo. Ho perso l'appetito nel momento in cui si è seduto davanti a me.

«No, *papà*.» Enfatizzo quell'ultima parola, perché quest'uomo non è mai stato un padre per me. L'unica cosa buona che abbia mai fatto è stata insegnarmi a tirare pugni, e a come schivarne uno da un avversario tre volte più grosso di te. «Sono solo stufo delle cazzate. Siamo entrambi adulti adesso; risparmiamoci un sacco di tempo e smettiamola di fingere.»

«Fingere cosa, figliolo?»

«Non chiamarmi *figliolo*. Non sei mai stato un padre per me. Sai chi era mio padre? Trevor Tanner. Esatto, il padre del frocetto del cazzo» sputo fuori. Anche papà si alza in piedi adesso, i suoi occhi freddi e spenti si dilatano, ma non mostrano rabbia o passione o paura. Sono solo due voragini vuote, senz'anima.

«Sai chi mi ha ospitato e dato da mangiare quando tu eri così occupato a piantare il tuo culo grasso sullo sgabello di un bar invece di tornare a casa e assicurarti che avessi del cibo e avessi fatto i compiti? Trev, ecco chi. È stato più padre di chiunque altro per me, e tu me l'hai portato via.»

Mio padre apre la bocca, ma Smithy si mette tra noi due e dice: «Va bene, gente, tempo scaduto.»

Sono abbastanza sicuro che questo sia l'unico posto nella vita di Smithy in cui possa imporsi, e prende quella responsabilità molto seriamente. Al mulino, la parola di Smithy è legge, anche se fuori dall'acciaieria è un enorme femminuccia.

Con un'ultima occhiata torva in direzione di mio padre, cammino a passo svelto verso il mio armadietto, metto giù la mia roba e lo chiudo sbattendolo.

«Ricordati solo cos'è importante per te, figliolo» mi dice papà, mentre esco dalla sala mensa. «Ricordati ciò che potrebbe venirti strappato via se non starai attento.»

Mi volto, pronto a spaccargli la testa, ma mi scontro proprio con Smithy. «Continua a camminare, ragazzino» dice, posandomi una mano al centro del petto e spingendomi all'indietro per diversi passi fino al corridoio. Si chiude saldamente la porta alle spalle, chiudendo fuori le grida dei miei colleghi. «Senti, so che l'incidente di Tam ti ha messo un po' in difficoltà questa settimana, quindi forse dovresti prenderti il resto della giornata libera. Vai giù alla spiaggia, schiarisciti le idee. Vai a farti scopare cazzo, fratello, risolvi i tuoi problemi perché non ho bisogno di gente che perde la testa, e questa compagnia non può permettersi che tu perda un dito nella saldatrice. Okay?»

«Sì, okay.» Annuisco, cercando di non sembrare così scosso come mi sento.

«Bene allora, ci vedremo di nuovo qui domattina presto.»

Durante il viaggio verso casa, non riesco a togliermi dalla testa le parole di papà. Non riesco a togliermi dalla testa Will. Passo davanti al Reef e continuo a guidare, perché che altro diavolo dovrei fare?

Quando arrivo a casa, Tammy non c'è. Sono sollevato. Stamattina ha accennato al fatto che sarebbe andata a trovare la sua amica Layla dopo il lavoro, e il suo turno al ristorante non è ancora finito, quindi so di avere ancora qualche ora prima che la sua piccola Mazda Tre parcheggi nel vialetto.

Mi tolgo la divisa, indosso un paio di pantaloncini e mentre mi scolo una birra prendo in considerazione il fatto di fare un bagno nell'oceano, ma sono troppo stanco per nuotare. Mi sento come se fossi andato controcorrente per una vita intera, e non voglio rischiare di entrare in acqua perché non sono sicuro che me ne fotta abbastanza di tenere la testa fuori. Invece, mi siedo fuori sul pontile e guardo il mare sotto di me. Questa casa mi è costata una cazzo di fortuna, ma non m'importa se per pagarla dovrò lavorare fino al giorno in cui crollerò; è casa mia, il mio santuario. O almeno lo era, prima di Will.

Sento il forte rombo di un motore nel vialetto. Non riesco a vederlo da qui, ma è un rumore che riconoscerei ovunque. *Parli del diavolo e spuntano le corna.* Il motore si spegne, una portiera cigola mentre si apre e si chiude, e pochi attimi dopo lui entra marciando attraverso la cucina e il salotto fino al patio sul retro. Se è per quello, Will non si è mai preoccupato dei limiti o dell'etichetta, quindi non sono sorpreso che sia entrato in casa mia senza essere stato invitato.

«Ehi» dice, sedendosi sulla sedia accanto a me.

«Ehi a te.»

«Ti ho visto passare in macchina» borbotta. «Non ho potuto fare a meno di notare che non ti sei fermato.»

Lo guardo male. «Mi hai detto di non mettere più piede nel tuo bar.»

Lui gonfia le guance ed espira forte. «Sì be', sono un coglione, e avrei dovuto lasciarti spiegare come stavano le cose.»

«Tu credi?»

Mi rivolge un sorriso triste e dice: «È solo che questa situazione è incasinata, lo capisci?»

«Niente di nuovo comunque, giusto?»

«Quindi lei è qui?» chiede, guardandosi intorno, anche se so che conosce già la risposta.

«No, e faresti meglio a ringraziare Dio per questa piccola fortuna, o ti farebbe scappare fuori di casa minacciandoti con dei cazzo di utensili da cucina, o della cancelleria o qualche altra stronzata. Non so cosa cazzo le piaccia.»

«Eppure vivi con lei?»

Faccio spallucce. «Non volevo che si trasferisse; non stavamo nemmeno insieme, cazzo.»

«Non scopavate o non stavate insieme?» dice. «Perché sono due cose molto diverse, North.»

«Scopavamo. Non lo so, avevamo smesso in un certo senso e lei era tutta presa da quest'altro tizio di Whitebridge, e pensavo che tra noi fosse finita, e poi lei inizia a piangere e mi dice che non ha un posto dove vivere.»

Will scuote la testa, ma mi rivolge quel suo tipico sorriso da idiota. «Gesù, sei un coglione.»

Alzo i palmi verso l'alto nel gesto universale che sta a significare "*Ma che cazzo?*". «Non sapevo che altro diavolo fare.»

«Devo sapere» dice Will tornando serio. «Te la sei scopata mentre stavamo insieme?»

«No» dico, e poi mi acciglio. «Me la sono scopata la sera che mi hai respinto.»

«Cosa?» scatta lui.

«O c'ho provato. Stavo pensando a qualcun altro» dico, rivolgendogli un'occhiata pungente. «E le ho infilato un dito nel culo.»

Lui si schiarisce la gola. «Le è piaciuto?»

«Amico, mi ha pestato a sangue e poi è corsa via piangendo.» Sorrido, cercando di trattenere una risata. Will ride, gettando la testa all'indietro e tenendosi lo stomaco. È la cosa più bella che abbia mai visto, cazzo. Inizia a prendermi in giro con *Georgie Porgie*, una filastrocca per bambini che parla di un ragazzino grasso che bacia le ragazze e le fa piangere.

«*Quando la ragazza è uscita per giocare, North le ha infilato un dito in culo e l'ha fatta frignare*» conclude Will. Avrei dovuto tenere la bocca chiusa. Si sta divertendo un po' troppo.

Quando la sua risata si spegne, Will prende la mia birra e se la scola, appoggiando la bottiglia vuota di nuovo sul tavolino. «Vuoi che lei resti qui?»

«Sai che in frigo ci sono altre birre?»

«Non hai risposto alla mia domanda.»

«No. Non voglio. Volevo solo aiutarla a rimettersi in piedi, ma sembra non voglia andare da nessuna parte.»

«Già, conosco anch'io un paio di tizi così.» Will annuisce. «Li mandi a scoprire il mondo ed eccoli lì, a sfondarti la porta alle tre del mattino pur di ottenere qualcosa.»

«Come se ti stessi lamentando.» Prendo altre birre in cucina. Tolgo i tappi a entrambe e li butto nel lavandino, poi esco fuori sul pontile allungando una birra a Will. Lui la prende, ma invece di bere la mette giù, mi prende il braccio e mi tira verso di lui. La birra si riversa fuori dalla bottiglia finendomi sulla mano, ma sono troppo occupato dalle sue labbra sulle mie e dalla lingua che si spinge nella mia bocca.

La appoggio sul tavolino vicino a lui e ignoro il tintinnio del vetro quando rovescia l'altra, così come ignoro il liquido ambrato che si sparge sul ripiano di vetro del tavolo e mi schizza le gambe mentre cade sul pavimento.

Prendo il viso di Will e faccio scorrere le dita sulla sua mascella ispida. Gemo nella sua bocca e gli percorro il corpo con le mani, dagli addominali muscolosi fino alla cintura dei jeans. Scivolo dentro e gli prendo in mano l'uccello ingrossato, dandogli una stretta decisa mentre lui si slaccia i pantaloni e se li spinge giù dai fianchi in fretta. Will interrompe il bacio, sibilando un respiro quando scorro un polpastrello sulla sua fessura. Mi impugna i capelli e mi spinge la testa più in basso.

«Bastardo presuntuoso.» Sghignazzo, liberandolo dai pantaloni, e gli sorrido.

«Succhiami il cazzo, Underwood.»

«Ho intenzione di farlo.» Abbasso la testa e lo lecco lungo l'asta. La sua erezione fa un balzo involontario.

Si inumidisce le labbra e si alza la maglietta, giocando con la piccola barra di ferro nel suo capezzolo. Scorro le labbra verso l'alto e prendo il piercing in bocca, tirandolo con i denti. Will geme e si prende l'uccello in mano, facendolo scorrere sul mio stomaco piatto. La goccia di sperma lascia una scia bagnata lungo i miei addominali e io mi chino e la pulisco con le dita, succhiandole. Le labbra di Will si curvano in un mezzo sorriso e poi quel ghigno sparisce quando abbasso il corpo sulla sedia a sdraio, mi infilo tra le sue ginocchia e lo prendo in bocca.

«Oh, cazzo. Sì, succhiami l'uccello, piccolo rizzacazzi» dice Will, impugnandomi i capelli con le mani.

Inizio piano, prendendolo solo in piccola parte prima che lui spinga i fianchi e finalmente lo prenda in gola. È difficile non vomitare, non perché non mi piaccia, ma perché non so come qualcuno possa fare queste stronzate senza vomitare. Sembra quasi che Will mi prenda fino a metà collo prima di mollare, ma io voglio che questa cosa sia piacevole per lui, quindi ingoio la paura insieme al sapore dolce e salato del suo uccello e libero la mente.

«Ti piace il mio cazzo in bocca?» chiede. Lo lascio andare con uno schiocco e lecco la parte inferiore della sua asta.

«Sì, mi piace il tuo cazzo in bocca, Will.»

Afferrandomi i capelli, mi guida di nuovo verso di lui. «Allora non mentirmi più, cazzo.»

Ci scambiamo uno sguardo pieno di calore, rabbia e qualcosa di più profondo a cui non voglio dare un nome per paura di sbagliarmi. Annuisco e lo succhio forte.

«Ecco qui, prendimi a fondo, North, e non fermarti finché non ti ricopro la gola col mio sperma.»

Io gemo. Se non la smette, verrò nei pantaloni abbastanza in fretta. Will sibila tra i denti e ha il fiato corto. Spinge i fianchi in avanti interrompendo il ritmo, ma in qualche modo funziona perché contrae gli addominali, le palle gli si stringono e il suo seme denso e caldo mi riempie la bocca. Ingoio fino all'ultima goccia e assaporo il gusto sconosciuto sulla lingua.

«Cristo santo, mi ucciderai, Underwood. Non venivo così forte da quando eravamo ragazzini.» Will mi tiene ancora i capelli in pugno mentre il resto di lui si rilassa sulla sdraio. Ha gli occhi chiusi e il suo corpo sobbalza involontariamente quando la mia lingua gli lecca la cappella tonda e liscia.

Ha un aspetto assonnato e contento, una cosa che in lui non ho visto così spesso. Non posso fare a meno di volerlo baciare, quindi mi allungo sul suo corpo e mi avvicino. Lui mi spinge via.

«Odori di sperma.»

Sorrido. «Ne ho anche il sapore. Vuoi provare?»

Will ride e io mi accontento di baciargli la guancia e la mascella, e di scendere giù sul collo e sul lobo, dove addento il piccolo pezzo di carne e lo mordo. Per la prima volta da settimane mi sento... leggero... ottimista. E poi tutto ciò va a rotoli quando sento sbattere la porta d'entrata e il rumore dei tacchi di Tammy sulle piastrelle.

«Cazzo. Tam è qui» sussurro, facendo un passo indietro e finendo addosso al tavolo. Le bottiglie tintinnano, e una cade sul pavimento frantumandosi.

«North?» dice Tammy dal corridoio. «Tesoro, stai bene?»

«Tesoro?» chiede Will, ma in realtà si sta divertendo, e si piscia sotto dal ridere guardando i miei piedi goffi mentre si sistema i jeans. «La tua erezione è enorme, comunque. È impossibile che lei non la veda.»

«Sta' zitto, cazzo.» Torno a sedermi, coprendomi con un cuscino.

«Dico davvero, è come un'arma di distruzione di massa. Mi piacerebbe prenderla e mettermela in...»

«North?» Tammy esce fuori sul patio e ci fissa entrambi.

«Oh, ciao Tam» dico, e non sembro neanche lontanamente disinvolto. Dietro di lei, Will scuote la testa.

Gli occhi di Tammy si riversano su Will come se fosse un parassita da schiacciare. «Che ci fa lui qui?»

«Anche a me fa piacere rivederti, Tammy, e in circostanze migliori di te che gridi il nome di North a squarciagola fuori dalla finestra del mio appartamento.»

«Posso parlarti?» dice lei, ignorando i commenti di Will e guardandomi direttamente.

«Certo.» Lascio che sia lei a farmi strada perché, anche se il mio uccello ha iniziato ad ammosciarsi non appena ha messo piede sul patio, non sono ancora completamente fuori pericolo. In tutti i sensi.

«Beccato» suggerisce gentilmente Will, mentre seguo Tam in cucina.

«Che ci fa lui qui, North?»

«È venuto a bere una birra. Cosa ti sembra che stia facendo?» dico a denti stretti, perché non mi piace il suo tono.

«Da quando bevi birra con...» si ferma, chiaramente in cerca delle parole giuste.

Credo che Will mi abbia un po' contagiato quando dico: «L'unico gay del villaggio?»

«Sono seria.» Stringe le braccia al petto. «Tu che stai da lui fino a notte fonda, e ora voi due qui da soli? Cosa direbbe la gente?»

«Non me ne frega un cazzo di cosa dicono. Sto bevendo una birra con il mio amico. Il fatto che sia gay è irrilevante.»

«Adesso è tuo amico?»

«No, è il mio acerrimo nemico. L'ho solo invitato per una birra così posso avvelenarlo e guardarlo morire prima di cena.» La risata di Will filtra dentro dal patio e io mi ritrovo a sorridere, anche se so che non dovrei. «Sì, è mio amico. E sai una cosa? Non me ne frega niente se a te non sta bene. Sai dov'è la porta.»

«Stai rompendo con me?» domanda lei.

«Tanto per cominciare non siamo mai stati insieme, cazzo» grido. «Ti ho dato un posto dove stare finché non ti rimettevi in piedi e, considerando la quantità di borse disseminate sul mio tavolo, direi che stai bene e ti ci sei rimessa davvero, visto che vai in giro a ostentare le tue nuove scarpe eleganti del cazzo. Se vuoi fare la stronza omofoba, allora, sì, voglio che tu te ne vada.»

«Mi stai buttando fuori per un... un frocio?»

«Occhio a come parli, Tam» la avverto.

Will entra in cucina. «Forse dovrei...»

«Non preoccuparti. Me ne vado. Tu...» dice, puntandomi contro un dito ossuto con lo smalto scheggiato, «puoi prepararti i pranzi da solo da oggi in poi.»

Ovviamente.

Tam raduna le sue borse e sfila lungo il corridoio, senza preoccuparsi di prendere gli altri effetti personali. Immagino tornerà più tardi per quelli. Non ho mai avuto intenzione di ferirla, ma quelle stronzate non mi stanno bene. Dire tutta quella roba mentre Will era in ascolto? Non va per niente bene, cazzo.

La macchina di Tam si accende e ruggisce giù per il vialetto, e Will si volta verso di me con un sorrisetto sexy da morire sul viso come a dire "*ce l'hai fatta*".

«Davvero ti preparava i pranzi?»

«Sì.» Rabbrividisco e mi strofino la nuca.

«Coglione.»

«Ehi, erano pranzi davvero eccezionali, cazzo. Tipo come quelli di un ristorante a cinque stelle; tutti i ragazzi al lavoro erano gelosi.»

«Cosa ne sai tu di ristoranti a cinque stelle?»

«Sta' zitto, cazzo. Un'altra birra?» chiedo con un sorrisetto. «Visto che la mia bocca ha interrotto la prima così bruscamente?»

«Nah. Dovrei andare. Devo aiutare papà ad andare agli incontri degli Zoppi Anonimi.»

«Gesù, sei davvero uno stronzo a volte.»

«Ehi, qualcuno deve pur tenerlo sotto controllo» dice, sorridendo. «Se non gli faccio abbassare un po' la cresta, quel bastardo sarebbe capace di mettersi a girare per il paese su una carrozza salutando tutte le persone comuni che non hanno avuto un ictus.»

«Cazzo, ricordami di non fare mai in modo che mi ferisca gravemente con te intorno. Conoscendo la mia fortuna, saremmo vecchi e coi capelli grigi e tu spingeresti la mia sedia a rotelle giù dalle scale della casa di riposo.»

«Sì, come se riuscissimo ad arrivarci» borbotta.

Mi acciglio. «Che cazzo significa?»

«Niente» dice, girandosi per andarsene. «Ci vediamo più tardi.»

Mi allungo e gli afferro il braccio, tirandolo di nuovo verso di me. Sembra determinato a liberarsi, quindi non lo trattengo. «Che significa?»

«Significa che non mi fido di te. Significa che non posso farmi coinvolgere perché non so quando mi toglierai il tappeto da sotto il culo.»

«Mi perdonerai mai per quella stronzata? È successa dodici anni fa!»

«E io sono ancora a pezzi per quello, cazzo!» urla. «Sono ancora innamorato di te, testa di cazzo. Non è cambiato niente per me in dodici anni.»

Io sussulto. Non vorrei, ma lo faccio. Sono così abituato a nascondere ciò che siamo, ciò che sono, che ora mi viene istintivo. Lui sta aspettando una risposta, e non posso dargli quella che vuole. «Io non... non so cosa dire.»

«Dimmelo anche tu» mi prega Will. Il cuore mi martella nel petto a un ritmo spezzato, e il sudore mi scivola giù dalla nuca. Non posso dirlo. Metterebbe in moto cose sulle quali non avrei alcun controllo. Lui scuote la testa e sospira. «È quello che pensavo.»

Will si libera dalla mia presa ed esce fuori dalla porta, e io lo lascio andare, perché dirgli che lo amo significherebbe rischiare tutto, comprese le nostre vite.

Capitolo 20

WILL

Ci metto più tempo del dovuto a tornare a casa. Non posso incontrare mio padre in questo momento, quindi gli mando un messaggio per avvisarlo che sono a venti minuti di distanza. Parcheggio la Charger in un posto tranquillo sulla panoramica. Per fortuna, non c'è nessun altro in giro che possa vedermi perdere il controllo. E lo perdo. Sfogo tutta la mia rabbia sul volante, lo prendo a pugni e mi appoggio al clacson mentre ruggisco per la frustrazione e il dolore finché non vengo travolto da una sensazione di impotenza, appoggio la fronte contro la pelle nera e mando giù il groppo che ho in gola. North mi chiama. Papà mi chiama. Sal mi chiama.

Mai solo, ma sempre solitario.

Non rispondo a nessuna telefonata, ma scrivo a Sal e le chiedo di accompagnare papà all'incontro.

Scrivo a Josh.

Io: Ehi, sei impegnato?

Josh: Sono un avvocato difensore, Will. Sono sempre impegnato.

Io: Giusto. Non importa.

Josh: Cosa, nessuna replica? Sei malato? Sul letto di morte, soffocato dall'uccello di quel biondo splendido?

No, ma mezz'ora fa lui stava soffocando col mio.

Io: Non in questo momento, no.

Josh: Cos'hai in mente Will? Non ti ho più sentito da quando abbiamo lasciato il Sinners. Non è da te non chiamare per una scopata della pietà.

Io: Fottiti, faccia di culo.
Josh: Vuoi fottermi? O fottermi il culo?
Io: Non è sostanzialmente la stessa cosa?
Josh: Ottima osservazione. Hai bisogno che venga da te?
Io: No, verrò io da te.
Josh: Gesù Cristo. Mi è appena caduto il telefono. Vieni tu da me?
Si è ghiacciato l'inferno?
Io: Ci vediamo tra un'ora.

Sono in piedi nel corridoio, ad aspettare che Josh mi apra la porta. Sono stato qui abbastanza volte da sapere che vive in quello che probabilmente è l'edificio più discutibile di Newcastle. Tutto è immacolato. Piastrelle, muri e soffitti sono bianchi, con eleganti superfici cromate e luci nitide e pulite.

Oltre a me, Josh è il figlio di puttana più disordinato che abbia mai incontrato, quindi appartiene a questo edificio più o meno quanto gli apparterrei io.

«Ehi» borbotto, mentre lui apre la porta. Ha ancora addosso il completo, un capo firmato grigio che ho già visto prima e che gli si adatta perfettamente. Si è pettinato i capelli ad arte con qualche prodotto e sembra stanco, ma presentabile. *Troppo* presentabile. Resisto all'impulso di allungare una mano e scompigliargli i capelli in modo che assomigli di più al mio amico Josh e non a un qualche robot aziendale ben vestito.

«Ehi a te» dice, allentandosi la cravatta. Gli lancio la bottiglia di alcol che ho comprato al negozio di liquori giù in strada ed entro nell'appartamento.

«Stasera tacchino, eh?» Josh esamina la bottiglia e fischia. «Perché ho la sensazione che sentiremo un'altra tiritera su *qualcuno ha fatto qualcosa di sbagliato*?»

«È venuta la domestica oggi?» chiedo, ignorando la sua domanda, mentre mi guardo attorno nell'appartamento insolitamente ordinato. Lui chiude la porta e mi passa davanti per andare nella cucina super splendente a versarci un bicchiere.

«Donna delle pulizie» dice. «E sì, Abigail oggi è venuta qui.»

«Non hai paura che frughi tra la tua roba mentre non ci sei?» Mi siedo al piccolo banco della colazione e gioco col tappo che ha appena tolto dalla bottiglia di whisky. «Tipo, se usasse quel dildo gigante che possiedi e tu non ne sapessi nulla?»

Josh mi guarda male. «Gesù, Will. Che diavolo di problemi hai?»
«Non so cosa sto facendo» sputo fuori.
«Questo non avrebbe niente a che fare con il biondo rude e sexy che l'altra sera hai spinto sotto un treno, vero?»
Lo fisso. «Spinto sotto un treno?»
«Andiamo, Will» Fa un sorrisetto, tirando fuori un paio di bicchieri e versando il liquido ambrato. «È stata una mossa abbastanza da cretino, metterlo alla prova in quel modo.»
Era così evidente?
So di essere stato uno stronzo, ma avevo bisogno di sapere. Avevo bisogno di vedere se riusciva a gestire il fatto di far parte di questa vita, e per molti versi ha messo molto più alla prova me che lui, perché non ero sicuro di voler sapere la risposta.
«Se lo sapevi allora perché cavolo gli hai reso le cose così difficili?» chiedo.
Josh fa spallucce. «Mi piace giocare a fare il gay con chi li odia.»
«Lui non li odia» scatto.
«Non è nemmeno uno di noi.» Mi allunga il bicchiere di whisky e io lo butto giù in un solo colpo.
Arriccio il naso e mi batto il petto mentre il liquore mi brucia l'esofago. «Gesù, sa di piscio.»
«L'hai comprato tu.»
«Sto impazzendo Josh, cazzo.» Scuoto la testa. «Non riesco nemmeno a pensare lucidamente.»
«Questo perché, come un coglione, ti sei innamorato *di* un coglione.» Josh prende la bottiglia di whisky e va verso il divano. Mi sfugge una risata senza ironia, prendo i bicchieri dal bancone della cucina e lo seguo, cadendo sul divano morbido quando lui mi strattona il braccio. «Accomodati, William. Passerai la notte qui e ci prenderemo una bella sbronza.»
Annuisco. Non dovrei, perché devo spacchettare le consegne e c'è un mucchio di altra roba da fare domattina prima dell'apertura, ma non me ne frega un cazzo. Ho bisogno di questo. Ho bisogno di scaricare. E per una volta ho bisogno che la mia vita venga guidata da qualcosa che non sia il lavoro.
«Dov'è il minorenne stasera?»
«Brad» dice, senza nessuna emozione, «è andato a casa da sua madre.»

«Merda» dico. «Niente più culo minorenne per te.»

«Oh, tornerà» dice lui. «E ti ricordo che i diciotto anni sono perfettamente legali.»

«I diciott'anni sono un disastro che aspetta di compiersi. Ti ricordi com'eri a diciotto anni? Perché io ero un completo incapace.»

«Stai evitando il discorso, William.»

«Gli ho detto che lo amo» mi lascio sfuggire.

Josh mi guarda torvo, come se fosse offeso da quell'osservazione.

«Sei matto, cazzo?»

«Non lo so.» Scuoto la testa. «Non ha importanza, comunque. Gliel'ho detto e lui è trasalito. È trasalito davvero, cazzo.»

Josh mi prende la mano e la stringe. «È solo spaventato. Da quanto siete usciti allo scoperto?»

Alzo le spalle, perché so che non vuole davvero saperlo, è una domanda retorica.

«Ha bisogno di tempo, e tu glielo darai. E poi quando si riprenderà, glielo darai davvero» dice facendomi l'occhiolino.

Io annuisco, ma il mio cuore non se la sente per niente, perché ancora una volta mi ritrovo in piedi sull'orlo di un precipizio. Le mie dita penzolano precariamente dal bordo, e non so se salterò o se l'intera parete rocciosa si sgretolerà sotto il mio peso.

Un tempo, North ha distrutto tutto il mio mondo. Ho promesso a me stesso che non ci sarei mai più ricaduto. A quanto pare ho mentito.

Capitolo 21

WILL

North praticamente sibila nel momento in cui si siede di fronte a me sullo sgabello del bar. «Dov'eri ieri notte?»

«Ciao anche a te.»

Ha la mascella serrata, lo sguardo duro e accusatorio. Se fossimo da soli mi punirebbe, o almeno ci proverebbe. «Ti ho chiamato.»

«Ho spento il telefono.»

«Sono passato.»

«E io non c'ero» dico. Lui digrigna i denti. «Vuoi bere birra oggi, North? O hai bisogno di qualcosa di un po' più scuro che si abbini al tuo umore?»

«Bundy» abbaia, e io alzo un sopracciglio. L'ultima volta che ha bevuto rum Bundy nel mio bar è finito mezzo nudo sulla tromba delle scale con la mia mano infilata nei pantaloni. Il suo cipiglio si infittisce. «Stai evitando la mia domanda.»

«Non me l'hai chiesto in modo carino, ma vedo che sei sconvolto da questa cosa quindi sarò abbastanza gentile da porre fine alla tua sofferenza.» Prendo la bottiglia di Bundy dallo scaffale e gli verso un bel bicchierino. *Ho la sensazione che ne avrà bisogno.* «Ero a Newcastle.»

«Hai detto che dovevi accompagnare tuo padre all'incontro.»

«Cambio di piani.» Finalmente realizza, e la sua risposta è esattamente quella che mi aspettavo. Diventa rosso di rabbia.

«Te lo sei scopato?» domanda North, a voce troppo alta. Si guarda intorno nel bar per vedere chi ci sta osservando. A nessuno potrebbe importare di meno.

Mi sporgo in avanti. «Attento, North, ti stai avvicinando pericolosamente a sembrare un amante geloso.»

«Dimmelo e basta. Per favore…» dice, buttando giù l'intero bicchiere di rum e facendomi cenno di versargliene un altro. Glielo riempio di nuovo e mi allungo per prendere il tubo della soda, ma lui lo copre con la mano; scuoto la testa e glielo faccio doppio.

Qualcuno stasera è uscito per bere come una spugna. A una parte di me piacerebbe potersi unire a lui. Una volta era semplice. Ragazzo incontra ragazzo. Al ragazzo piace il ragazzo. Il ragazzo si scopa il ragazzo, e poi il ragazzo trova qualcun altro con cui giocare su *Grindr*. Ora è… complicato.

Vengo chiamato per servire altri ordini, ma da qualche parte tra il terzo e il quarto bicchiere ho pietà del povero bastardo. «Non abbiamo scopato. Mi ha ascoltato frignare e lamentarmi di te per diverse ore, ci siamo ubriacati e abbiamo dormito nel suo letto. Non è successo niente.»

Pensavo che la mia confessione potesse calmarlo, ma anzi sembra ancora più arrabbiato.

«Cosa c'è?» dico, perdendo la pazienza con tutte queste stronzate.

«Hai dormito nel suo letto?»

«Sì, è lì che di solito dormono le persone.»

North serra la mascella. Ha le guance rosse di rabbia e il suo sguardo cupo penetra il mio. «Da oggi in poi, non dormirai nel letto di nessuno a parte il mio.»

Mi sono svegliato in un universo parallelo o questo è lo stesso uomo che ieri ha sussultato quando gli ho detto di amarlo?

«Tappezzerai tutto il paese con una serie di annunci adesso? Perché per come la vedo io, non puoi dirmi nel letto di chi devo dormire finché non sarai pronto a far sapere a tutti che faccio molto di più che dormire nel tuo» scatto, e mi allontano prima di dire qualcosa di cui potrei pentirmi. E mentre prima gli altri clienti potrebbero non aver badato a noi, la piccola scenata di gelosia di North ci ha appena fatto ottenere un sacco di attenzione indesiderata. L'intero bar guarda il nostro scambio di battute, e lui è troppo distratto per notarlo.

Rob Underwood si avvicina, dando una pacca sulla spalla di North e facendolo sussultare. L'uomo mi guarda storto. «Cosa sta succedendo, figliolo?»

«Niente.» North si scrolla via la mano di Rob dalla spalla.

Io mi volto e riempio altri bicchieri, perché in giorni come questi ho bisogno di tutto l'autocontrollo possibile per avere a che fare con l'uomo che ha abusato di North mentre stava crescendo. Tutte le botte, il disinteresse e gli attacchi d'ira da ubriaco...

Rob Underwood è davvero il peggio che l'umanità ha da offrire, e per il modo in cui ha cresciuto suo figlio sarebbe dovuto finire in prigione una vita fa.

«Sai, stai attirando un sacco di attenzione. I ragazzi stanno cominciando a chiedere di cosa si tratti, e perché tu stia parlando con questo frocetto.»

«Dacci un taglio, papà.»

Lui si china in avanti e abbassa la voce: «Non sembrava una lite su quanto alcol ti sta versando nel bicchiere, perciò mi viene da chiedermi di che diavolo stessi parlando con un cazzo di omosessuale.» Sbatte il bicchiere vuoto sul bancone. «Riempimelo.»

«Penso che tu ne abbia avuto abbastanza, non è così, Rob?» dico.

«Penso che se sai cos'è meglio per te, chiuderai quella piccola bocca da smidollato e mi darai un'altra birra.»

Proprio mentre sto per inondare questo stronzo con l'acqua gelata del tubo della soda, North si gira e lo colpisce dritto in faccia con un pugno. Rob barcolla all'indietro. Il rumore sordo del pugno è come un segnale per gli altri clienti. Tutto si ferma. Gli occhi di tutti si spostano sul trambusto e ogni corpo nella stanza si immobilizza. Tutti a parte North, che scuote la mano mentre suo padre si tiene il viso. Servono solo due secondi a Rob per ritrovare la compostezza e si rialza dondolando e tirando pugni a destra e a manca, finché alla fine trova la tempia di North, che non sta cercando di tirargli un altro pugno solo perché è troppo occupato a schivare i suoi. E per quanto amerei vedere North picchiare a sangue quel vecchio stronzo maligno, non posso stare a guardare e lasciare che questo accada nel mio pub.

Mentre Jenny si rannicchia nell'angolo, Sal tira fuori la mazza da baseball da sotto il bancone e lo scavalca per riuscire a raggiungerli. Mi lancio anch'io dall'altra parte del bar e afferro le spalle di North, tirando indietro questo coglione robusto. Papà cerca di fare la stessa cosa con Rob, ma lui lo spinge via. «Toglimi di dosso quelle cazzo di mani amanti dei frocetti, zoppo.»

Mio padre non sussulta nel modo in cui avrei potuto fare io. Batte a malapena ciglio. Afferra la maglia di Rob e gli dà una testata, però. Il sonoro *crack* mi fa rivoltare lo stomaco dalla paura, ma ha vita breve quando Rob barcolla via dalla presa di papà e biascica: «Froci del cazzo, tutti quanti voi.»

North tenta di divincolarsi dalla mia presa. Ogni cellula del suo corpo vibra di rabbia, per la voglia di punire e sfigurare, ma prima che lo lasci andare dovrà strapparmi via le braccia. Non lo lascerò diventare come suo padre.

«Vai fuori dal cazzo e dal mio pub. Sei bandito a vita» urla papà, mentre Rob barcolla verso la porta. «Se ti vedo ancora qui, te ne andrai con molto di più di una testa dolorante.»

«Te ne pentirai. Tutti voi» sputa Rob. L'odio nel suo sguardo non è rivolto a North, o a mio padre: è esclusivamente per me. «Te ne pentirai.»

Trascino un riluttante North fuori dall'uscita sul retro e nella birreria all'aperto, vuota. Lui prova a tornare dentro, ma io lo spingo all'indietro.

«Spostati» dice.

«Datti una cazzo di calmata» scatto io. «Avevi voglia di una lite da quando hai messo piede qui, oggi pomeriggio. Probabilmente anche da prima, a giudicare dal tuo umore.»

«Non deve permettersi di chiamarti in quel modo.»

«Notizia dell'ultima ora, testa di cazzo, la libertà di parola significa che può chiamarmi come cazzo gli pare. Non è l'unico coglione in città a farlo» dico, prendendo un respiro profondo, perché serve la pazienza di un santo per avere a che fare con un Underwood una volta che ha premuto il pulsante in grado di trasformarlo in uno stronzo. «Pensi che lasci che mi dia fastidio?»

«Non dovrebbe dire stronzate del genere.»

«A metà delle persone in questo pub non dovrebbe nemmeno essere concesso di respirare ossigeno prezioso, ma lo fanno. Cosa intendi fare, picchiare tutto il paese?»

«Ci sto pensando» dice, alzando gli occhi verso un cielo infuocato al tramonto.

«Allora sei un idiota. Sono solo parole, North. Non hanno alcun peso a meno che tu non gli dia importanza. Le persone possono farti sentire inferiore solo se gliene dai la possibilità.»

«È per questo che ti lamentavi di quei due tizi fuori dal *Sinners* quando ci hanno chiamati froci?»

«No. Mi stavi facendo incazzare e avevo davvero voglia di spaccare la testa a qualche coglione» dico, con lo sguardo che trattiene il suo. È vero solo in parte. Per la prima volta da quand'ero ragazzino, ho lasciato che quelle parole pungenti mi affondassero nella pelle, proprio come volevano quei bastardi. Ho perso il controllo perché sapevo che per North non erano solo parole. In apparenza, tra noi due è sempre stato lui quello più forte, ma ha anche un lato fragile che nessuno vede, a parte me. Un aspetto che sento il bisogno di proteggere.

«Il punto è che devi smetterla di lasciare che quell'uomo controlli la tua vita. Odio dover essere io a dirtelo, ma tuo padre è uno stronzo. Lo è sempre stato e non importa cosa fai, resterà sempre uno stronzo.»

North rilascia un respiro aspro e si fa scorrere la mano tra i capelli. «Tu non puoi capire.»

«Sì, invece.» Tiro fuori il portafogli dalla tasca posteriore e prendo lo spinello all'interno. Normalmente non fumo durante il turno di lavoro, specialmente non qui fuori quando è ancora giorno, ma potrebbe far bene a entrambi calmare un po' i nervi, quindi lo accendo e prendo alcune lunghe boccate prima di passarlo a lui.

Fissa la canna che ha in mano. «Gesù, sei un fattone.»

«E tu un alcolizzato» dico.

Fa spallucce. «Sono un alcolizzato solo perché così ho una scusa per vederti.»

«Non hai mai avuto bisogno di una scusa» dico, fissando il suo viso affranto. Mi allungo e gli accarezzo una guancia. «Lui non ha importanza. Tutto ciò che importa è questo. Alla fine della giornata, tutto ciò che conta è che tu sia felice.»

«È da quando eravamo ragazzini che non sono felice.»

«Allora non pensi che sia ora di fare qualcosa a riguardo?» chiedo, strappandogli lo spinello dalle dita quando mi rendo conto che sta lasciando che si consumi senza nemmeno prenderne un tiro.

«Tipo cosa?»

«Vai da un dottore. Fai cose che ti diano gioia» dico, in modo sarcastico. «Parla con qualcuno.»

«I veri uomini non parlano dei loro sentimenti, Will.»

«Stronzate. Da quando sei uscito dalla vagina di tua madre, tuo padre ti ha raccontato solo bugie. Le emozioni, piangere, essere infelice, eccitarti per un uomo non fanno di te una merda. Non ti rendono una femminuccia o un finocchio. Ti rendono umano. Tu sei incredibile. Sei avventuroso, divertente, quando non ti comporti da idiota, e sei coraggioso, anche se non lo sai.»

«Hai dimenticato spaventato, incasinato... e bugiardo.»

«Perché quelle cose?»

«Perché è quello che sono.» Fa spallucce. «Sai, sulla carta mi sento come se avessi tutto sotto controllo. Ho superato tutte le sfide... tutte tranne una.»

«Che sfide stai superando? Le tue personali?»

«No.»

«E allora perché hanno importanza? Fai in modo di essere felice, North» dico, dandogli dei colpetti sulla guancia e prendendo un ultimo tiro dallo spinello, prima di spegnerlo sulla staccionata consumata dal tempo e mettere in tasca il resto per dopo. Cammino di nuovo verso l'entrata. «Al diavolo tutti gli altri.»

«Will» dice, prima che possa allontanarmi. «Tu sei felice?»

Non gli rispondo, gli rivolgo solo uno dei miei soliti sorrisi ed entro di nuovo nel pub. La verità è che la mia felicità dipende da qualcun altro.

Lui.

Capitolo 22

Dodici anni fa

Il furgone di papà fa retromarcia sul vialetto e, nel momento in cui non sento più il rumore del motore, spingo Will all'indietro sulla schiena, spogliandolo e prendendolo, faccia a faccia, sullo scafo di una barca che la salsedine e il tempo hanno ripulito fino a ridurla all'osso.

Dopo, restiamo lì sdraiati sotto le stelle, come abbiamo sempre fatto fin da ragazzini, solo che stavolta siamo nudi e soddisfatti, e la tiepida brezza estiva diffonde un profumo di gelsomino e ogni tanto trasporta l'odore acre di alghe dalla baia verso di noi. Ascolto le onde che si infrangono a riva e Will mi prende la mano. «Ti chiedi mai come sia in altre parti del mondo?»

«Cosa intendi dire?»

«Non lo so.» Fa scorrere un polpastrello sul palmo della mia mano, tracciando le linee e i calli incisi nella pelle. «Pensi mai ad andartene da qui, a vedere il mondo? Scopare nelle isole greche? Dormire in una macchina in Europa? Bere shot di tequila in Messico? Correre nudo nella neve ad Aspen?»

«Intendi dire a congelarmi il cazzo?»

«Non congeleresti. Lo terrei al caldo io per te» dice Will, prendendo il mio uccello tra le dita lunghe. Questo coglione fa scorrere la mano su e giù, e io la scaccio via, anche se sono già duro e impaziente di cominciare. Lui ride e poi torna serio, e io mi giro in modo da poter vedere il suo viso al chiaro di luna. «Sono serio.»

«Non lo so. Immagino di non averci mai pensato.»

«Io ci penso.»

Alzo gli occhi al cielo. «Ma non mi dire.»

Dopo una lunga pausa dice: «Io ci andrò, e voglio che tu venga con me.»

«Cosa, tipo viaggiare insieme? Cosa penserebbe la gente?» Mi si forma un nodo in gola e la paura mi attanaglia lo stomaco.

«Un sacco di amici fanno viaggi oltreoceano insieme.»

Lo prendo in giro. «Scopano anche nella neve in Siberia?»

«Aspen è negli Stati Uniti, porco ignorante.» Will ride.

«Quel cazzo che è. Sai che non avrò mai l'opportunità di vederla, quindi a chi diavolo importa dove sia?»

«Perché non avresti la possibilità di vederla?»

«Andiamo Will. Pensi davvero che possa lasciare mio padre in questo stato? Chi altro gli ricorderà di mangiare? Cazzo, la maggior parte dei giorni dobbiamo cercare di racimolare abbastanza soldi per comprare un pezzo di pane.»

«E nonostante questo riesce ancora a trovare abbastanza soldi per comprare alcol» dice, in tono acido.

«Provaci tu a dirgli che non può bere coi soldi che guadagna.» Sospiro. «Gli esami sono finiti, e ho già trovato un posto di lavoro all'acciaieria. Inizio a gennaio. Penso di aver quasi convinto papà a fare domanda.»

Will si mette a sedere, infilando rabbiosamente le gambe nei jeans. «E allora? Siccome non può controllare quanto beve, te ne starai semplicemente qui a fargli da babysitter per il resto della sua vita?»

«È un alcolizzato.»

«Tu odi tuo padre. Cos'ha mai fatto a parte picchiarti e dirti che non vali niente?»

«È sempre mio padre, Will.»

Il silenzio invade tutto lo spazio tra di noi. Gli si legge in faccia quanto è arrabbiato, ha la mascella contratta e un solco tra le sopracciglia, e so che non è per il fatto che non andrò con lui, ma perché dovrei essere arrabbiato. Dovrei odiare mio padre. Will ha ragione; non ha mai fatto nulla a parte dirmi quanto sono inutile. Mi ha fatto diventare lui così: questo ragazzino patetico ed emotivamente bloccato che non ha paura di niente ed è terrorizzato da tutto. Dovrei odiarlo, ma continuo ad aspettare che mi dica che è orgoglioso, che mi vuole bene, che è onorato di potermi chiamare "*figlio*". Mi sembra di aver aspettato tutta la vita per sentire quelle parole da mio padre e, anche se so che non le sentirò mai, continuo ad aspettare.

Allungo un indice e appiano la ruga che ha sulla fronte. «Dovresti andare. Vattene via da questa città. Mandami un sacco di cartoline. Puoi scoparti chiunque tu voglia, un ragazzo in ogni Paese.»

«Vedi, è quello il punto. Non importa dove vada, so che ci sarà sempre e solo un ragazzo che vorrò.»

«Vai. Non tornare indietro» dico, stringendo la presa sulla sua mano. «Non c'è niente per te in questo buco di città.»

«Ci sei tu.»

«Non vale la pena tornare per me.» Sorrido.

«Non hai idea di quanto vali; non ti è mai stato detto da qualcuno che ti ama.» Mi fa scorrere la punta di un dito giù per il naso e sulle labbra. «Finora.»

Afferro la sua mano e la stringo al petto, nella speranza che riesca a sentire il battito del mio cuore, sentire tutto ciò che ho dentro, anche se non posso dire quelle parole. Il groppo che ho in gola si gonfia e mi si forma un nodo allo stomaco. Sono grato che il chiaro di luna ci oscuri un po', perché fa un male cane dire: «Non tornare qui. Questa città non è altro che cuori rabbiosi e amareggiati e persone infelici. Io appartengo a questo posto. Ma tu, Will Tanner, potrai anche essere nato qui ma non ti sei mai adattato, perché non c'è un'altra anima come te in questo posto. Tu appartieni a quelli là fuori; al Messico e alla Grecia e alla dannata Aspen "*congela cazzi*". Non qui. Qui è dove la speranza viene a morire, e tu meriti di meglio.»

«Anche tu» dice con voce roca, baciandomi la punta del naso.

«Nah.» Scuoto la testa e mi giro sulla schiena, guardando il cielo dipinto di stelle. Mi uccide pensare che un giorno lui potrebbe essere sotto lo stesso cielo in un altro fuso orario, a quindicimila chilometri di distanza, sdraiato con un altro uomo. «Io morirò solo; un ubriacone arrabbiato e amareggiato proprio come mio padre.»

«Allora lo farò anch'io.»

Rido senza umorismo. «È quello il punto di morire da soli: devi essere da solo.»

«Tu odi stare da solo» mi ricorda Will. «Quindi ti terrò compagnia.»

Gli avvolgo un braccio intorno alla spalla e lo attiro a me. Gli bacio la testa perché è un sogno bellissimo, ma sarà soltanto quello. Un sogno. Nessuno capirebbe. Non qui. E io non posso andarmene. Quindi per adesso decido di restare qui sdraiato col mio migliore amico, con colui che rappresenta casa, e per un breve tempo sogno di visitare tutti quei posti di cui abbiamo parlato insieme. Sogno di una casa su una collina, e di notti lunghe in cui le mie mani percorrono ininterrotte il suo corpo, di invecchiare e morire fianco a fianco.

Ma è quello il problema dei sogni. La realtà ti sbatte di nuovo giù sulla terra, e ti chiedi come hai fatto a sperare in qualcosa di più di quello che hai, perché è tutto una bugia.

Tutte le bugie che diciamo a noi stessi e le bugie che diciamo agli altri, non fanno bene a nessuno.

Capitolo 23

Sono seduto fuori sul patio da troppo tempo. La casa è così tranquilla in questo momento. Tammy oggi è tornata a prendere tutta la sua roba mentre ero al lavoro. Ha lasciato la sua chiave sul tavolo, il che mi ha sorpreso, perché non pensavo ne sarebbe stata capace. Questa è Red Maine; nessuno chiude mai le porte a chiave. Mi fa rendere conto del fatto che non le ho dato altro che false speranze lasciando che si trasferisse qui, e mi sento abbastanza di merda per questo. Voglio dire, non è che le abbia mai detto di amarla, ma immagino abbia letto tra le parole che non le ho mai detto e abbia immaginato nella sua testa che fossimo qualcosa che non eravamo. Insieme alla chiave, mi ha lasciato anche un biglietto:

North,
marcisci all'inferno.
Tammy

Era incazzata, e non la biasimo, ma non aveva alcun diritto di parlare a Will in quel modo. Mi ha imbarazzato che qualcuno che mi sono scopato, qualcuno che ho lasciato vivere sotto il mio tetto abbia parlato di lui in quel modo mentre era a portata d'orecchio, e per molti versi mi ha fatto paura. È così che mi guarderanno le persone se mai dovessi fare *coming out*?

Fare coming out. Gesù, non devi essere gay per uscire allo scoperto? Voglio dire, cazzo. Amo scopare Will, ma non riesco a immaginarmi con qualsiasi altro uomo. In realtà, non riesco a immaginarmi con nessun altro, punto. Uomo o donna. Non sono ancora sicuro che questo mi renda gay. Sarebbe molto più facile se mi piacesse solo la fica, ma nessuna fica mi ha mai fatto sentire come mi fa sentire Will.

Mi alzo e prendo un'altra birra dal frigo. Togliendo il tappo, lo getto nel lavandino vuoto e mi rendo conto che la casa non mi piace. È troppo grande, troppo tranquilla, e troppo solitaria. Sembra un cazzo di showroom. Tam l'ha arredata per me dopo che l'ho costruita. Voleva parlare di tavoli e divani e tutte quelle stronzate, e io le ho allungato la mia carta di credito e l'ho lasciata libera mentre andavo al pub. Non ero interessato agli oggetti. Li avevo. Gli oggetti non sono importanti.

Quello che conta è se una casa ti fa sentire a casa. E nessun altro posto mi faceva sentire più a casa della stanza di merda e disordinata di Will sopra al suo squallido pub.

Metto giù la bottiglia e, prima ancora di sapere che cavolo sto facendo, raccolgo le chiavi dal tavolino ed esco dalla porta. Salgo sul furgone e lo accendo. Ora, questa piccolina è una cosa che posso permettermi: una Toyota Hi Rider Double-Cab; i cinquantamila dollari migliori che abbia mai speso. Mi fermo dietro al pub, dove di solito parcheggio quando vengo qui a tarda notte, così nessuno vedrà il mio furgone se dovessero passarci davanti. È l'una passata e, come tutti i residenti nelle case della città, dovrei essere a letto a dormire, ma non riuscirei a chiudere occhio nemmeno se mi pagassero.

Deve avermi sentito arrivare perché Will mi aspetta sulla porta sul retro, la stessa che ha usato per sparire stamattina dopo avermi fatto quel piccolo discorso d'incoraggiamento. Non dice niente, fa solo un passo indietro per lasciarmi entrare, ma io gli prendo il viso tra le mani e dico: «Voglio essere felice.»

Lui annuisce, e io porto le labbra sulle sue e lo bacio. Siamo proprio davanti alla strada.

Qualcuno potrebbe vederci, ma l'idea non mi sfiora; tutto ciò che mi importa è essere con lui.

Interrompendo il bacio sussurra: «Andiamo a renderti felice.»

Chiude la porta col piede e lottiamo nell'ingresso, aggrappandoci l'uno ai vestiti dell'altro finché non raggiungiamo le scale interne. Will va per primo e io gli prendo la mano mentre saliamo. Si volta a guardarmi in modo interrogativo. Ci sono un milione di cose che voglio dirgli, ma sono troppo un cagasotto. Will si gira e mi accompagna alla porta, poi la apre. Non appena la oltrepasso la chiudo a chiave. Lui si sbottona i jeans e li scalcia via. La sua maglietta li segue poco dopo e rimane nudo in piedi davanti a me, il suo uccello proteso in avanti orgogliosamente. Mi inginocchio, sepolto sotto il peso del dolore, per cosa non ne sono nemmeno sicuro.

«Be', quella non è esattamente la reazione che speravo» borbotta. La mia faccia si deforma.

Un dolore incandescente mi attraversa il petto, e mi sento come se non riuscissi a respirare. Mi si stringe la gola, le lacrime mi pungono gli occhi e mi sfugge un singhiozzo, molto più animale che umano.

«Ehi» dice Will, mettendosi in ginocchio e avvolgendomi tra le braccia. «*Shh*. È tutto okay.»

«Che cazzo c'è che non va in me?» sibilo.

«Niente.»

«Questo non è niente, Will. Non è normale. Non voglio più essere me. Non so chi cazzo sono. Voglio solo essere normale.»

«Chi dice che questo non sia normale?» dice lui, tranquillamente.

«Questa intera città del cazzo, per prima.»

«E chi sono loro per te?»

«Non farlo.» Mi dimeno tra le sue braccia, ma lui non mi lascia andare.

«Non fare cosa? Mettere in dubbio ciò che vuoi per davvero?» dice. La calma rilassante nel suo tono di voce è sparita. «Lascia perdere, North. Fai quello che vuoi, e 'fanculo tutti gli altri. Quei coglioni possono succhiarmi il cazzo. Tu che cosa vuoi? Quando la sera appoggi la testa sul cuscino, qual è l'ultima cosa a cui pensi?»

«Te» dico. È la verità, e se devo essere sincero con me stesso, è tutto ciò che ho sempre voluto. «Tu sei tutto quello a cui penso. È così da anni.»

Lui rilascia un sospiro. «Allora fa' qualcosa a riguardo. Se sono quello che vuoi davvero, allora prendimi.»

«Proprio così, eh?»

«Proprio così.» Will annuisce. Gli prendo il mento tra le dita e mi chino. Lui non si avvicina. Invece, aspetta che prema le mie labbra sulle sue. Lo bacio, ma non con il mio solito vigore. Lo bacio lentamente, come se avessimo tutto il tempo del mondo.

Mi sfila la maglia da sopra la testa con la stessa paziente indolenza, e sono grato del fatto che non stia provando ad affrettare le cose. Forse per la prima volta in tutta la mia vita, ho bisogno che questa cosa si basi su una connessione, su qualcuno che mi vede non solo come una bella scopata, ma come un essere umano meritevole.

No, non qualcuno. *Will*. Ho bisogno che Will mi veda in quel modo.

Lo spingo all'indietro sul pavimento di legno, scalciando via i vestiti e tutte le altre cose che ci stanno tra i piedi. Lui mi fa scorrere le mani sul petto e giù fino al bottone dei jeans, aprendolo e abbassando la cerniera prima di farmeli scivolare via dai fianchi. Li tolgo del tutto e li butto da parte, spostandomi nello spazio tra le sue gambe. Will mi tira sopra di lui e mi tiene stretto. Il mio cuore palpitante fa i salti mortali e per quanto voglia seppellirmi dentro di lui, per quanto voglia prendere i miei sentimenti e ficcarglieli tanto a fondo quanto andrà il mio uccello, non posso. Invece, crollo su di lui. Gli offro il peso dei segreti che mi opprimono ogni giorno, e gli consento di tenermi insieme mentre cado a pezzi.

Capitolo 24

WILL

Sbattendo gli occhi stanchi verso il cielo grigio fuori dalla finestra, mi giro e controllo l'orologio. Merda. «Cazzo. Alzati» dico, e colpisco la testa di North con il cuscino.

«*Ahia*, ma che cazzo?»

«Alzati. Ci siamo addormentati.»

Lui geme e scaccia via il cuscino che cade sul pavimento. «Merda.»

«Già, la mia consegna arriverà tra circa tre minuti e, a meno che tu non voglia che tutti sappiano di questa cosa, devi andartene prima di allora.»

«Potrei semplicemente restare a letto» dice.

Mi acciglio, desiderando di non dover aprire il bar ogni giorno della mia dannata vita. «Fottiti.»

«Okay, va bene. Che ne dici se volo in doccia? Dubito fortemente che il tizio delle consegne verrà a vedere se c'è qualcuno là dentro, e poi quando hai finito puoi raggiungermi.»

«Ottima idea.»

«Ne sono pieno.» Mi fa l'occhiolino.

«Be' no, solo di una, in realtà» dico, lanciando un'occhiata all'erezione in bella mostra mentre lui si tira giù le coperte sui fianchi. E non è tutto ciò che sta tirando. North si prende l'uccello e fa scorrere la mano chiusa a pugno sulla cappella. Io gemo, il mio cazzo si contrae mentre infilo i jeans che ieri notte ho abbandonato sul pavimento.

North fa un sorrisetto. Alzandosi dal letto, mi afferra il pacco e gli dà una strizzata gentile. Non ci siamo detti altro ieri sera, siamo semplicemente rimasti sdraiati sul pavimento per molto tempo a stringerci l'un l'altro.

Dopo che era diventato silenzioso, l'avevo tirato verso il letto e avevamo scopato, ma non c'eravamo graffiati la carne nuda in modo frenetico come al solito. Non era stato un atto alimentato da rabbia o disperazione. Era stato lento e tenero, e per questo motivo strabiliante, cazzo. Stamattina siamo entrambi più liberi. Lo vedo dal modo in cui si muove, dalla vivacità dei suoi passi e la luce nei suoi occhi. Anche quando eravamo ragazzini, non ha mai avuto questo aspetto.

Mi preme un bacio sulla spalla e quando raggiungo la sua erezione tesa lui si libera dalla mia presa. «Vai a ritirare la consegna, ma non metterci troppo. Non posso promettere che non inizierò senza di te.»

«Stronzo» borbotto con lo sguardo che percorre avidamente il suo corpo, mentre s'incammina verso il bagno.

Dio, che voglia di affondare i denti in quel culo dolce.

Sento dei colpi al piano di sotto e grido: «Sto venendo.»

A questo, North ridacchia e replica: «Non ancora ma lo farà presto, se posso dire la mia.»

«Entra in quella cazzo di doccia, perché se continui a stuzzicarmi dovrò perdere la consegna e sarà colpa tua se l'intera città resterà senza birra nel fine settimana.»

«Significa che ti avrei tutto per me? Perché non mentirò: l'ipotesi che tu perda quella consegna mi piace sempre di più.»

Scuoto la testa e mi infilo una maglietta dei *Them Crooked Vultures* mentre vado verso la porta.

Dal piano di sotto arrivano altri colpi e mi sbrigo, in modo che mio padre non pensi di dover prendere la consegna al posto mio. Una volta ci aveva provato, ma non era pensabile che riuscisse a sollevare tutti quegli scatoloni. Si stanca dopo uno solo, e so che ieri stava facendo fatica dopo l'incidente col padre di North. In più, non avere l'uso totale della parte destra gli rende abbastanza difficile fare lavori manuali.

Mi chiudo la porta dell'appartamento alle spalle e scendo le scale del bar. Dentro è ancora troppo buio per riuscire a vedere con facilità, ma conosco questo posto meglio del palmo della mia mano, quindi accendo solo i neon. I colpi arrivano di nuovo, e so che Doug si starà incazzando con me perché ci sto mettendo troppo. «Scusa amico» dico, mentre apro la porta, ma non è Doug. Ci sono cinque uomini con il passamontagna davanti alla mia porta. *Cazzo.* Secondo me sono qui per consegnarmi davvero qualcosa, ma di certo non è il liquore per il bar. Chiudo la porta sbattendola. Non ho il tempo di bloccarla prima che qualcuno la riapra con un calcio e, visto che ci sono appoggiato contro con il corpo, finisco lungo disteso sul pavimento.

«Guardate ragazzi, ci ha steso il lungo tappeto gay di benvenuto» dice uno di loro. Tento di rimettermi in piedi ma mi ritrovo bloccato da uno stivale sulla spina dorsale. Qualcuno mi colpisce un fianco con un calcio, e le costole mi esplodono in uno scoppio di dolore. Sono senza fiato. Non riesco a respirare, e l'agonia è dappertutto. Mi giro su un fianco, e mi ritrovo con uno stivale nello stomaco e un altro sulla testa.

«È una piñata a forma di frocio» grida una voce familiare, e tutti mi scherniscono e ridono. Si incitano l'un l'altro mentre mi attaccano con stivali dalla punta in acciaio. Non ho neanche abbastanza tempo per prendere fiato prima che un calcio ben piazzato mi colpisca lo stomaco e un altro le palle. Non cercano la cassaforte, o i guadagni del pub del giorno prima. Sono qui per me. Sono qui per darmi una lezione: che essere me stesso non è buono abbastanza. Essere gay è inaccettabile.

E io non mi difendo, perché non posso. Non riesco a respirare, figuriamoci ad alzarmi in piedi e tirare un pugno. La paura mi sovrasta quando mi rendo conto che potrei morire qui, ma peggiora quando penso a North e a mio padre che si gettano nella mischia nel tentativo di proteggermi.

Le mie paure si realizzano quando la familiare parlata strascicata di mio padre diventa un ruggito che riempie la stanza.

«Ma che cazzo?»

Papà barcolla verso di noi, e colpisce l'uomo più vicino a lui col suo braccio inutile. Un impeto di stupido orgoglio mi attraversa quando gli assesta un bel colpo prima che altri due tizi si scaglino su di lui. Cadono tutti in un mucchio di mobili scheggiati, pugni e grugniti.

In quel momento ritrovo la voce e, considerando che sono in equilibrio su una linea molto sottile tra veglia e incoscienza, ho le costole in fiamme, i polmoni che gridano in cerca d'aria, e la bocca secca come il deserto anche se è piena di sangue, il mio aggressore, quello brutale che ha assestato al mio corpo rotto un calcio dopo l'altro, lo sente; il nome che chiamo. Quello che ho pronunciato per rabbia tanto quanto per desiderio. Quello che mi fa stringere le palle e che sulle mie labbra sembra ancora come qualcosa di bellissimo e proibito. Lui sa perché ho chiamato quel nome, anche se nessun altro nella stanza l'ha sentito.

«Tieni la bocca chiusa, frocetto, o la prossima volta tornerò e vi ammazzerò tutti e due» ghigna l'uomo sopra di me. Mi giro su un fianco e tossisco, schizzando di rosso il pavimento e gli stivali, mentre soffoco nel mio stesso sangue.

E poi il suo stivale mi colpisce in faccia.

Capitolo 25

Mi appoggio contro le piastrelle fredde e fisso il mio uccello proteso in avanti. Sospiro e faccio scivolare una mano sulla cappella, desideroso di aspettare Will ma anche di togliere di mezzo questa stronzata così posso prendermi tutto il tempo per scoparlo quando tornerà al piano di sopra.

Quanto cazzo ci vuole per queste consegne, comunque? Sono già riuscito a lavarmi tutto il corpo due volte. Sono stufo di lasciare il mio cazzo affamato di attenzioni, quindi lo accarezzo. Quando Will tornerà, lo farò mettere in ginocchio e gli ficcherò il cazzo in bocca, poi gli ordinerò di insaponarsi le lunghe dita, farmele scivolare nel culo e massaggiarmi la prostata fino a venirgli in gola.

Sento una porta sbattere. La porta dell'appartamento di Will, penso, e grido in modo che possa sentirmi al di sopra dell'acqua corrente: «Grazie al cazzo. Stavo iniziando a sentirmi solo qui dentro senza di te.»

Lui non risponde, quindi apro la porta di vetro e faccio capolino con la testa. «Will?»

Niente. Mi sfrego via l'acqua dagli occhi e decido che non posso più aspettare. So che gli ho promesso una doccia bollente, ma potremo sempre farla un'altra volta. Chiudo l'acqua ed esco dal box doccia, avvolgendomi in un asciugamano. Mi faccio scorrere le mani tra i capelli ed esco fuori dal bagno, rientrando nell'appartamento.

Il rumore di bottiglie rotte e risate filtra dalle scale e mi viene la pelle d'oca. Mi si stringe lo stomaco. M'incammino verso la porta e piano piano la apro di qualche centimetro. Noto che l'appartamento di Trev è spalancato, e corro giù per le scale più in fretta che posso. La mia stazza mi tradisce però, e non appena raggiungo il fondo delle scale, quattro uomini col passamontagna corrono fuori dall'uscita dove un tempo c'era la porta d'entrata. Il quinto è chinato su Will, e lo sta pestando a sangue.

Mi lancio in avanti, e lui solleva la testa di scatto. Resta folgorato da me. Sto ancora indossando solo l'asciugamano, e tutto ciò che riesco a vedere di lui sono gli occhi. La bile mi rivolta le viscere. Mi si stringe il petto e l'aria mi viene rubata dai polmoni come se fossi io quello in balìa dei suoi stivali. E lo sono stato in molte occasioni. Solo non in questa.

Potevo non essere io a dover sopportare la loro rabbia stavolta, ma ero la causa. Quei freddi occhi azzurri non sono accesi da risate o allegria, ma sono compiaciuti, soddisfatti. Sputa addosso a Will, e il messaggio mi colpisce forte e chiaro: delusione. Indegno. Vergognoso.

Mi muovo verso di lui, verso Will, e fa finta di attaccarmi. Sento delle sirene in lontananza, e uno degli altri infila dentro la testa e grida: «Andiamo. Qualcuno ha chiamato la polizia.»

Lui mi fissa, con gli occhi che si spalancano mentre ci guarda entrambi, e poi scappa. Entrambi si allontanano nelle prime ore del mattino, mentre io resto lì impalato. Faccio sfrecciare lo sguardo attorno alla stanza comprendendo scioccato quello che è appena successo qui e, quando gli occhi scivolano sul corpo inerte di Will ricoperto di sangue dalla testa al fianco, mi sposto verso di lui con i piedi che sembrano di piombo. Una parte di me non vuole avvicinarsi. Una parte di me ha paura che non si sveglierà, perché non ero qui... a proteggerlo. Mi accovaccio accanto al suo corpo e mi chino. La bile mi risale in gola quando vedo quanto sangue c'è sul pavimento e, quando gli afferro una spalla e lo giro, il tempo si ferma del tutto.

Ho il respiro corto e ansimante mentre gli premo una mano tremolante sulla guancia piena di sangue. Gli picchietto gentilmente il viso.

«Will, andiamo, svegliati. Will. Svegliati.» Lui tossisce. Il sangue gli schizza fuori dalla bocca. «Gesù Cristo, che cosa ti hanno fatto?»

«Papà?» Will apre l'occhio sinistro, l'altro è gonfio e completamente chiuso, e sbatte la palpebra verso di me con orrore. *Merda.* Non mi è neanche passato per la mente di cercare Trev; le mie uniche preoccupazioni erano Will e lo stronzo che l'ha picchiato. Da dietro il bar arriva un rumore di vetri rotti, seguito da diversi grugniti. «Sono qui.»

«Stai bene, Trev?» lo chiamo.

Lui ride e si fa vedere, accasciandosi contro l'angolo del bar mentre fa diversi respiri irregolari. È coperto di sangue, e piccoli pezzi di vetro gli decorano la pelle come spine lucide e affilate.

«Non riesco più a prendere botte in testa come una volta, e ho qualche piccolo pezzo di vetro addosso, ma credo che la piscina di alcol nella quale ero disteso abbia fatto un ottimo lavoro nel disinfettare le ferite, quindi mi va di lusso, cazzo.»

«Gesù Cristo.»

«Lui non è qui.» Tossisce Will. «Non lo sai... che Dio odia i gay?» Cerca di ridere alla sua battuta, ma finisce solo con l'ansimare di dolore. «Vattene via di qui.»

«Cosa?» dico. «No. Non ti lascio.»

«I poliziotti stanno arrivando.» Will mi stringe debolmente la mano. «Vai prima che sappiano che eri qui.»

«Chiamo un'ambulanza.»

«Mettiti dei cazzo di vestiti addosso. Non ho bisogno che i paramedici...» prende un respiro irregolare «tirino le cuoia per lo shock quando dovrei essere io quello a finire su una barella.»

«Tu resta qui, capito?» Gli bacio la mano e la metto giù gentilmente. «Continua a parlare a tuo padre. Non azzardarti a morire mentre mi allontano.»

«Melodrammatico.» Will ride. Non è un bel vedere con il viso tutto ammaccato e i denti coperti di sangue.

Ci sono pezzi di vetro dappertutto, una cosa che non avevo notato quando sono corso qui pochi secondi fa e ho i piedi con qualche ferita, ma non mi metterò di certo a piangere per questo. Concedo uno sguardo a Trev. È un po' acciaccato, si sta togliendo piccole schegge di vetro dalla pelle, ma quando passo alza lo sguardo e annuisce in risposta alla mia preghiera silenziosa. Sono certo che mi chiamerà se Will dovesse peggiorare e io dovessi portare di corsa il mio culo al piano di sotto.

Mi faccio strada tra i detriti e corro su per le scale. Le piante dei piedi protestano quando qualche pezzo di vetro mi affonda di più nella carne. Quando entro nell'appartamento di Will, mi guardo attorno per un attimo, come se non conoscessi lo spazio, come se non avessi passato qui ogni notte nelle ultime settimane. È solo quando raccolgo i vestiti, prendo il telefono e compongo il numero per le emergenze che mi rendo conto che sto tremando. Tutto il mio corpo vibra, con rabbia, con paura, con angoscia. Sto facendo fatica a calmarmi e l'operatrice al telefono deve chiedermi diverse volte quale sia l'emergenza prima che riesca a stabilizzare il mio respiro e dirle in maniera più calma possibile che abbiamo bisogno di due ambulanze. Le lascio l'indirizzo mentre mi infilo i vestiti. Abbandono l'asciugamano che indossavo sul pavimento e ci faccio scorrere sopra lo sguardo, notando il sangue denso e rosso rubino nei punti che non sono stati diluiti dalla mia pelle bagnata o dal sudore, e rosa negli altri.

Non può passarla liscia per questo.

L'operatrice mi chiede in che stato sia Will e se entrambi i feriti respirino ancora, se riesca a sentire il loro battito. So che non dovrei riattaccare. Posso sentirla abbaiare attraverso il ricevitore, ma non riesco più a trattenermi. La rabbia sovrasta il buonsenso e ruggisco la mia frustrazione lanciando il telefono fuori dalla finestra della stanza di Will. Delle macchine si fermano nel parcheggio, le sirene stridule perforano l'aria del mattino e io urlo con loro, mentre l'appartamento si riempie di luci lampeggianti blu e rosse.

Dopo un attimo lascio la stanza, chiudendomi la porta alle spalle e scendendo le scale il più tranquillamente possibile. A Will non farebbe per niente bene vedermi così devastato. Ho bisogno di calmarmi. Ho bisogno di andare a far visita a mio padre. Ho bisogno di spaccargli quella cazzo di testa.

Entrando nel bar, mi ritrovo faccia a faccia col sergente Johnson e l'agente Wheeler.

Hanno le pistole spianate e puntate su di me. Mi fermo di colpo e alzo le mani in segno di resa.

«Fermo» dice inutilmente l'agente Wheeler. Non ho nessuna intenzione di muovermi.

«Non lui, cretino» dice Trevor. «Gli aggressori se ne sono andati da un pezzo.»

Johnson abbassa la pistola. «Giù la pistola, agente.»
Wheeler guarda Johnson per avere conferma, e poi di nuovo me. Ripone lentamente la pistola nella fondina.
«Che cosa è successo qui?» dice Johnson.
«È successo mio padre.» Trattengo lo sguardo di Johnson. Lui e mio padre hanno dei trascorsi. Cavolo, lui e io abbiamo dei trascorsi, e so che non l'ha dimenticato.

In un piccolo paese, tutti conoscono i tuoi segreti. Anche quelli che pensavi di poter custodire. Ma non ero l'unico che stava per uscire allo scoperto, gli scheletri di mio padre stavano per essere liberati in massa.

Capitolo 26

Dodici anni prima

Aspetto che Rob Underwood si faccia vedere al pub prima di sgusciare fuori dal retro e correre per le strade deserte, dritto fino a casa di North. Controllo prima la Butt Rusted, una vecchia barca da pesca alla quale io e North avevamo strappato via le sedute per costruire un nuovo pavimento piatto sul quale sdraiarci. Quando eravamo ragazzini, portavamo qui i nostri sacchi a pelo e ci addormentavamo sotto le stelle. North non mi sta aspettando lì come speravo. Non è proprio al *cimitero*, ma è invece seduto alla fine del molo, con le gambe che dondolano nell'acqua e la testa abbassata. Parecchie bottiglie di birra vuote sono disseminate sul pontile attorno a lui. Il sole sta tramontando e la baia sembra che sia stata incendiata.

«Giornata impegnativa, eh?» Raccolgo una delle bottiglie e ci gioco mentre mi siedo accanto a lui.

Si sposta, mettendo un paio di centimetri tra di noi, ma non dice niente.

«Le hai bevute tutte tu? O tuo padre ha contribuito?»

«Ha importanza?»

«Be', sì. Considerato che sembra quasi tu stia per collassare e annegare, direi che ha molta importanza.» Mi alzo in piedi e gli afferro il braccio. «Andiamo. Mettiamo un po' di cibo nel tuo stomaco.»

«Non toccarmi, cazzo.» North mi spinge via. E più che ferirmi il corpo mi ferisce nell'orgoglio.

«Ma che cazzo North?»

«Che stiamo facendo?» biascica.

«Che intendi dire?» chiedo, anche se lo so. È stato stupido da parte mia pensare che questo momento non sarebbe arrivato. Questa è la parte dove lui dà fuoco a tutto ciò che siamo. È un miracolo che siamo durati così a lungo.

«Non possiamo continuare a fare questo, Will.» I suoi occhi azzurri incontrano i miei e sono sia disperati sia risoluti. «Non qui. Finiremo con le teste sfondate.»

«Potremmo andarcene» azzardo.

«E dove?» scatta lui. «Con cosa?»

«Inizieremo a risparmiare. Papà mi sta facendo fare più turni ora che gli esami sono finiti. Tu inizi a lavorare all'acciaieria tra qualche settimana. Risparmieremo un po' di contanti, metteremo da parte i centesimi e ce ne andremo via da qui.»

«Non possiamo semplicemente andarcene.» Non vuole incrociare il mio sguardo, continua solo a fissare il nulla della baia immobile al tramonto.

«Perché no, cavolo? Per quale motivo dovremmo restare qui?»

«Tutta la nostra vita è qui.»

«Ci rifaremo una vita da qualche altra parte.»

«Io non sono gay, Will...»

«Mi stai prendendo in giro con queste stronzate?» Ora ho la sua completa attenzione, e lo sguardo che mi rivolge mi fa desiderare che torni a ignorarmi.

«Non posso farlo. Non sono come te!» grida.

«Va' al diavolo, North.» Risalgo il pontile, ma non ho ancora finito, quindi torno indietro a passo svelto e lo sovrasto. «Se fosse stato chiunque altro, se stessi dicendo queste stronzate a chiunque altro potrei crederti, ma ti conosco, coglione. Questa non è solo un'avventura. Quella notte abbiamo tracciato una linea e tu da allora l'hai volutamente attraversata ogni volta che ti si presentava l'occasione, quindi non venirmi a dire che non sei come me. Stai facendo questo perché lo vuoi, perché hai sempre fatto e ti sei sempre fatto chi vuoi. Sei solo troppo codardo che qualcuno lo scopra.»

«'Fanculo.»

«Sì, 'fanculo a me. Sono io quello che ti ha fatto questo, vero? Sono io quello che ti ha reso gay.» Allungo le mani in segno di scusa. «Oh, aspetta, scusa, tu non sei gay, stai solo sperimentando. Quindi 'fanculo a me per essere l'unica cosa che vuoi e non puoi avere, perché sei troppo vigliacco per dimostrare a tutti che loro non hanno importanza e noi sì.»

«Che diavolo vuoi che faccia, eh?» ruggisce lui, inciampando sul posto e rovesciando le bottiglie vuote che girano e roteano su un fianco come birilli da bowling. Afferra la mia maglietta in un pugno. «Sai chi è mio padre. Sai com'è fatto. Sai come sono le persone di questa città, Will. Pensi che gli starebbe bene avere in mezzo a loro una coppia di froci che gioca alla famiglia felice?»

Mi lascia andare, lisciando con mano goffa la mia maglietta appena strappata. Il palmo largo preme contro il mio cuore martellante. Per molto tempo, rimaniamo entrambi in piedi in silenzio, a fissare la sua mano sul mio petto. «Questa è Red Maine, non Sydney. Nessuno qui va a marciare in strada con la bandiera arcobaleno gridando per i diritti dei gay. Fai quella stronzata qui e ti spaccano la testa. Non posso guardarti subire tutto questo. E non posso subirlo nemmeno io.»

«Allora vieni via con me» lo imploro, ma so già quale sarà la sua risposta.

«Non so perché la stai rendendo più difficile di come dev'essere» dice North.

«Perché non riesco a spegnerla come fai tu» grido. «Non riesco ad andarmene, cazzo. Vorrei riuscirci. Cazzo, alcuni giorni è tutto ciò che vorrei. A volte vorrei che quella notte non fosse mai successa perché sapevo che ci avrebbe portati a questo.»

«Che cosa vuoi da me, Will?» La voce di North si alza per sovrastare la mia. «Vuoi che ti dica che la fica semplicemente non fa più per me? Eh?» North mi spinge contro la ringhiera di legno, e io perdo quasi l'equilibrio. «È questo che vuoi da me?»

«Voglio che smetti di mentire, cazzo. A me, a questa città, a te stesso.» Mi passo la lingua sul labbro inferiore e sento il gusto del sangue. Non mi ero reso conto di essermi morso così forte. North segue il movimento. Sembra che voglia baciarmi, ma invece lancia un'occhiata all'acqua scura dietro di me. «Cazzo. Dimenticati della città; dimenticati di quei coglioni là fuori. Non hanno importanza. Sii semplicemente onesto; solo una volta, dammi tutto di te.»

«Stupido coglione. Ti ho già dato tutto di me. Ti ho dato ogni cazzo di cosa che ho.»

«No, non l'hai fatto.» Sospiro. «Non puoi essere chi sei senza dover chiedere scusa al mondo per quello, e io non posso essere chi sono senza chiedere scusa a te.»

North fa un passo indietro come se gli avessi appena dato uno schiaffo, e io mi volto e risalgo il pontile, calciando via una bottiglia vagante che cade nella baia con un tonfo.

Un tuffo alle mie spalle mi fa fermare di colpo. È proprio tipico di North cazzeggiare e scherzare su tutto. Continuo a camminare lungo il pontile, ma il disagio mi formicola lungo la schiena.

E se non si fosse tuffato?

È ubriaco. Non avrebbe mai dovuto stare così vicino all'acqua comunque. Mi volto, con lo sguardo che scorre sulla baia. Il mio cuore accelera. Il sudore mi imperla la fronte. Cazzo. Non lo vedo da nessuna parte. Corro lungo il pontile e mi tuffo. Nonostante la giornata calda, l'acqua è ancora fredda e mi punge la carne dalla testa ai piedi. Ignoro il dolore e torno sotto la superficie.

Il sale mi brucia gli occhi. Ho il respiro corto.

Non riesco a trovarlo. Cazzo. Non posso perderlo.

Risalendo per prendere aria, torno a galla e urlo il suo nome.

Niente. Faccio saettare lo sguardo dal pontile all'orizzonte e di nuovo a riva, sperando che questo sia solo uno scherzo cretino dei suoi per il quale lo prenderò a calci in culo più tardi, ma la paura che mi attanaglia lo stomaco mi dice che non sta giocando.

Passo di nuovo in rassegna la superficie della baia e vado sotto. Più lontano, c'è qualcosa di scuro nell'acqua. Spero vivamente che non sia uno squalo in cerca di krill, perché prendo la decisione di andargli dritto incontro. L'acqua mi strattona i vestiti mentre nuoto verso di esso e anche se ho gli arti stanchi, che sembrano di piombo, continuo ad avanzare, immergendomi di nuovo quando penso di essere vicino.

Ed eccolo lì sul fondo dell'oceano, con gli occhi spalancati che mi fissano senza vedermi. Vado più a fondo e lo prendo alla vita, tirandolo su. Lui non si oppone. Non aiuta. È un peso morto.

Torniamo in superficie, entrambi col respiro affannoso, ma ho l'impressione che il suo sia involontario e il mio cuore affonda a questo pensiero. Istinto. Lo tengo stretto il più possibile e nuoto verso la riva. Non è affatto una nuotata difficile, abbiamo fatto avanti e indietro nella baia migliaia di volte, ma trascinare i nostri corpi vestiti nell'acqua non aiuta. Nemmeno North aiuta. Non lotta, non si oppone, né mi assiste in alcun modo. Vorrei pestarlo a sangue per aver fatto una simile bravata.

Agganciando le braccia sotto le sue ascelle, lo trascino a riva, abbastanza lontano da sapere che non annegherà travolto dalla marea e affondo a carponi nella sabbia, mentre riprendo fiato.

North tossisce e farfuglia. Sta respirando, è vivo e vegeto, ma la sua espressione vuota mi fa capire che non è qui. È in catalessi. Con gli occhi vitrei e distratti è sdraiato lì, a pancia in giù sulla sabbia bagnata, il viso rivolto di lato, respira, ma non è vivo.

«Che cazzo c'è che non va in te? Eh?» grido. «Stai cercando di ucciderti? Di uccidere me? Cazzo, North.»

Lui non risponde. Non posso reggere questa stronzata. Mi alzo e me ne vado, ma ho paura che a un certo punto si ributti in acqua e non lo rivedrò mai più. Mi siedo accanto a lui e strizzo via l'acqua dall'orlo della maglietta, perché è tutto ciò che posso fare per evitare di picchiarlo.

Mi passo le mani sul viso. «Di' qualcosa. Dannazione, North. Di' qualcosa, cazzo!»

«Mi dispiace» sussurra, così piano che non sono sicuro di averlo sentito per bene.

«Mi dispiace? Cerchi di annegarti nella baia e ti dispiace?» Mi strofino le tempie. Ho la testa che pulsa di adrenalina o paura, non so quale delle due. Sono esausto. Sono stufo di lottare.

Voglio andarmene, ma proprio come ho detto a lui prima, non posso. «Gesù Cristo. Che cazzo c'è che non va in te?»

«Fa male. Voglio solo che smetta di far male, cazzo.» Si mette a sedere, piegando le ginocchia contro il petto e premendoci sopra la fronte. «Voglio solo farlo smettere.»

North si picchia la testa con la mano. Io gli afferro il pugno per cercare di farlo smettere. Cerca di divincolarsi, ma gli avvolgo le braccia intorno finché non cede. Singhiozzi sommessi e tremanti riempiono la sera attorno a noi e gli faccio appoggiare la testa al mio petto, mentre si aggrappa a me, afferrandomi le spalle come se avesse paura che possano portarmi via da lui.

«Va tutto bene» sussurro. «Stai bene.»

Rimaniamo così, l'uno tra le braccia dell'altro mentre il sole affonda dietro gli alberi. La baia è avvolta nel grigio-blu scuro del crepuscolo, e il chiaro di luna risplende sull'acqua. Non diciamo una parola, ma gli bacio la fronte e lo attiro più vicino. Tremiamo entrambi, con i vestiti pesanti dell'eccesso d'acqua che il calore dei nostri corpi non è riuscito ad asciugare.

«Dove potremmo andare?» sussurra North, con la voce gracchiante per la sabbia e le grida.

«Cosa?»

«Se lasciassimo la città...» la sua voce è monocorde, e mentre lo chiede non mi guarda. Sistema solo la testa sul mio grembo, e in automatico le mie dita trovano i suoi riccioli biondi bagnati. «...dove potremmo andare?»

«Dovunque vogliamo.»

«Ho paura.» North incastra la mano nella mia e la stringe. Gliela stringo anch'io.

«Ti dirò un segreto: tutti ce l'hanno.»

Lui sorride, ma smette ancora prima che abbia avuto il tempo di apprezzarlo. Ormai non sorride più, e una parte di me sa che è colpa mia. L'ho forzato a provare cose che non voleva. Gli ho aperto gli occhi su un mondo completamente nuovo, ma ho sbattuto la porta su quello precedente e ora lui non riesce a trovare la strada del ritorno.

«Non posso nemmeno andarmene» dice, spostandosi così da potermi guardare negli occhi. Mi tocca le labbra coi polpastrelli freddi, e io chiudo gli occhi. «Non voglio che questo...»

«Ma che cazzo?» grida Rob Underwood. Il cuore mi martella a un ritmo staccato.

Gli occhi di North si riempiono di terrore mentre si tira su a sedere, ed entrambi ci mettiamo in piedi e affrontiamo suo padre.

«Papà.» La voce di North è piena di paura.

«Porca puttana troia.» Rob barcolla verso di noi. È ubriaco. *Molto* ubriaco. Non sono sorpreso, ma ho già visto quello sguardo prima d'ora. È lo stesso che ha North quando è pronto ad attaccare briga. «Sapevo che c'era qualcosa di frocio tra voi due, cazzo, e torno a casa per trovare cosa? Mio figlio, che coccola un frocetto sulla spiaggia al chiaro di luna.»

«Will, vattene via da qui» dice North, facendo un passo indietro col piede destro.

«Non ti lascio qui con lui.»

«Vattene dalla mia proprietà, Tanner» mi schernisce Rob.

«Vai» grida North. Scuoto di nuovo la testa, ma lui mi spinge. Cado all'indietro sulla sabbia e mi rimetto in piedi, inciampando, quando il padre di North fa diversi passi traballanti verso di me.

«Vai!» urla North, spingendo suo padre all'indietro, e beccandosi un colpo all'orecchio per questo.

«Vai fuori dal cazzo, finocchio.»

Mi alzo in piedi, combattuto tra il voler spaccare la testa a entrambi e il voler correre via e tirarmi dietro North, ma la sua espressione è assassina come quella del padre. Mi giro, correndo sulla spiaggia e attraverso il cortile. Non so cos'altro fare. Ho perso le infradito quando mi sono tuffato in acqua per seguirlo, quindi corro a piedi scalzi attraverso il *cimitero*, sopra detriti di legno, sorpassando il vecchio scafo dove abbiamo costruito i nostri fortini, dentro e fuori da barche da pesca devastate dal mare, dove ci siamo sdraiati e abbiamo sognato e ci siamo persi l'uno nell'altro. Corro finché i piedi non mi sanguinano e il cuore sembra quasi in procinto di esplodere.

Difficile credere che possa rompersi quando è già stato completamente distrutto.

Capitolo 27

*W*ILL

Mi sveglio di soprassalto e incontro un paio di occhi azzurri che sono stati il mio tormento e il mio conforto per trenta lunghi anni. Ora, mi ricordano l'uomo che mi ha quasi ucciso ed è un boccone amaro, difficile da digerire. Mi guardo intorno: delle macchine fastidiose emettono un *bip* ogni pochi secondi, dei fili fuoriescono da quasi ogni posto inconcepibile del mio corpo. Ci sono i fiori e la soluzione salina, i biglietti di auguri di pronta guarigione sono tanti quanti i tubi che provengono dai miei orifizi e poi c'è North, che mi sta addosso come una cazzo di mamma chioccia.

Gesù. Qualcuno deve aumentarmi la morfina.

«Sei sveglio.» Mi prende la mano, stringendola un po' troppo forte.

Sussulto e mi schiarisco la gola. È messa male. Tutto il mio corpo è messo male. Male è dire poco. Mi sento come se fossi stato preso a calci da un cazzo di mulo... Oh, giusto. «Cos'è successo?»

«Non ti ricordi?»

«Mi ricordo l'aggressione, cretino.» Afferro il catetere che sporge dal dorso della mia mano. Prude come uno stronzo. Dentro di me rido: mi hanno quasi picchiato a morte e mi danno fastidio degli aghi minuscoli. «Ma non quello che è successo dopo.»

«Dopo sono arrivati i poliziotti. E l'intervento. Ti hanno operato al naso; uno specialista ha riparato il danno. Il tuo zigomo sinistro era fratturato; hai molti lividi e un paio di costole rotte. Dovresti andarci piano...»

«Mio padre?»

«Lui sta bene. Un po' acciaccato. Era qui prima; è stato qui tutto il tempo, in realtà. È passato direttamente dal letto d'ospedale alla sedia, ma si è alzato per andare a prendere un caffè ed è quasi finito per terra. Sal gli ha chiesto di andare a casa con lei per dormire un po'.»

«Chi ha mandato tutti questi fiori?»

«Red Maine.» Indica un bouquet di gerbere gialle e rosa disgustosamente brillanti. Ha un grande palloncino argentato in cima con scritto: *Con Simpatia*. North apre la piccola busta attaccata al bouquet. «Quella è da parte di Josh.»

Con mani tremanti, prendo il biglietto da North e lo leggo attentamente.

Ora non sarai mai un giovane modello.
J.

Sghignazzo. Fa male. Dappertutto. *Coglione.*

«È passato di qui prima. Era abbastanza scosso.» North appoggia i gomiti sul letto a fianco a me e io allungo lentamente la mano verso la sua, attento a non strappare via il filo collegato alla flebo. North gira il palmo verso l'alto e io ci appoggio sopra il mio, trovando conforto nei calli ruvidi che mi premono contro la carne.

«Mi dispiace così tanto Will...»

«Non farlo.» Mi sento graffiare la gola da morire ogni volta che apro bocca, e la guancia mi sembra che stia per esplodere. Sono stanco e dolorante. Mi fa male dappertutto, e non riesco nemmeno a elaborare come debba sentirsi lui. Sappiamo entrambi chi ha guidato quella piccola spedizione punitiva, e non c'è nient'altro da dire al riguardo. «Non farlo e basta.»

Annuisce, ma conosco North. Vedo il senso di colpa, la paura dietro i suoi occhi. Vedo anche la sete di vendetta, il modo in cui questo lo perseguiterà finché non avrà pareggiato i conti. Riconosco quel luccichio assetato di sangue nel suo sguardo, e voglio che sparisca.

«Non fare niente di stupido» dico. Lui mi ignora.

«Sal ha lasciato questo per te prima.» North tira fuori una lettera dal primo cassetto accanto al mio comodino. Sono troppo stanco per prenderla. Non mi interessa una cazzo di lettera. Voglio che lui capisca quello che ho appena detto.

«North.»

«Sono soldi.» Un bel po', se il peso non m'inganna. Ha detto che sono per aiutarti a pagare le cure mediche o le riparazioni o qualsiasi cosa. Da parte sua e di un paio di frequentatori abituali del bar e per nessuna ragione se li riprenderanno, quindi non provarci nemmeno.»

«North.» Alzo la voce, ma si spezza sopra il suo nome.

«Cosa c'è?» scatta.

«Promettimelo.»

Non mi guarda. Fa vagare gli occhi verso la porta come se volesse fuggire via. «Non faccio promesse che non posso mantenere.»

«Non andare a cercarlo.»

«Che altro diavolo dovrei fare?» dice tra i denti.

«Lascia che se ne occupino i poliziotti.»

Lui mi guarda soltanto, perché sappiamo entrambi che Johnson metterà a tacere questa storia, così come ha sempre fatto. Rob Underwood e il sergente sono stati compagni di pesca per anni; perfino io so che ci vorrebbe un cazzo di miracolo perché lui accusi il suo amico. Johnson sapeva dei maltrattamenti che North subiva da ragazzino. Aveva l'obbligo morale, in quanto uomo e agente, di fare qualcosa. Lo sapeva, e non ha fatto niente.

«Non posso farlo.» North allontana la mano dalla mia e se la passa tra i capelli.

La tensione lo attraversa a ondate. Non è l'unico a essere agitato. Giro la testa. Tutte le mie cellule nervose vanno a fuoco come un'ustione con l'acido che corrode la carne. Un groppo mi stringe la gola. Grosse lacrime si riversano sulle mie guance e scendono sul viso distrutto, l'acqua salata mi punge le ferite e tutto il mio corpo entra in azione. I polmoni mi bruciano; le mani mi tremano e si stringono a pugno. Non so se è tutto per rabbia o frustrazione o tristezza. So solo che mi sento di merda, e il cuore mi fa tremendamente male come tutto il resto.

«Ehi» dice North, e anche la sua voce è burbera. Mi prende la mano, ma non posso guardarlo.

Comunque non riesco a vedere un cazzo attraverso le lacrime.

Anche adesso dopo l'intervento, dopo essere stato picchiato a sangue, dopo ossa rotte e una faccia malconcia, non nasconderò chi sono né ritirerò qualsiasi cosa abbia fatto. Non posso. Mi piacciono gli uomini, e nessuna quantità di botte cambierà questa cosa. Non è da me scappare via, perché passerei il resto della vita a scappare da chi sono diventato. Non è così che mi ha cresciuto mio padre. Non è quella la persona che voglio essere, che si nasconde sempre, e che non è mai in grado di dire o fare quello che sente. 'Fanculo quella stronzata. Serviranno più esperienze di quasi-morte perché possa scusarmi per quello che sono.

North mi conforta mentre le lacrime diventano sale sulle mie guance e, alla fine, mi calmo un po'. Mi bacia sulla testa e mi sussurra che gli dispiace, e che avrebbe voluto fosse successo a lui. Io non rispondo. Le parole mi vengono strappate via da dolore, rabbia e rimorso, ma la verità è che non importa. Quel che è fatto è fatto. Non può essere annullato, ma posso assicurarmi che non debba mai succedere a North. Ho vissuto per dodici lunghi anni senza di lui; posso farlo ancora se ciò significa tenerlo al sicuro. Farò qualunque cosa per quest'uomo, incluso respingerlo. Ma lo conosco, e lui non se ne andrà senza lottare.

Non adesso.

Capitolo 28

Dodici anni prima

Il rumore soffocato del motore della Ford Ute di papà che prende vita mi sveglia. Sbatto gli occhi pieni di sabbia al cielo blu e arancione. Mi fa male tutto il corpo. C'è un bambino di cinque anni che cerca di suonare la batteria dentro la mia testa, e le orbite sembra stiano per esplodermi.

I lividi non sono una novità per me, ma mio padre non mi aveva mai picchiato così forte. Mi aveva detto che voleva me lo ricordassi così non sarei più stato tentato di diventare una checca. Non che potessi dimenticarlo. Tutto ciò che avrebbe dovuto fare era dire alcune semplici parole: "*Se ti trovo ancora insieme a lui, vi ucciderò entrambi.*" E non avrei più voluto parlare con Will per il resto della mia vita.

Le botte erano un premio.

Presto si presenterà alla mia porta. L'uomo con il quale ho condiviso il mio corpo, l'uomo che mi ha mostrato cosa fosse l'amore, l'unica persona che tiene a bada l'oscurità dentro di me, malgrado il modo pessimo in cui l'abbia trattato la notte scorsa, quando verrà dovrò trovare un modo per spezzargli il cuore, così mio padre non lo ucciderà.

Mi appoggio alla tavola di legno dietro di me, e tutto il corpo grida la sua protesta.

Dopo le botte ho aspettato che papà andasse a letto, sono entrato in punta di piedi, ho preso una bottiglia d'alcol e una salvietta pulita e sono uscito qui fuori sulla Butt Rusted.

Il mio cuore prende una dolorosa sbandata, e mi si serra la gola al pensiero di non avere mai più tutto quello. Il modo in cui mi ha chiamato mio padre mi risuona nelle orecchie, e ruggisco sbattendomi i pugni sulla testa. Il dolore per ciò che ho fatto, per chi sono, e per quello che sto per fare, mi inghiottisce.

Cazzo. Mi picchio in testa ancora e ancora finché un po' di dolore non se ne va e tutto ciò che sento è intorpidimento.

«North?» Will è in piedi davanti a me, gli occhi spalancati dalla preoccupazione, la bellissima bocca aperta per il terrore. «Porca troia.»

Si allunga per toccarmi il viso. Io indietreggio come se potesse scottarmi. In un certo senso, immagino sia così; ogni tocco, ogni sguardo, ogni parola sussurrata al buio è impressa per sempre nella mia memoria. E ora è tutto ciò che avrò di lui. Ricordi. Perché se provo a farlo diventare qualcosa di più, se ignoro mio padre e starò comunque con Will, nessuno dei due sopravvivrà.

«È stato lui a farti questo?» chiede.

«No, sono stato io.»

Afferro la bottiglia di Jim Beam mezza vuota dal pavimento della barca e la apro. Bevendo un paio di sorsi generosi, sussulto quando mi pizzica il taglio sul labbro e l'alcol si fa strada bruciandomi l'esofago.

«Devi andare alla polizia.»

«E fare cosa esattamente? Sai che Johnson non farà un cazzo. Probabilmente mi darà un calcio in culo anche lui, una volta che scoprirà perché mio padre mi ha picchiato a sangue.»

«Non puoi stare qui, North.»

«Dove altro cazzo potrei andare?» lo derido, e scuoto la testa. «Eh? A casa tua? A lavorare al pub? A vivere nel tuo appartamento? Le persone non parlerebbero per niente.»

«E se anche parlassero? Che cazzo te ne frega?»

«Me ne frega perché non sono un maledetto frocio» scatto. La saliva mi vola fuori dal lato della bocca rovinata. Will fa un passo indietro, come se gli avessi appena dato uno schiaffo. «Sai cosa? Vai fuori dalle palle. Mio padre potrebbe tornare in ogni momento e non solo ti prenderà a calci in culo, ti spaccherà quella cazzo di testa.»

Tutto il corpo di Will si irrigidisce. Dalla testa ai piedi, è quasi un metro e novanta di muscoli tesi e furia.

Sta persino digrignando i denti. «Perché ti stai comportando così da stronzo?»

«Perché ho chiuso con le tue cazzate» grido. «Gesù Will, leggi tra le righe, cazzo. Abbiamo scopato, ed è stato un errore.»

«Ogni volta?» mi schernisce. «Non sei venuto per niente?»

«È finita.» Mi alzo in piedi e scendo giù dalla barca, anche se fa un male cane e tutto il mio corpo urla.

«Cazzate. Quel coglione ti ha spaventato, e tu lo sai.»

Mi getto su di lui col pugno alzato e pronto a colpirlo. Will sussulta, alzando un braccio per bloccare il gancio che non sono riuscito a dargli.

Ha ragione. Sono terrorizzato. Non solo per lui, ma anche per me.

«Vuoi colpirmi adesso? Farai come il tuo paparino? Eh?» grida Will, ed entrambi ci sorprendiamo quando il mio pugno lo colpisce in faccia. Va a sbattere sul terreno duro e il cuore mi si stringe quando alza gli occhi su di me, pulendosi una goccia di sangue all'angolo della bocca. Chiudo gli occhi perché il dolore, il sangue, il fatto che abbia appena dato un pugno al suo bellissimo viso, quando tutto ciò che vorrei fare è baciarlo, mettermi in ginocchio e pregarlo di perdonarmi, è troppo. «Coglione.»

«Vai fuori dalle palle» dico con voce monocorde.

«Sei un codardo del cazzo, Underwood.»

«Almeno non sono un frocio» ribatto, ma le parole non hanno alcun peso. Come possono averlo quando sappiamo entrambi che non sono vere? Will sputa mentre si tira su. Fisso il sangue finito sul terreno sabbioso. Se viene da me adesso, sono fottuto. Non ho l'energia o la volontà di combatterlo. A questo punto probabilmente lascerei che questa merdina mi picchi a morte, perché lo sguardo nel suo viso quando l'ho chiamato *"frocio"*, il tradimento e l'incredulità nei suoi occhi quando l'ho colpito, mi hanno spezzato in modi che non capirà mai. E non posso tornare indietro, perché preferirei che pensasse che sono un coglione per il resto della sua vita piuttosto che morisse a causa mia.

«Fottiti North.»

«Già fatto. Il più grande errore della mia maledetta vita.»

Il mio cuore fa un balzo in preda al panico quando sento il rombo della Ute di papà arrivare dal vialetto che porta a casa nostra. Non riesco a respirare.

«Vattene via di qui!» grido.

Will mi guarda torvo mentre si mimetizza tra gli alberi. Il cuore mi si stringe di nuovo, e un migliaio di ricordi della nostra infanzia mi travolgono; un migliaio di giorni passati a correre e giocare nel *cimitero*, a combinare guai a scuola, un centinaio di notti passate a baciarci, toccarci, a sognare qualcosa di più grande di questa città, da qualche parte dove potevamo essere noi stessi. C'è voluto solo un secondo a spezzare entrambi i nostri cuori. Vorrei essere morto. Vorrei potermi sdraiare su questa barca, dormire e non svegliarmi più.

Papà accosta nel vialetto e, qualche minuto dopo attraversa il *cimitero*, facendo scricchiolare i ciuffi d'erba sotto gli stivali da pescatore. Mi chiama, e vorrei far finta di non essere qui. Non lo faccio. Invece, mi asciugo gli occhi col dorso della mano e mi alzo. Ogni muscolo del corpo mi urla di tornare giù. Ogni briciolo di autodifesa che ho dentro mi dice di correre, ma rimango, e gli rispondo perché sono stanco e dolorante per molto di più che per le ferite fisiche. Ho bisogno di qualcosa che mi distragga, che mi trattenga dal rincorrere Will e pregarlo di perdonarmi.

Sono un disastro totale.

«Qui, papà. Sono qui.»

Lui è in piedi a un metro da me, immobile, come se nemmeno lui riuscisse a riconoscere la propria opera. Devo avere davvero un aspetto orribile, perché mio padre mi ha picchiato a sangue per anni e non l'ho mai visto sentirsi in colpa per questo. Ha in mano una busta di plastica del supermercato, tira fuori una piccola scatola argentata e me la lancia. Io la prendo; è Nurofen. «È tutto ciò che sono riuscito a prendere al banco.»

Fisso gli antidolorifici, la sua offerta di pace. Vorrei lanciarglieli addosso, ma in questo momento ho bisogno di qualcosa per allentare la tensione. Tira fuori un pacco da sei di birra e mi lancia una lattina, sorridendo quando afferro anche quella. Come se quel gesto in qualche modo mi rendesse più uomo, perché un frocio non potrebbe avere riflessi così pronti. Metto giù la lattina di birra e tiro fuori la bottiglia di Jim Beam che ho rubato dalla cucina la notte scorsa. Prendo immediatamente tre pasticche dal blister, me le butto in bocca e le ingoio con un sorso abbondante di liquore.

«Quel frocetto è già tornato?» dice.

Alzo lo sguardo su di lui, al disprezzo nei suoi occhi, il cipiglio tra le sopracciglia e la mascella serrata. Scuoto la testa e guardo la baia.

«Bene. Vedrai che non lo farà.» Papà avanza verso di me e si china finché non riesco praticamente a sentire l'odore di birra nel suo respiro. «Perché se ti vedo ancora insieme a quella checca, mi assicurerò personalmente che a nessuno di voi due resti qualcosa da accarezzare tra le gambe. Mi hai sentito, ragazzino?»

Deglutisco forte, ma non dico niente.

«Hai capito, cazzo?» Papà sputa ai miei piedi. Annuisco, ma non parlo. Invece, prendo altri tre generosi sorsi di vitamina JB. Papà mi strappa di mano la bottiglia. «Va' a darti una ripulita. Mi serve una mano con le barche oggi.»

Tremo mentre si allontana, ma non oso fiatare finché non so che non è più a portata d'orecchio. Non riesco più a trattenermi. Nemmeno tutto l'alcol del mondo potrebbe aiutarmi a calmarmi in questo momento. Niente di tutto ciò che prendo riuscirà a spegnere questo dolore, quindi lascio che sia lui a prendere me. Lascio che mi inghiottisca. Mi arrendo, e non credo che troverò mai un modo per tornare in superficie.

Capitolo 29

WILL

Esiste qualcosa di peggio che aspettare che qualche coglione presuntuoso col camice bianco ti dimetta dall'ospedale? Certo, è ancora presto. In realtà hanno appena portato via la colazione che non ho mangiato dal tavolino accanto al mio letto, e dubito seriamente che mi lascino andare via oggi comunque, ma gli ospedali mi rendono nervoso da morire.

Mi sposto sul materasso grumoso. È dannatamente scomodo. Tutto il letto lo è. Da quando mi hanno portato qui ho dormito a malapena perché mi fa male tutto, dalla pelle ai muscoli. Almeno a casa potrei guardare dei porno e masturbarmi. Anche se venire potrebbe essere un problema, con delle costole rotte. Chiudendo gli occhi, appoggio la testa all'indietro sul cuscino e aspetto l'inevitabile. L'orario di visita inizia tra poco, e so che North non sarà lontano. È il motivo per cui sono di pessimo umore; insomma, a parte il fatto che sono stato quasi picchiato a morte e sono ancora un po' dolorante.

«Ehi.»

Parli del diavolo...

Apro gli occhi e lancio un'occhiata verso la porta. È piena di North, Gesù Cristo.

Anche col livido giallo e viola dopo il nostro litigio dell'altra notte fuori dal locale, lui è ancora in grado di togliermi il fiato, cazzo.

«Ehi» dico.

Si avventura un po' più dentro la stanza. «Posso tornare un'altra volta se stai dormendo.»

«No. Un momento vale l'altro.» Allontano lo sguardo quando aggrotta la fronte in una piccola linea confusa. Darei qualsiasi cosa per non dover fare questo. Tutto ciò che voglio è che mi porti a casa e si sdrai con me. Voglio mangiare lo schifoso cibo da asporto di Wong's e guardare film con Chris Hemsworth nel mio appartamento. Ho un tuffo al cuore che poi va ancora più a fondo quando mi rendo conto che, dopo questa conversazione, non farò più quelle cose con lui.

«Come ti senti oggi?»

«Un po' come una piñata, in realtà. Tu?»

«Sistemerò tutto. Te lo giuro, farò in modo che quel coglione paghi.» Si china a baciarmi la spalla. Io mi allontano.

«Come hai intenzione di sistemare questo, North?» Mi indico la faccia e rilascio un respiro pesante. «Dovresti andare. Tornartene nel tuo piccolo mondo sicuro, sistemarti con Tammy e sfornare un paio di figli. Questa cosa non ti riguarda.»

«Che cazzo stai dicendo?»

«Ti conosco. Nonostante ciò che pensi di volere adesso, un giorno ti guarderai indietro e vedrai che ho ragione. Tu vuoi quelle cose. Vuoi una vita normale e piacevole.»

«Will.»

«Cazzo. Apri gli occhi, North. Guardami: guardami davvero, cazzo. Cosa sarebbe successo se tu non l'avessi interrotto? Gesù, Brandon ha chiamato la polizia. Il diciassettenne della porta accanto, che è proprio come me, li ha visti presentarsi alla mia porta e li ha sentiti pestarmi a sangue. Che razza di messaggio hanno trasmesso a un ragazzo come lui? Non fare *coming out* o ti ritroverai con la testa sfondata?» Tutto il mio corpo trema per l'agitazione. Scuoto la testa e abbasso lo sguardo da North alla coperta bianca inamidata che mi copre. «Non posso lasciare questa città, e nemmeno tu, il che significa che dobbiamo finirla qui prima che uno di noi due finisca in un sacco per cadaveri.»

«So badare a me stesso.»

«Come l'ho fatto io?» Scuoto la testa. «Tu ci lavori con questi coglioni. Chiunque di loro potrebbe assalirti al mulino, o nella tua grande casa in collina. Dovrebbe andarmi bene che tu vada al lavoro ogni giorno sapendo che potresti non tornare a casa?»

«Ci penserò io a quegli stronzi. Non possono toccare questa… *cosa*; non possono toccarci.»

«L'hanno già fatto.» Brucio di rabbia, di tristezza e rimorso. Avrei dovuto saperlo che era un errore ricominciare con queste stronzate. «Non puoi sistemare le cose, North. Non puoi fare un cazzo. La cosa migliore che tu possa fare per me in questo momento è andartene.» Ho bisogno che se ne vada. Non posso continuare a parlare, perché farlo mi sta logorando, e l'ultima cosa che voglio è che lo sappia. Non deve saperlo. Dai a quest'uomo una mano e si prenderà tutto il braccio. È infallibile, è un pazzo, e io lo sono ancora di più perché sapevo come sarebbe andata a finire e mi sono buttato lo stesso.

«Va' a casa, North.»

«Non lascerò che tu mi allontani. Prima ero un idiota. Non farò di nuovo lo stesso errore.»

«No, non lo farai. Perché non è più un tuo errore. È mio.» Mi tiro su e premo il pulsante per chiamare l'infermiera.

«Che stai facendo?»

L'infermiera Kelly, una donna indigena grassoccia e senza fronzoli, entra nella stanza. Guardandomi da sopra il bordo degli occhiali, mi rivolge un mezzo sorriso dall'aspetto severo e dice: «C'è qualche problema, signor Tanner?»

«Ho bisogno che chiami la sicurezza dell'ospedale.»

«Cosa?» dice North, arrossendo mentre guarda prima me e poi la donna.

«Questo coglione sta facendo commenti odiosi sui gay e ho paura per la mia incolumità.»

La testa di North scatta nella mia direzione così velocemente che si potrebbe pensare sia appena uscito dal set de "L'Esorcista". «Ma che cazzo, Will?»

La donna preme un tasto sopra il letto. La sua voce nell'altoparlante riempie la stanza e il corridoio, mentre chiama la sicurezza nella stanza 318.

«Ma che cazzo?» urla North, alzandosi in piedi. Tre guardie entrano in camera e, con un semplice cenno della testa da parte dell'infermiera Kelly, prendono North dalle braccia e lo portano via.

«Toglietemi le mani di dosso», grida North, dimenandosi nella loro stretta.

«Signore, si calmi» gli dice un'altra infermiera con espressione convinta mentre li accompagna attraverso il corridoio. Distolgo gli occhi quando lui si gira verso di me in cerca di risposte, urlando il mio nome, e mi scontro con lo sguardo indifferente dell'infermiera Kelly.

La guardo anch'io. «Che cosa c'è?»

«Un po' estremo, non trovi? Quel ragazzo era qui fin dalle prime luci dell'alba ad aspettare che lo facessimo entrare, e nemmeno dieci minuti dopo tu lo fai portare via. Sono due giorni che sei sdraiato su quel letto e lui ha trascorso qui ogni minuto libero. La scorsa notte ha mangiato il cibo della caffetteria. Non darei da mangiare quello schifo neanche al mio cane, quindi se questo non è vero amore, non so cosa sia.»

Faccio una smorfia alle sue parole. «Non ne sa un cazzo, signora.»

Lei ridacchia. Ridacchia sul serio, cazzo. «Non ho mai visto così tanto risentimento in vita mia, e forse hai tutto il diritto di portartelo dietro, ma quel ragazzo ti ama, e tu sei un pazzo a lasciarlo andare.»

«Sono abbastanza stanco in questo momento» scatto.

«Tesoro, ho sei figli sotto i dodici anni e sono in piedi da ieri. Non sai nemmeno cosa significhi essere stanchi.» Mi sprimaccia il cuscino e se ne va.

Io sghignazzo. Non conosce neanche la metà di questa storia. Sono stanco. Sono esausto di combattere una battaglia che non vincerò mai. Le probabilità che io possa cambiare il modo di pensare della gente sono tante quanto quelle di poter cambiare il colore della mia pelle. Ma non significa un cazzo. Posso impedirgli di scontrarsi col mio stesso destino, e questo è tutto ciò che conta. Posso vivere con l'odio di North nei miei confronti. L'ho già fatto prima, ma non posso vivere in un mondo senza la sua presenza.

Capitolo 30

NORTH

Mi chino in avanti sul sedile mentre il mio vecchio barcolla sul prato e attraversa la porta a vetro scorrevole della casa. Non si disturba a chiuderla a chiave; non tenta nemmeno di chiuderla come si deve. La nostra città è sempre stata piuttosto sicura. Puoi lasciare le porte aperte, e l'auto con le chiavi inserite. I bambini giocano in strada senza supervisione, e conosci tutti i minuscoli dettagli insignificanti del vicinato perché le persone parlano; ci salutiamo mentre andiamo al lavoro o camminiamo per strada. Siamo cresciuti qui, i nostri genitori sono cresciuti qui. Non succede mai nulla di male alle brave persone di Red Maine.

Le brave *persone stanno bene.*

Svito il tappo della vecchia fiaschetta di metallo che mio padre mi ha dato quando ho compiuto diciotto anni, l'unica cosa in vita mia che mi abbia mai donato e che significhi qualcosa; be', quella e l'abilità di difendermi. Sussulto mentre il bourbon mi scivola giù per la gola, bruciandomi l'esofago come acido.

Siamo il risultato dei nostri padri, io e Will. Will lascerebbe che sia la legge a occuparsi di questo, anche sapendo che una scelta del genere non lo porterà da nessuna parte. Will è stato cresciuto da un brav'uomo.

Io no.

Io sono stato cresciuto da un ubriacone arrabbiato con un temperamento irascibile e il desiderio innato di colpire ogni cosa, e quin-

177

di è questo che sono diventato. Un ubriacone con poca pazienza, un uomo arrabbiato, e un figlio che cerca vendetta per una vita di dolore. Prima di lasciarci, mia madre mi ha detto di prendermi cura di mio padre. In quanto ragazzino pensavo che fosse strano, ma più crescevo e più arrivavo a capirlo. Aveva davvero bisogno di cure perché era immaturo e io, in qualche modo, mi ero trasformato nell'adulto responsabile che si prendeva cura di lui, facendo due lavori, una volta diventato abbastanza grande da guadagnare per entrambi i soldi per mangiare. Portavo il cibo in tavola ogni sera, e ogni sera lo grattavo via nella spazzatura quando lui tornava a casa con la pancia piena d'alcol, e con la voglia di menare.

Spero sia dell'umore giusto anche stasera.

Riavvito il tappo sulla fiaschetta e la lancio sul sedile del passeggero mentre scivolo fuori dal pick-up e chiudo piano la portiera. Papà è a circa sei metri di distanza e non ha nemmeno notato il mio furgone parcheggiato nel vialetto, il che vuol dire che ha consumato la sua solita quantità d'alcol per la serata. Non so dove, ma di certo non al pub perché è ancora sotto sequestro.

Resto fuori, a sbirciare dalla porta aperta. Aprendola un po' di più, entro in salotto. La TV illumina tutto: la minuscola stanza fatiscente rivestita in legno, il logoro divano marrone recuperato durante una delle nostre incursioni di mezzanotte per acquisire nuovi mobili, quand'ero solo un ragazzino. La cucina dietro è disseminata di cartoni della pizza, bottiglie di birra vuote e avanzi di cibo andati a male, se l'odore non m'inganna, e lì, addormentato sulla poltrona sfilacciata, un trono tanto miserabile quanto l'amarezza presente dentro di lui, c'è il bastardo. Sta russando piano, coi pantaloni sbottonati e la cintura appesa al bracciolo del divano accanto a lui, il viso ammorbidito dal sonno.

Il coltellino svizzero mi scava un buco nella tasca dei jeans. Faccio scivolare dentro le dita e lo prendo, chiudendo il pugno attorno agli angoli lisci e arrotondati. Faccio scattare all'infuori la lama e fisso il riflesso blu della luce che la TV fa brillare sul metallo. Non sono venuto qui per ficcargli un coltello in gola mentre dorme, ma non c'è una sola parte di me che non dubita che potrei farlo, che dovrei farlo.

So che Will non sarebbe orgoglioso se potesse vedermi adesso. Chiunque altro potrebbe pensare che mio padre stia per avere ciò che si merita, ma Will non mi vorrebbe qui a esigere vendetta.

È quella la differenza tra lui e me.
Mentre dorme, studio i tratti di mio padre. Le persone dicono che ci assomigliamo, che sono una mela caduta non lontana dall'albero, e per troppi versi lo sono. Lui mi ha insegnato a essere menefreghista. Io mi sono ribellato, e ora che lui ha fatto lo stronzo con ciò che è mio, io farò lo stronzo con lui.

«Svegliati, pezzo di merda» grido, sbattendo lo stivale sul davanti della poltrona. Il poggiapiedi si ritrae contro il telaio e lui si inclina in verticale.

Papà si mette subito sulla difensiva, scattando all'impiedi e gettandosi su di me. Barcollo all'indietro per la botta sul tavolino da caffè di legno, che si rompe sotto il nostro peso.

Il coltello mi vola via dalle mani. Il suo braccio dondola all'indietro e si scontra con il mio zigomo. Un'esplosione affilata di dolore incandescente si irradia attraverso il cranio, ma non è niente cui non sia abituato. Blocco il tentativo successivo, spingendo il gomito sulla sua faccia, ma è troppo ubriaco per sentirlo o è semplicemente un folle del cazzo a cui non interessa niente, perché non perde altro tempo per picchiarmi di nuovo. Altri tre colpi in rapida successione, uno sulla stessa guancia, uno al naso, il terzo alla gola e finisco col culo a terra.

Boccheggio in cerca d'aria come se fossi rimasto senza fiato, ma questo è molto peggio. Lui si posa sul mio petto e mi sorride, avvolgendomi una mano attorno al collo e stringendo.

«Avrei dovuto farlo molto tempo fa» ansima, mentre gli graffio le mani. Stringe la presa. Sto soffocando, mentre rantolo quest'orribile suono affannoso e inspiro l'aria che non c'è, ma la parte peggiore? Il suo viso è sereno, mentre tenta di strangolare a morte il suo unico figlio.

Reagisco, cercando di farlo scendere dal mio petto; gli affondo le dita nella carne morbida dell'avambraccio, afferro e tiro, facendogli allentare la presa. È tutto ciò di cui ho bisogno. Gli mollo un pugno all'altezza della cintura, sotto la cassa toracica, e lui cade all'indietro per il colpo. Strappo via la cintura dal bracciolo del divano e gliela avvolgo al collo con un colpo di frusta, facendo scivolare la pelle attraverso l'anello e stringendo.

Lui soffoca. Stringo più forte, uso entrambe le mani, tirando finché le nocche non mi diventano bianche e finché la pelle non mi affonda nei palmi. La faccia di papà è viola scuro, strabuzza gli occhi e dimena gli arti.

Mi avvolgo la lunghezza della cintura attorno a un braccio e tiro. Per la prima volta in vita mia, c'è paura nello sguardo di mio padre. C'è anche il riflesso di un mostro davanti a me: capelli biondi, occhi stretti in concentrazione, viso contorto nello sforzo richiesto dallo strangolare un uomo. Il mostro sono io.

Sono proprio come lui.

Lascio andare la cintura come se bruciasse. La sua testa sbatte all'indietro sui resti del tavolo di legno. Sussulta. Fa scivolare le dita sotto la pelle e tira. Il collare improvvisato si allenta un po', ma non è ancora fuori pericolo. Tossisce, e fa respiri profondi e irregolari. Aspetto un attimo e strattono di nuovo la cintura. «Chi altro c'era?»

Lui ride solamente, il sangue gli riveste le labbra e i denti. «Vaffanculo» sputa, appannandomi la vista col sangue. Mi pulisco via un po' di saliva dalla guancia. «Non ti dirò un cazzo.»

Grugnisco, sbattendogli un pugno su un lato della testa. Lui geme. Riprendo la cintura e stringo così forte che mi scricchiolano le articolazioni. Artiglia con le dita le mie mani ferite mentre soffoca, ma io le ignoro.

È il pensiero di Will che mi fa fermare e mollare.

"Non puoi sistemarlo. La cosa migliore che tu possa fare per me in questo momento è andartene."

Spingo via mio padre, e lui rotola sul fianco, avendo solo l'energia sufficiente per far scivolare le dita tra la cintura e la carne. Si sposta, la fibbia cade con un tonfo sul pavimento e io fisso i lividi rossi che gli ho causato. «Femminuccia del cazzo. Non sei nemmeno riuscito a farlo. Troppo vigliacco, cazzo.»

Lo tiro in piedi dal colletto della camicia e, tirando indietro la mano, con un grugnito gli mollo un pugno sullo zigomo. «Oh, potevo farlo, ma sai cos'ho capito? Ci vuole più impegno a fermarmi che a strangolarti in questo momento, ed è ciò che mi rende superiore. Perché tu non significhi un cazzo per me, e ucciderti non vale la mia felicità o quella di Will. Spero tu soffochi nel tuo vomito di merda, vecchio bastardo ubriacone e omofobo.»

Lo spingo forte. Barcolla all'indietro contro il divano mentre mi raddrizzo. La mano di papà si allunga sopra il divano e afferra il coltello che ho abbandonato, facendolo scattare con un ampio movimento ad arco. Mi si apre uno strappo nei jeans proprio sopra al ginocchio e il sangue inizia a fuoriuscire. Calcio via il coltello dalla sua mano e gli mollo un ultimo colpo alla tempia, mettendolo fuori combattimento. Mi chino con cautela, gli controllo il battito: è debole, ma è ancora presente, purtroppo. Mi sposto in cucina, trovo il telefono di casa sotto a una cena al microonde scartata e compongo il numero per le emergenze.

Dico alla donna in linea che mi serve un'ambulanza, poi mollo il telefono e torno al furgone zoppicando. Non m'importa di eliminare le prove che dimostrano la mia presenza qui, non cerco di coprire niente. So che Johnson non perderà tempo a cercare altri sospetti perché sono sempre stato una *persona non gradita* quando si tratta di mio padre. Non ho intenzione di rendere la vita più difficile al dipartimento di polizia di Red Maine. Ho intenzione di presentarmi direttamente alla loro porta.

C'è solo un altro posto dove devo andare prima.

***

La casa di Smithy è solo a pochi isolati dalla mia, con vista sullo stesso tratto di oceano. Lui è nel garage e sta finendo una qualche cazzo di lavorazione sul legno, anche se è mezzanotte passata. Solleva lo sguardo mentre accosto nel vialetto ed esco dal furgone. Tutto il suo corpo si immobilizza. Sono coperto di sangue, dal viso ai pugni, e ho una ferita alla gamba. Gli occhi di Smithy si spalancano e per un momento resta fermo immobile ad assorbire la mia immagine, poi si volta e corre verso la porta per entrare dentro casa. Zoppico dietro di lui, gli prendo la maglietta e lo sbatto contro il muro.

Avvolgendogli una mano attorno alla gola, stringo.

Alza le mani come per placare quel gesto. «Io non ho fatto niente.»

«Eri là.»

«No. Non c'ero.»

«Perché cazzo stai scappando, Smithy?»

«Ti sei visto?» Potrebbe anche aver ragione, ma non me la bevo. Ho visto il modo in cui ha sussultato quando ha realizzato che quello che si era appena fermato sul suo vialetto era il mio furgone.

Tiro indietro il pugno e lo colpisco sul naso. Lui inizia a piagnucolare e io torno alla carica, ma apre la bocca e inizia a incespicare nelle parole. «Non ho mai avuto intenzione di stare al gioco. Sono stato coinvolto. Sono sincero. Eravamo da Tommo, e i ragazzi stavano bevendo troppo e avevano voglia di litigare. Tuo padre ha iniziato a tirare in ballo Will e l'unica cosa che so è che poi mi sono ritrovato coinvolto in un crimine d'odio. Nessuno aveva detto niente a proposito di fargli del male; volevano solo spaventarlo un po'. Io non l'ho toccato. Lo giuro.»

Carico di nuovo il pugno e con un ruggito lo sbatto contro la credenza accanto a lui. Fa un male cane, e Smithy chiude forte gli occhi a pochi centimetri dalla mia mano insanguinata.

«Oddio» borbotta. «Porca puttana.»

«I nomi» esigo, poi tiro fuori il cellulare e premo il pulsante del microfono.

«Andiamo North» mi prega. «Mi uccideranno.»

«Non se lo faccio prima io.» Premo il tasto *registra*. «I nomi, Smithy. Dimmi i nomi degli uomini che hanno aggredito Will.»

«Okay, okay.» Alza di nuovo le mani. Gli trema la voce mentre dice: «Rob Underwood, Tommo Gibson, Dan Gilchrest e Rooster.» Scuote la testa, mentre si corregge. «Dan Morgan.»

Gli lancio un'occhiata. «E tu, John Smith.»

«Non l'ho toccato. Te l'ho detto.»

«Eri là; è sufficiente.»

«E io» dice, evitando il mio sguardo.

Gli lascio andare la gola e premo invio nella registrazione vocale, mandandola via email a Johnson e aggiungendo il mio indirizzo nello spazio della copia carbone nascosta con una nota che dice:

Ho fatto tutto il lavoro sporco al posto tuo.
Prego.
North.

Lascio Smithy rannicchiato a pulirsi il naso pieno di sangue. Mentre cammino verso il furgone e salto su, cerco di non sorridere per il fatto che ho appena pestato a sangue il mio capo.

Lunedì prossimo sarà imbarazzante.

***

Quando entro nella stazione di polizia, incontro una donna annoiata in uniforme alla reception che sta lavorando al computer. Sorseggia il caffè senza alzare gli occhi su di me e dice: «Posso aiutarla?»

Mi ricordo questa donna: Sonja Baxter. Era nel mio corso d'inglese, anche se è ben lontana dall'essere la piccola adolescente scialba di allora. Tanto per cominciare, non ha mai avuto delle tette del genere.

«Vorrei confessare un crimine.»

«Davvero?» dice impaziente, continuando a battere sulla tastiera.

«Sì. Ho appena picchiato e ridotto in fin di vita mio padre.»

Alza lo sguardo di scatto, e mi ispeziona. La mia faccia è distrutta. Mentre venivo qui mi sono dato un'occhiata sullo specchietto retrovisore. Ho l'aspetto di un macellaio pazzo appena uscito dal mattatoio. Ho un occhio quasi completamente chiuso e i capelli macchiati di rosso per la ferita sulla fronte. Abbasso lo sguardo sulla maglietta bianca, spruzzata di sangue più del pavimento di un porcile. Non sono pazzo. So che sembro un folle. Mi ci sento anche, quindi quando l'agente mi dice di alzare lentamente le mani e di sdraiarmi sulla pancia, mi ci vuole un attimo per capire. Mi punta addosso una pistola, abbaiando ordini che non riesco a capire.

So che sta parlando in inglese. Conosco queste parole, ma non significano assolutamente niente per me; l'adrenalina mi scorre lungo il corpo e il sangue mi sibila nelle orecchie. Altri due agenti appaiono da dietro la scrivania e mi costringono a mettermi a terra. Sposto lo sguardo sul pavimento laminato, e mi perforo il labbro inferiore con i denti mentre qualcuno mi spinge un ginocchio tra le scapole e mi blocca le mani dietro la schiena. Un paio di manette mi viene agganciato attorno ai polsi. Qualche strana parte di me addirittura assapora il rumore metallico quando il cricchetto scivola in posizione.

Appena mi trascinano in piedi, noto Johnson fermo sulla porta, con il solito sguardo di disapprovazione sul volto. Sapevamo entrambi che questo era inevitabile; lo è stato fin dal giorno in cui sono cresciuto abbastanza da reagire.

Con la bocca insanguinata, gli sorrido. «Ho inviato un piccolo regalo alla tua casella di posta.»

«Portatelo in cella.»

L'agente alle mie spalle mi strattona per tenermi fermo. «Non dovremmo prima interrogarlo, sergente?»

«Trattenetelo. Niente domande. Mi occuperò di lui domattina.» Johnson rivolge la sua attenzione a Sonja, che adesso ha rimesso la pistola al sicuro nella fondina appesa alla cintura. «Controlla il registro d'emergenza. Se non è già stata inviata un'ambulanza al numero tredici di Squall Bay Road, fallo adesso.»

«Sì, signore.» Sonja entra in azione, e Johnson mi rivolge la sua attenzione.

«Underwood del cazzo» borbotta, e con un gesto fa capire all'agente dietro di me di allontanarmi dalla sua vista.

Vengo portato in una cella minuscola, con una brandina che sporge dal muro e un gabinetto di metallo proprio davanti alla sala. Non c'è nessuno a parte me e l'agente Wheeler in questo corridoio di celle vuote, comunque. Mi toglie le manette e indietreggia fuori dalla stanza, come se stessi per saltargli addosso. Io sorrido solamente, lo saluto con la mano e mi siedo sul bordo del letto, aspettando che la pazzia mi trascini via.

Mi sono scontrato faccia a faccia con mio padre e non l'ho ammazzato.

Perché questo pensiero non mi fa sentire meglio?

Capitolo 31

NORTH

Non so che ora sia quando più tardi vengo svegliato dal rumore della porta della mia cella che si apre, ma mi alzo a sedere e sbatto gli occhi annebbiati verso Johnson. Ogni singolo muscolo mi fa male per le botte della sera prima. Non ho bisogno di uno specchio per sapere che un intero lato della mia faccia è gonfio, dalla mascella alla tempia. Fa un male cane, e ho un mal di testa terribile.

«È ora di alzarsi, figliolo.» Si avvicina e si fa scorrere una mano tra i folti capelli grigi. Ha un aspetto orribile. «Tuo padre è stabile.»

Rido. È clamoroso, se paragonato al silenzio della cella, e Johnson sussulta.

A quanto pare, sembro ancora un po' sconvolto. «Non potresti essere più lontano dalla verità, sergente.»

«Non sporgerà denuncia, quindi non posso trattenerti, ma vi conosco. Farete avanti e indietro finché uno di voi due non finirà ucciso.»

«Probabile.»

«Che diavolo è successo?»

«Mi sono stufato di vivere la vita come voleva lui.»

«Cioè?»

«Cioè mi sto scopando Will, e a papà non piace.» Mi alzo per andarmene. La bocca di Johnson si assottiglia in una linea di disapprovazione. «Già, hai sentito bene. Va avanti da mesi; anni in realtà.»

«Sei libero di andare» dice in fretta. «Prendi le tue cose da Sonja all'ingresso.»

«Non è contagioso, sergente.» Scuoto la testa, mentre lancio uno sguardo torvo all'uomo che ha trascorso più tempo nel mio cortile che nel suo. Un uomo che ha passato la vita a ignorare i lividi, gli occhi neri, e il fatto che un ragazzino si svegliasse tutti i giorni ringraziando un Dio nel quale non credeva per le piccole grazie, come un paio di costole rotte al posto di un braccio o un occhio nero invece di un coltello nello stomaco. «Non puoi ignorarmi stavolta. Fai qualcosa con lui. Sei la ragione per cui Will è sdraiato in quel letto d'ospedale, e lo sai. Papà avrebbe dovuto essere rinchiuso anni fa, e invece gli hai dato carta bianca in questa città. L'hai lasciato picchiare suo figlio fino a ridurlo in fin di vita e non hai fatto niente al riguardo.»

«Ti sei infilato nelle risse per tutta la vita, North. Non sapevo da dove venissero quei lividi. Non hai mai sporto denuncia contro tuo padre...»

«Ero un ragazzino, cazzo.» Mi porto la mano tra i capelli, tirando le ciocche incrostate di sangue. «Ero terrorizzato. Tu eri il suo amico più stretto. Eri il suo unico amico. Hai giurato di proteggere gli innocenti e invece hai fatto finta di non vedere, proprio come ogni altro vigliacco qui. Metti un freno a lui e ai suoi amici, o lo farò io. E che Dio mi aiuti, scatenerò ogni cazzo di mezzo di comunicazione sui poliziotti corrotti di questa città, tanto che la stampa ti starà così attaccata al culo che camminerai male per un anno. Sistema questa cosa, Johnson. Me lo devi.»

Johnson dilata le narici, ma non dice una parola mentre me ne vado. Nessuna parola rimedierà agli anni in cui ha chiuso un occhio.

*<center>***</center>*

Dopo aver recuperato le mie cose da una Sonja dallo sguardo molto diffidente, salto sul furgone con il disperato bisogno di una doccia e di un letto, ma invece mi ritrovo nel parcheggio del Reef, a guardare il pub sovrastante mentre le onde si infrangono sulla riva dietro di me. La porta d'entrata è stata sbarrata. Trev si starà riprendendo a casa di Sal, perché sembra che nessuno sia tornato qui da dopo l'incidente. Be', nessuno a parte i responsabili, s'intende. Scritta con la vernice spray sulla porta sbarrata in grosse lettere rosse c'è la parola "FROCIO".

Mi ribolle il sangue. Tiro fuori la cassetta degli attrezzi e prendo un martello, tentando di rimuovere i chiodi dal legno, ma mi tremano le mani. Torno al furgone, lanciando il martello nel cassone, e prendo l'ascia che tengo sempre dietro. Cammino a grandi passi verso la porta e colpisco, spaccando il pannello di trucioli proprio al centro. Lo colpisco finché non rimane niente di quella parola crudele, finché i muscoli gridano pietà e le giunture si irrigidiscono a ogni colpo, poi faccio un respiro profondo, tiro fuori il cellulare e chiamo un commerciante con il quale sono andato a scuola e che si è trasferito a Newcastle.

Sua moglie Annie è amica di Tammy, quindi ci sono buone possibilità che mi riagganci il telefono in faccia, ma con mio grande sollievo risponde Greg e ci accordiamo.

Zoppico all'interno. L'odore di un centinaio di alcolici differenti mi colpisce come un ariete.

Ci sono bottiglie ovunque; vetri rotti, sedie distrutte, tavoli ribaltati. Dappertutto ci sono prove di ciò che è successo qui e, nonostante questo, la polizia di Red Maine ha messo tutto a tacere, come se non fosse accaduto niente. Come se l'uomo che amo non fosse stato quasi picchiato a morte proprio nel suo pub.

Il bar è vuoto, ma vedo ancora Will nel punto in cui ci sono le macchie di sangue, sdraiato lì col viso distrutto. Non ce la faccio più a stare qui senza far nulla. Mi metto al lavoro pulendo, spazzando pezzi di vetro e poi asciugando via litri di alcol che non si sono infiltrati tra le assi del pavimento.

Ogni movimento fa un male cane, ma penso a Will sdraiato su quel letto d'ospedale e so che le mie ferite sono niente in confronto a ciò che sta passando lui in questo momento.

L'ho quasi perso.

Se le cose fossero andate diversamente, se un altro stivale gli avesse colpito la faccia o avesse ricevuto una percossa più forte alle costole, sarebbe potuto morire in questo punto. Tutto per quella piccola parola dipinta sulla porta.

Perché ha avuto il coraggio di essere se stesso, e qualcun altro ha avuto la codardia di averne paura.

Fermo il respiro tremolante e torno al lavoro, ma più cerco di non pensare a ciò che ha fatto mio padre, a quello che tutti *loro* hanno fatto, e più vorrei non essermi comportato da persona matura la notte scorsa. Chiudo gli occhi e immagino come poteva essere; come sarebbe stato affondargli quel coltello nella pancia e aprirlo, per ripagarlo di tutti gli anni passati a picchiarmi e sminuirmi, mentre mi urlava di fermarmi. L'idea mi fa venire la nausea, e non so se ciò mi renda un cagasotto oppure no, ma so che da quel momento non sarei potuto tornare indietro. Non sarei più stato North Underwood. Mi sarei perso nel senso di colpa, per vendetta. Sarei diventato qualcun altro e, anche se ho passato tutta la vita mirando proprio a quello, non voglio essere un uomo diverso. Nel bene e nel male, sono chi sono, e Will mi ama per questo.

Quel coglione è pazzo tanto quanto me.

Verso mezzogiorno, apro un sacchetto di patatine e lo mando giù con una birra, mentre mi asciugo il sudore dalla fronte. Puzzo come una cazzo di distilleria. Sciacquo il bicchiere e butto il sacchetto di patatine nella spazzatura piena di vetro e detriti. Tiro gli spaghi per chiuderlo e alzo lo sguardo proprio quando un ragazzino riempie l'entrata. Assomiglia molto a Will a quella stessa età: allampanato, capelli neri, spalle curve e occhiate nervose. Per un attimo penso di aver fatto un cazzo di salto indietro nel tempo, poi apre bocca e capisco di non aver completamente perso la testa.

«Ehi.» Infila le dita lunghe nelle tasche dei jeans skinny, con gli occhi che vagano nel pub distrutto.

«Ehi» dico, alzando il mento a mo' di saluto. «Sei il figlio di Brooker, giusto? Brandon?»

«Sì» dice, mordendosi il labbro inferiore come fa Will. Gesù, se non fossi sicuro che Will non è mai stato con una donna, potrei mettere in dubbio la paternità di questo ragazzino. Sapevo che era di Brooker comunque, perché lui era tornato a casa per circa due mesi e poi era ripartito per una missione in Afghanistan quando a Lesley iniziava a vedersi la pancia.

«Vivo qui accanto» dice.

Torno a chiudere la busta coi lacci. «Be' senti, il bar non è aperto adesso, non che tu possa comprare qualcosa anche se lo fosse, ma...»

«Lui sta bene?»

«Will?» Studio il viso del ragazzino.

«Sì. Ho sentito cos'è successo. Abitando qui a fianco, sento un sacco di cose che non dovrei. Ne vedo anche molte.»

Incrocio le braccia sul petto e mi avvicino di un passo. «Oh, ma davvero?»

Gli occhi del ragazzo rimbalzano su ogni superficie possibile. È nervoso da morire. «Mia madre dice che è contro natura... quello che tu... quello che lui è, ma...»

«Non è contro natura» dico, buttando fuori un enorme respiro e ricordandomi di calmarmi perché è soltanto un ragazzino. «Will è il ragazzo migliore che conosco.»

«Già.» Si guarda attorno furtivamente prima di dire: «Qualche volta mi passa di nascosto patatine e bibite.»

«Sul serio, eh?»

Lui annuisce. «E... parliamo. Quando mia madre non è in casa e lui è fuori sul retro a fumare.»

Ciò mi sorprende perché Will non ha mai detto niente a proposito di questo ragazzo, ma riesco a vederlo chiaramente nel modo in cui Brandon si veste e da come parla. Sembra io non sia l'unico individuo in città ad avere un'erezione per Will.

Brandon abbassa la testa e sorride. «Una volta me ne ha anche dato un po'.» Alzo un sopracciglio e le guance di Brandon diventano rosa come il culo di un neonato. «Di marijuana, intendo. Non è successo niente. Mia madre era fuori città e mi ha fatto fare solo qualche tiro. Dopo ero fuori combattimento quindi sono tornato a casa e sono andato a letto.» Spalanca gli occhi. «Da solo.»

Rido. «Mi fa piacere sentirtelo dire, ragazzino.»

«Will è davvero fico. È... be', è l'unico che conosco a essere come me... sai?»

Annuisco, perché lo so, e so esattamente quanto la vita di questo ragazzo diventerà dura se resterà in questa città. «Si riprenderà?»

«Sì, sta bene. È messo piuttosto male, ma è in condizioni stabili. Posso accompagnarti a fargli visita, se vuoi.»

«Mia madre non me lo permetterebbe mai. Non le piace quando parlo con lui; ha paura che possa contagiarmi. Non credo che capisca che è l'unico con cui posso parlare.»

«Sai cosa? In questo momento devi ascoltare tua madre, ma un giorno non molto lontano sarai libero di prendere le tue decisioni. Potrebbe far male, sapere che loro non appoggiano questa cosa, che non ti sostengono, ma è quello il bello di essere adulto: non sei troppo giovane per dirgli di andare a 'fanculo.»

Lui ride, e sulle mie labbra si schiude un sorriso. Sono certo che mi faccia sembrare un cazzo di serial killer con la faccia distrutta, ma la cosa non sembra spaventarlo, quindi immagino che non importi.

La risata di Brandon si affievolisce. «Lo ami?»

Mi immobilizzo. Non per la domanda che mi ha fatto. Lo amo. Amo Will Tanner, cazzo. Lui è amore; è nella mia testa; è tutto ciò di cui ho bisogno; è tutto ciò di cui cantano le canzoni d'amore di quei coglioni alla radio, ma non l'ho mai ammesso a voce alta davanti a qualcuno prima. Nemmeno davanti a lui.

«Voglio dire, ho visto il tuo furgone parcheggiato nella strada dietro il pub ogni notte.»

Brandon abbassa lo sguardo sui suoi piedi e poi guarda di nuovo me. «Non lo dirò a nessuno, lo giuro. È solo che... mia madre guarda un sacco di film romantici, e non sono mai su due ragazzi. Ho beccato mio padre a guardarne uno su due ragazze quand'è tornato dall'ultima missione, ma non riesco ad affrontare questa merda. È solo che sembra che alle persone come me e Will non sia concesso il lieto fine, capisci?»

«Sì, ragazzo. Lo so.» Mi volto perché, porca troia, questo piccolo teppista mi tira tutte le corde del cuore e sta liberando un sacco di pensieri ai quali non mi è mai importato troppo di pensare. È buffo come i ragazzini vedano la verità in tutte le cose. Fin dalla nascita li imbottiamo di bugie sulle favole, su Babbo Natale, sulla fatina dei denti, su un dannato coniglio magico che per un solo giorno, ogni anno, lascia in giro per il mondo molte uova dai colori vivaci. Diciamo loro che l'amore è incondizionato, che è tutto ciò che conta... a meno che non ti capiti di amare qualcuno del tuo stesso sesso. E allora quell'amore è sbagliato, sporco e vergognoso. Le persone sono così spaventate dalla diversità. Abbiamo paura di ciò che non conosciamo.

E non ho la più la pallida idea di cosa succederà domani. Non so cosa succederà quando Will uscirà. Non so se un giorno entrerò in questo bar e lo troverò morto per colpa di un branco di coglioni omofobi, ma so che non posso più continuare a fingere.

Sospiro. «Sì, lo amo. L'ho sempre amato. E sono sempre stato un codardo.»

Il ragazzino sorride e afferra la scopa appoggiata al bancone. «Come pensavo.»

Porto la spazzatura fuori e la lancio sul cassone del furgone con il resto delle buste e dei mobili rotti. Quando ritorno, Brandon è a carponi e sta raccogliendo con la paletta tutta la polvere lasciata dalla scopa. Lavo il pavimento dietro il bancone e poco dopo Greg parcheggia in retromarcia accanto al mio furgone. Dopo averlo pagato anche troppo per una porta nuova di zecca, lo aiuto a tirarla giù dal furgone e lui la installa per me. Chiacchieriamo brevemente di sua moglie, dei suoi figli e di Tam, la mia ex fuori di testa, e poi lui risale sul suo furgone e se ne va. Non nomina mai Will. Non so se sappia cos'è successo qui, o se la boccaccia di Tam si sia lasciata sfuggire che tra me e Will c'è qualcosa. Penso non gliene freghi un cazzo in entrambi i casi, ed è per questo che Greg mi è sempre piaciuto.

Torno dentro al bar e trovo il ragazzino che sta legando un'altra busta della spazzatura. Si raddrizza e si allontana dagli occhi quel ciuffo di capelli da emo. Gesù, quando si dice imitare il tuo idolo.

«Devo andare. Mia madre rientrerà a casa presto.»

«Grazie per avermi aiutato.»

Lui fa spallucce. «Non fa niente. Farei qualsiasi cosa per Will.»

«Davvero?» Sorrido. Brandon ridacchia. Questo ragazzino potrà anche essere l'incarnazione vivente del Will diciassettenne, ma è spavaldo quanto me. «Tra qualche anno dovrò guardarmi le spalle, non è così?»

«Contaci.» Cammina all'indietro verso la porta e scappa, scontrandosi con Trev e Sal in piedi sul marciapiede. Prima che possa correre lontano, Trev appoggia un'enorme mano sulla spalla del ragazzino e lo attira in un abbraccio da orso. Alzo le sopracciglia e guardo Sal per avere chiarimenti.

«Quel ragazzo è un angelo.» Sal attraversa la porta ed entra nel pub, attirandomi in un abbraccio dei suoi. Mi picchietta la guancia. Io sussulto. «E parlando di angeli, hai un aspetto orribile, North. Andrò a prenderti un po' di ghiaccio.»

«È tutto a posto» dico.

Sal mi rivolge un sorriso sornione. «Lo sarà, dolcezza.»

I suoi tacchi picchiettano sulle assi del pavimento mentre sparisce in cucina. Lancio un'occhiata a Trev. Brandon se n'è andato, e il padre di Will sta ispezionando la nuova porta.

«Sei stato tu a fare questo?» I suoi occhi vagano per la stanza. «Tutto questo?»

«C'è ancora molto da fare, ma sì. Ho passato la notte in cella; avevo bisogno di consumare un po' di energia quando sono uscito.»

«E io che pensavo l'avessi consumata tutta la notte scorsa.» Il tono di Trev è di rimprovero, ma c'è anche un po' di ironia che mi fa alzare gli occhi verso di lui, mentre m'incammino dietro al bancone e metto sullo scaffale un paio di bottiglie che non sono state distrutte. «Ho visto tuo padre entrare in ospedale su una barella mentre aspettavo che Sal venisse a prendermi. Ho sentito anche che oggi Smithy Robbins ha un paio di occhi neri.»

«Come se la passa Will?» chiedo. Non ho alcuna voglia di parlare di quei due stronzi.

Non so cosa succederà quando tornerò al lavoro, ma non posso stare nella stessa stanza di quei due bastardi senza picchiarli a sangue, quindi per adesso mi prenderò una piccola vacanza.

«Tu come te la passi, figliolo?»

«Mi conosci: un altro giorno, un altro occhio nero.» Ridacchio in modo cupo. Dev'essere la giornata degli abbracci perché Trevor mi prende completamente alla sprovvista attirandomi contro di lui. Per molto tempo non mi lascia andare. Stranamente, non mi fa sentire in imbarazzo o a disagio. Trovo uno strano senso di pace in questo abbraccio. È così che dovrebbe comportarsi un padre; ti abbraccia quando stai male e vuole mandare via il dolore, non infliggerlo.

Trev si allontana e mi guarda negli occhi. «Grazie.»

«Non è niente.» Dico sul serio. A casa sarei diventato pazzo, e non posso andare a trovare Will in ospedale in questo stato. Will andrebbe fuori di testa. Senza contare che probabilmente non riuscirei a superare la sicurezza.

«L'infermiera mi ha detto cos'è successo ieri. Lui ha paura; quello che ha detto non significa niente.»

Sì, invece. Ma non ho alcuna intenzione di lasciare che mi respinga. L'ho fatto io con lui una volta, e per tenerlo al sicuro lo farei di nuovo, ma quando mi guardo indietro è ancora il mio rimpianto più grande.

«Ne ha passate tante, e ti voglio bene come se fossi mio figlio, ma se gli spezzi di nuovo il cuore, che Dio mi aiuti, ti troverò e ti spezzerò io tutte e due le gambe.»

«Stavolta non me ne andrò, Trev» dico. «Può respingermi quanto vuole, ma non andrò da nessuna parte.»

Sono serio anche su questo. Ora devo solo dimostrarlo a Will. Sempre ammesso che quel cocciuto bastardo me lo permetta.

Capitolo 32

Oggi Will è tornato a casa. Lo so perché Sal mi ha mandato un messaggio quando hanno lasciato l'ospedale. So che lui non vuole vedermi; quando mi sono presentato là la notte scorsa, ho a malapena attraversato la porta d'entrata prima che la sicurezza mi bloccasse. Ho provato a chiamare e mandare messaggi, e tutti sono rimasti senza risposta. Will dice di conoscermi meglio di chiunque altro, e ha ragione. È così. Ma ha dimenticato una cosa molto importante. Sono un tenace figlio di puttana che non si arrende facilmente.

Quindi, anche se potrebbe non volere, mi vedrà. Discuteremo di ogni stronzata, e non mi fermerò finché lui non sarà mio.

Il pub è di nuovo operativo e, a guardarlo, nessuno penserebbe mai al disastro successo solo tre giorni fa. Quando entro, Will è dietro il bancone, ferito e sedato fin sopra i capelli, con il braccio fasciato e uno sguardo indifferente sul viso. I suoi occhi incontrano i miei quando mi siedo su uno sgabello di fronte a lui. Li chiude e inspira forte.

«Dovresti essere a letto.» Inclino la testa e gli rivolgo il mio miglior sorrisetto sexy, come se fosse un invito. Sì, okay, è esattamente quello.

Cazzo, in questi due giorni mi è mancato.

«Non dovresti essere qui» mormora Will, appoggiando il braccio buono sul bordo del bancone. Mi allungo e faccio scorrere le dita sulle sue nocche. Lui tira via la mano.

«Mi sei mancato.»

«Non farlo.» Si guarda intorno per vedere se qualcuno sta ascoltando o ha visto la scena. Phil alza la testa e ci pianta addosso i suoi occhi umidi. Chiaramente sta recuperando quei pochi giorni di sobrietà in cui il pub è rimasto chiuso. Non dice niente, torna solo a fissare la sua birra.

Intorno a noi, ci sono tavoli pieni di gente che continua a chiacchierare, ma non succede niente. Il cielo non è caduto, il mondo non è finito e a nessuno importa un cazzo del fatto che gli ho appena accarezzato la mano in pubblico.

«Dobbiamo parlare.»

«No. Te ne devi andare» dice lui con fermezza. «Prima che tu faccia qualcosa di stupido.»

Lancio un'occhiata alla porta, e la consapevolezza mi formicola lungo la spina dorsale. Will fa un gran passo indietro, allontanandosi dal bancone. Il suo sguardo allarmato incontra il mio e, nemmeno due secondi dopo avermi avvertito di non fare qualcosa di stupido, lo faccio. Perché mio padre e i suoi amichetti *"picchia gay"* entrano dentro. Ridono fragorosamente e si fermano al bancone in attesa di essere serviti, come se non fossero venuti qui qualche giorno prima a picchiare a sangue Will.

Tutto ciò che vedo è rosso.

Cammino a grandi falcate e prendo il bastardo dal colletto della camicia, afferrando il cotone logoro in un pugno come se potessi distruggere lui tanto quanto la stoffa. «Che cazzo ci fai qui?»

Papà alza le mani di fronte a sé in un gesto accomodante, ma negli occhi ha uno sguardo di sfida che mi fa capire che sto cadendo dritto nei suoi contorti giochetti mentali del cazzo.

«Rilassati, ragazzino.» Tommo mi dà una pacca sulla spalla. «Siamo tutti amici qui.»

«Toglimi quelle cazzo di mani di dosso.»

«Calma, North» dice Rooster.

Papà sorride, e cazzo se non sembra uno di quei motociclisti del *Devil's Henchmen* con la faccia così gonfia. Mi riempio d'orgoglio, ma dura poco. Avrei dovuto farlo fuori quando ne ho avuto l'opportunità. «È tutto okay, amici; il ragazzo e io dobbiamo risolvere alcune stronzate di famiglia. Sembra abbia bisogno di un'altra lezione su come usare il suo cazzo...»

Mi piego all'indietro e dò una testata a mio padre.

«Gesù Cristo» esclama Will e, nel mio perimetro ora offuscato, lo vedo afferrare con la mano buona la mazza da baseball sotto il bancone e uscire fuori da dietro il bar.

Trev non è qui, ma Phil è in piedi comunque, ubriaco e in posizione. Sal è al telefono, probabilmente con la polizia, e Jenny è di nuovo rannicchiata nell'angolo. Diverse persone fuggono dal pub.

La testa mi fa un male cane mentre il dolore mi si irradia nel cranio e nel setto nasale, ma non c'è tempo per rimuginarci su. Mio padre è sempre stato un lottatore sporco, e ci vogliono solo due secondi perché recuperi con un montante alla mascella. Indietreggio per il colpo e carico, mollandogli un pugno forte sulle costole rotte. È senza fiato e barcolla all'indietro, facendo enormi respiri. Lancio un'occhiata a Will; Phil lo spinge via mentre Tommo gli si scaglia contro. Diverse altre persone si buttano nella mischia. Mi prendo un secondo per verificare di essere ancora tutto intero e che Will sia fuori dai piedi. Uno sbaglio. Papà mi si avvicina come un pitbull in un combattimento tra cani, prendendomi alla sprovvista con un colpo sul viso. Mi scricchiolano i denti mentre chiudo forte la bocca e sento il gusto del sangue.

Blocco il colpo successivo di mio padre e lo afferro per la gola. Lo spingo all'indietro contro il bancone e mi chino su di lui mentre stringo la presa. Qualche anno fa, aveva fatto la stessa cosa con me sul bancone della nostra cucina. Ero un ragazzino spaventato, gli avevo graffiato le mani, avevo scalciato, preso respiri che lui non mi aveva permesso, sapendo che stavo per morire. Si era fermato, uscendo fuori dalla casa fatiscente come un tornado, lasciandomi lì a chiedermi perché. Perché si era fermato, perché non mi aveva semplicemente ucciso, e com'era possibile essere finalmente un uomo e non riuscire a cavarmela contro di lui? E ora lo so: non lo volevo abbastanza. Avevo troppa paura di combattere per quello in cui credevo perché per una vita intera tutto, dai film di successo di Hollywood alle persone nelle stradine tranquille di Red Maine, mi aveva condizionato a credere che ciò che volevo non fosse normale.

Be', che si fottano.

La paura mi ha governato per troppi anni. Non gliene darò altri.

Stringo più forte. La rabbia mi infiamma il sangue come benzina sul fuoco, e mi perdo nella catastrofe e nella sua calma. La seguo giù nella tana del coniglio, attirato dal modo in cui le bolle di saliva risalgono all'angolo della bocca di papà, il cambio di colore sul suo viso terrorizzato che passa dal rosso al viola scuro e finalmente al blu. Troppo presto, la catena che mi trattiene dal raggiungere il punto più basso viene tirata all'indietro e io vengo allontanato da lui con una pistola puntata alla testa, mentre l'agente Wheeler mi legge i diritti, mi spinge sul pavimento e mi aggancia le manette ai polsi per la seconda volta in altrettanti giorni.

I colpi di tosse irregolari di papà riempiono la stanza. Alzo la testa per guardare il suo viso rubicondo e i segni rossi che le mie mani gli hanno lasciato attorno al collo, già pieno di lividi gialli e viola dall'ultima volta che siamo arrivati a questo. Vedo mio padre per ciò che è: un vecchio uomo arrabbiato, aspro, disperato e ancora aggrappato al potere che una volta aveva su suo figlio.

Johnson mi si para di fronte, accovacciandosi e bloccandomi la visuale. «Non sei riuscito a resistere, vero?»

«Non ha alcun diritto di essere qui.»

«Nemmeno tu; sei diretto alla stazione di polizia.» Si raddrizza, voltandosi verso mio padre e appoggiandogli fermamente una mano sulla spalla. «L'ambulanza sta arrivando, ma devo comunque ammanettarti.»

«Allontanati da me, cazzo» gracchia mio padre, spingendo via Johnson.

«Le mani, Rob» gli comanda Johnson. «Non costringermi a metterti al tappeto perché il risultato non ti piacerà.»

Vengo trascinato in piedi, e lo sguardo d'odio che rivolgo a mio padre manca il bersaglio quando Will si mette di fronte a me. «Che cazzo hai fatto?»

«Stavo sistemando le cose.»

«Porca puttana, North. Questo è un nuovo livello di pazzia, perfino per te» dice.

Gli faccio l'occhiolino. «Non hai ancora visto niente. Ehi, papà?» Lo sguardo furibondo di mio padre incontra il mio, mentre Johnson gli aggancia le manette ai polsi davanti al corpo. «Vaffanculo!» dico e mi chino in avanti, baciando Will sulle labbra. Lui è preso completamente alla sprovvista e si tira indietro. Non riesco a fare un cazzo con le mani ammanettate dietro la schiena quindi lo prego in silenzio con gli occhi. Dopo quella che sembra un'eternità passata ad aspettare su un precipizio, Will scuote la testa, mi prende il viso tra le mani e mi attira verso di lui. Lo bacio. Di fronte a tutti, incluso l'omofobo di mio padre che preferirebbe vedermi morto piuttosto che attratto da un altro uomo. Bacio Will come se da questo dipendesse il mio ultimo respiro.

L'agente Wheeler mi tira indietro. «Okay voi due, smettetela.»

Will ride senza ironia. «Qui comunque abbiamo finito.»

Wheeler mi spinge in avanti, ma io volto la testa e grido a Will: «No, non abbiamo finito. Verrò a prenderti, Tanner. Non appena uscirò, e riprenderemo esattamente da dove ci siamo lasciati.»

Lui ride. «Terrò pronta la bottiglia di Bundy allora.»

«Ci puoi scommettere che lo farai, cazzo.»

Non oppongo resistenza mentre l'agente mi accompagna verso la porta e non incrocio nessuno degli sguardi che mi trafiggono mentre passo, perché per la prima volta in vita mia non me ne frega un cazzo di ciò che pensano di me.

Di noi.

Epilogo

Sei mesi dopo

«Tesoro, sono a casa» grida Will nella sua migliore interpretazione di Ricky Ricardo. Rovisto freneticamente nel cassetto dei menù, che in realtà è solo un posto dove conserviamo le nostre cianfrusaglie con due menù, visto che gli unici cibi da asporto che offre Red Maine sono il cinese troppo caro e la pizza poco raccomandabile.

«Era ora, cazzo» dico, sbattendo il cassetto e facendomi scorrere le dita tra i capelli. «Non riesco a trovare il menù di Wong's.»

«Sono già qui?»

Gli rivolgo un'occhiata. «Sì, sono qui. Non hai visto la grossa jeep parcheggiata nel vialetto?»

«L'ho vista.» Will prende una birra dal frigo e svita il tappo. Avvolge le labbra attorno al bordo e beve un lungo sorso. Per tutto il tempo i suoi occhi non lasciano i miei. *Provocatore del cazzo.* «In un certo senso speravo mi avessi comprato un regalo di Natale in anticipo.»

«Ha per caso sopra un grosso fiocco rosso e un'etichetta con scritto *Buon Natale,* Will?»

«No. Ma è abbastanza difficile avvolgere una jeep.»

«Ti avvolgerò le mani attorno al collo tra un minuto» lo avverto, aprendo il cassetto una seconda volta e frugandoci dentro. «Ora aiutami a cercare i menù.»

«Preferirei che le avvolgessi attorno al mio uccello.» Mi fa scivolare una mano su per la schiena e, afferrandomi il collo con le lunghe dita, mi tira in posizione eretta. «Quello può essere il tuo regalo di Natale. Il mio uccello, duro come una roccia e avvolto in un bel fiocco rosso.»

Gemo. *Quest'uomo è determinato a uccidermi.*

Will mi lascia una scia lungo il collo con la lingua bagnata e mi affonda i denti nel lobo. Chiudo gli occhi e sussulto mentre mi afferra l'erezione attraverso i jeans e stringe. Mi preme un bacio sulla guancia e dice: «Il menù è sopra il frigo, idiota.»

Apro gli occhi di scatto, e mi volto a guardare il frigorifero dietro di noi. Come previsto, il menù piegato e consunto con la scritta in grassetto rosso *Wong's Chinese Takeaway* è lì, a prendermi in giro. «Figlio di puttana.»

«Dove saresti senza di me?» chiede, chinandosi a baciarmi di nuovo la guancia.

«Qui. Da solo. A non mangiare il cibo di Wong's» dico impassibile. Will ridacchia, mentre esce fuori sul patio per salutare i nostri ospiti.

Abbraccia Josh, con un vero abbraccio da orso e, anche se quel ragazzo mi piace davvero, trovo ancora difficile accettare il fatto che sia un uomo nel quale Will ha infilato il cazzo. So che il mio scontroso bastardo emo mi ama, e so che non andrà assolutamente da nessuna parte senza di me, quindi il mostro della gelosia non indugia mai troppo a lungo. Inoltre, se qualcuno dev'essere geloso, Will probabilmente dovrebbe evitare più della metà delle donne in città.

Brad alza gli occhi dal telefono solo per annuire con il mento a mo' di saluto nel linguaggio universale dell'idiozia adolescenziale. Non riesco ancora a capacitarmi di che diavolo ci veda Josh in lui. È un tipo a posto; un po' irritante, sprovvisto di qualche neurone, e pensare sembra essere una cosa nuova per lui ma, secondo la tendenza a straparlare di Josh, è un ottimo amante e pronto a tutto, in qualsiasi momento, diverse volte al giorno, quindi chi siamo noi per discuterne?

Prendo il menù dal frigo e chiamo Wong's. Victoria risponde: «Ehi North, come stai?»

«Sto bene, Vi. E tu?»

«Non posso lamentarmi; non mi ascolterebbe nessuno.» Fa una risatina nervosa e dice: «Allora, il solito?» Normalmente ordiniamo cibo per un piccolo esercito, ma stasera aggiungo altri involtini primavera, qualche altro piatto, e altri due biscotti della fortuna. «Voi ragazzi dovete essere super affamati stasera.»

«No. Abbiamo ospiti a casa.»

«Be', il cibo dovrebbe essere davanti alla tua porta tra una mezz'ora. Divertitevi, ragazzi.»

«Lo faremo.»

Riaggancio, sorridendo come un coglione perché, nonostante tutte le stronzate che abbiamo passato, e tutte le cose di cui ero spaventato a morte, quelle paure non hanno portato a niente. Certo, ci sono ancora gli idioti che si girano dall'altra parte quando camminiamo per strada. Al lavoro nessuno mi dice niente ora che Smithy ha dato le dimissioni e io sono stato promosso a costruttore di mulini, perché sanno che licenzierò i loro culi, ma so che sparlano ancora di me, alle mie spalle. E non me ne frega un cazzo.

Lasciamoli esistere nel loro piccolo mondo etero, ignorante e pieno d'odio; non m'importa. Perché il nostro è l'amore di una vita, va avanti da trent'anni e, anche se durasse solo un'altra settimana, so che non amerò più nessuno nel modo in cui amo Will. Affronterò qualsiasi tipo di bigottismo. Attraverserò una legione di uomini come mio padre, che mi scagliano addosso parole di odio e patetici insulti, e sconfiggerò tutti i lupi per lui, per noi.

E a proposito di mio padre, c'è stato un processo; veramente ce ne sono stati due. Io ho avuto un avvocato eccezionalmente intelligente; mio padre no.

Josh mi ha fatto assolvere grazie a un cavillo legale. Per via del tormento che ho subìto da bambino per mano di mio padre, e lo stress dell'aggressione a Will, ho avuto un esaurimento nervoso. Ho perso la testa.

Sono ritornato il me stesso bambino e ho cercato di difendermi, non rendendomi conto della mia forza di uomo adulto. Questa è stata l'arringa finale di Josh, e il medico che ha chiamato al banco a testimoniare ha sostenuto le sue affermazioni.

Personalmente, penso di aver perso la testa perché ero stanco di avere a che fare con le stronzate di mio padre, ma se devo essere onesto con me stesso le parole di Josh non erano lontane dalla verità.

Sono stato infelice per molto tempo, ed era uno stato ben più complesso che negare semplicemente la mia attrazione per Will. Era radicato molto più in profondità. Non mi sono mai sentito degno di niente e nessuno. Non mi sono mai sentito valido, o come se fossi qui per una ragione. Cavolo, non mi sono mai nemmeno sentito una vera persona. Mia madre aveva sofferto di depressione per tutta la vita. Era stata aiutata; le avevano prescritto certe pillole e vedeva uno psichiatra, ma alla fine si è tolta la vita lo stesso. Quella non era la vita che volevo. Will meritava di meglio. Io meritavo di meglio. Sono andato da un medico e ho avuto l'aiuto di cui avevo bisogno da molto tempo.

Sono stato anche costretto a partecipare ad alcuni incontri sulla gestione della rabbia e a fare cento ore di servizio sociale, che consisteva nel raccogliere la spazzatura lungo le spiagge di Red Maine; una cosa tranquilla e veloce, che mi lasciava tempo per pensare. Frequento ancora gli incontri di gestione della rabbia a Valentine ogni martedì, perché si dà il caso che mi piaccia quel branco di coglioni arrabbiati e narcisisti.

Papà, Rooster, Dan e Tommo non se la sono cavata così facilmente. Stanno tutti scontando una pena per ciò che hanno fatto a Will e, anche se il giudice è stato molto più clemente con Smithy, la vita non lo è stata.

Rachel lo ha sbattuto fuori, e ho sentito che si è trasferito a Whitebridge. Non me ne frega un cazzo di dove sia, purché non si avvicini più a me e Will.

Prendo un'altra birra ed esco fuori, sul terrazzo, sedendomi accanto a Will. Parliamo e, come al solito, beviamo tutti troppo. Quando arriva il cibo, Will è ubriaco fradicio e non riesce a togliermi le mani di dosso. Mangiamo; e Josh e Brad ci raccontano tutto sui loro piani per la vacanza in Messico.

Ci invitano ad andare con loro, e per mezzo secondo prendo in considerazione l'idea, ma non ho alcun desiderio di andare da qualche parte con questi due. Mi piace frequentare Josh, e gli devo molto, ma se dovessimo lasciare il Paese per una vacanza, vorrei che fossimo solo io e Will. Voglio un bel po' di tequila, scopare sulla sabbia bianca e calda, e quell'uomo tutto per me.

Decido sul momento che dovremmo trascorrere il Natale in Messico. Trev ha Sal, e molto probabilmente finiremmo col distruggere la loro casa dal momento che né io né Will sappiamo cucinare. Prendo un appunto mentale per chiamare l'agenzia di viaggi domattina.

Dopo quella che sembra un'eternità, Josh e Brad si alzano per andarsene. Li salutiamo sulla porta e, non appena si chiude, Will ci si appoggia contro. «Oh, meno male, cazzo. Pensavo non se ne sarebbero mai andati.»

«Anch'io. Tu che mi toccavi l'uccello nel bel mezzo della cena mi ha quasi ucciso.»

«Sapete che possiamo sentirvi, vero?» la voce alta di Josh riecheggia attraverso la porta d'entrata.

Will dice: «Sì, idiota, lo sappiamo. Ora togliti dalle palle e dal mio portico, così posso finalmente scoparmi il mio ragazzo.»

«Vieni qui.» Tiro Will verso di me e poso la mia bocca sulla sua. Gli succhio il labbro inferiore tra i denti e lo mordo, strappandogli un gemito.

«Oh cazzo, amo quando lo fai. Mi fa impazzire.» Le sue mani sono dappertutto, mi artigliano la maglietta, i jeans, desiderose di avvicinarsi di più. Amo il fatto che dopo tutto questo tempo, lui abbia ancora l'energia e l'urgenza di un dannato diciottenne.

«Lo so» dico, e lo faccio di nuovo.

«Ho bisogno che mi scopi.»

«Oh, ne ho tutta l'intenzione.» Lo faccio indietreggiare lungo l'entrata, interrompendo il bacio abbastanza a lungo per lasciare che strappi prima la sua maglietta e poi la mia. Calcio via gli sgabelli dal bancone della colazione, assaporando la distruzione mentre cadono rumorosamente sulle piastrelle bianche. Lui colpisce il tavolo della cucina e io gli prendo la vita e lo faccio voltare, afferrandogli il collo e spingendolo contro il ripiano.

Mi sbottono i jeans con una mano, e lui tira giù i suoi come se non potesse farlo abbastanza velocemente.

Mi chino in avanti, premendo il peso contro la sua schiena mentre gli sbrano il collo con la bocca calda, leccando, mordendo e succhiando, facendomi strada lungo la carne, assaggiando la colonia e il sale sulla sua pelle, quel delizioso sapore che appartiene solo a un uomo. Quest'uomo. Will Tanner, cazzo.

Il mio Will Tanner.

E voglio che tutto il mondo lo sappia.

Ringraziamenti

Porca vacca, per me questo libro è stato come un giro sulle montagne russe! Accidenti! Mentre esco inciampando dalla piattaforma e torno alla realtà, pur sentendomi come se fossi appena uscita dal set de "*L'Esorcista*", devo ringraziare un po' di persone squisite che mi hanno aiutata a dar vita a questo romanzo.

Al mio adorato non-marito Ben, sei il mio TUTTO! Leggi i miei libri!

Ava Rose e Ari Danger, vi amo più del sole, e più delle stelle, e più della luna, e più di Marte, e MOLTO PIÙ DEI... POLLI!

Alla mia meravigliosa famiglia sia di sangue sia allargata, VI AMO! Mamma, grazie per aver fatto da babysitter.

Alle mie bellissime lettrici beta Kristine di *Glass Paper Ink Bookblog* e Ali di *Black Heart Reviews*, voi ragazze siete fantastiche con il vostro supporto. Mi avete aiutata a essere una scrittrice migliore. Non lasciatemi mai, perché vi troverò.

Lauren McKellar (#McStellar), grazie per aver McStellarizzato le mie parole, di nuovo, per aver trovato del tempo per me, di nuovo, e aver lavorato sui nostri programmi ridicoli, di nuovo. Grazie per l'incoraggiamento, gli sprint, la critica e per avermi sempre fatta sorridere come una pazza durante il processo di editing.

Ben di *Be Designs*, quant'è fico che tu venga menzionato due volte in questi ringraziamenti? Grazie per aver sopportato il mio speciale marchio di tortura, per aver dato a Will e North una copertina così bella, e per aver spaccato su internet con i tuoi teaser fenomenali.

Alle mie Sugar Junkies, Dio! Ragazze! L'amore che mi date è indescrivibile! Grazie per avermi seguita nel selvaggio mondo erotico e angosciante dell'M/M, e per avermi supportata con il vostro entusiasmo e le abilità estreme nel pubblicizzarmi.

E infine un enorme, sentito, GRAZIE pieno di uomini nudi e sexy ai lettori e ai blogger che seguono, supportano, pubblicizzano, recensiscono, parlano bene di me, condividono l'entusiasmo di una nuova pubblicazione, che vengono ai firmacopie, e che continuano a tornare per averne di più. Non importa quanto vi torturi con i miei modi da perfida donnaccia. Senza di voi non potrei fare quello che amo.

Sull'autrice

Carmen Jenner è sulla trentina, scrive per «USA Today» ed è autrice di best-seller internazionali.

Appassionata di tatuaggi, irriducibilmente ossessionata dal make-up, fanatica delle torte, e fan degli zombie, Carmen vive nell'assolata Australia dove trascorre il suo tempo al chiuso litigando con due figli vivacissimi, un cane di nome Pikelet e un marito rimasto un po' bambino.

Sotto sotto romantica, Carmen si sforza di dare ai suoi personaggi il lieto fine che si meritano, ma non prima di aver loro rovinato la vita per arrivarci... perché che cos'è un lieto fine senza un po' di sofferenza?

Hope Edizioni

Grazie di aver acquistato e letto il nostro libro!

Speriamo ti sia piaciuto. Sarebbe per noi un onore conoscere la tua opinione.

Ci farebbe piacere se postassi un tuo pensiero, qualsiasi esso sia, sullo store che preferisci e magari anche sui social.

Il passaparola è importantissimo per ampliare la diffusione dei libri e ci dà l'opportunità di crescere.

Ti invitiamo a seguirci anche sulla nostra pagina Facebook, su Instagram e sul nostro sito www.hopeedizioni.it

Indice

Printed in Poland
by Amazon Fulfillment
Poland Sp. z o.o., Wrocław